중국 현대 학술의 건립 II

남은 이야기 현대 중국의 위진풍도와 육조산문 / 현대 중국 학자의 자기 진술

魏晉風度 六朝散文

지은이

천핑위안 陳平原, Chen Ping-yuan

북경대학 중문과 교수. 주요 연구 분야는 중국소설과 산문, 학술사, 교육사, 도상 연구 등이다. 저서로 『從文人之文到學者之文』, 『中國小說敍事模式的轉變』, 『千古文人俠客夢』, 『中國散文小說史』, 『觸摸歷史與進入五四』, 『作爲學科的文學史』, 『大學何爲』, 『抗戰烽火中的中國文學』, 『作爲一種思想操練的五四』, 『左圖右史與西學東漸』 등이 있다.

옮긴이

이은주 李恩珠, Yi Eun-ju

서울대학교 학부대학 강의교수. 저서로 『행복한 상상, 신광수의 〈관서악부〉』, 『독자가 있는 글쓰기』, 『평양 자료의 기초 연구』, 역서로 『명청산문강의』, 『중국산문사』, 『고증학의 시대』 등이 있다.

김홍매 金紅梅, Jin Hong-mei

중국 광동외어외무대학교 남국상학원(廣東外語外貿大學 南國商學院) 한국어학과 교수. 저서로 『소재 변종운 문학 연구』, 역서로 『명청산문강의』, 『중국산문사』, 『고증학의 시대』 등이 있다.

중국 현대 학술의 건립 II
남은 이야기

초판발행 2025년 9월 15일

지은이 천핑위안
옮긴이 이은주 · 김홍매

펴낸이 박성모
펴낸곳 소명출판
출판등록 제1998-000017호
주소 서울시 서초구 사임당로14길 15 서광빌딩 2층
전화 02-585-7840
팩스 02-585-7848
이메일 somyungbooks@daum.net
홈페이지 www.somyong.co.kr

ISBN 979-11-7549-002-7 94820
979-11-7549-003-1 (전2권)
정가 18,000원

ⓒ 소명출판, 2025

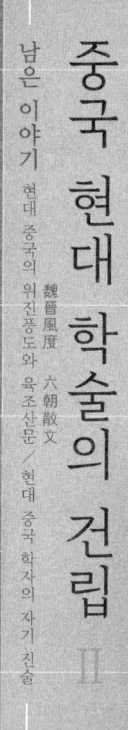

중국 현대 학술의 건립

남은 이야기 현대 중국의 魏晉風度 六朝散文 위진풍도와 육조산문 / 현대 중국 학자의 자기 진술

II

천핑위안 지음

이은주·김홍매 옮김

번역 범례

1. 인명은 사망일에 따라 신해혁명[1911]을 기점으로 이전의 인물은 종전의 한자음대로 표기하고 이후의 인물은 중국어 표기법에 따라 표기하되, 처음에 나올 때는 한자와 한자음을 병기하였다.

2. 지명은 관례에 따라 한국 한자음으로 표기하였다.

3. 원문에서는 인물의 호칭을 이름, 호, 자 등으로 표기했다. 번역문에서는 최대한 이름으로 제시했으나 장빙린章炳麟이나 구쑹쿤顧誦坤 등은 훨씬 많이 알려진 호號인 장타이옌章太炎, 구제강顧頡剛 등으로 표기하였다.

4. 원문의 저자 주와, 독해에 도움이 되고자 해서 작성한 역자 주가 혼동될 우려가 있어 표기를 달리했다. 저자 주와 구분하기 위해 역자 주는 별도로 표시하였다.

5. 서명은 『　』, 작품명은 「　」로 표기했으며 부득이한 경우를 제외하고는 기본적으로는 한자음만 표시하였으나 독자가 이해하기 편하게 번역한 경우도 있다. 서명과 작품명은 검색하기 쉽도록 뒤에 목록을 제시하였다. 원서 본문에 괄호로 표시한 출전은 번역서에서도 그대로 따라 주석으로 처리하지 않았다. 이때에는 한자로만 표기했고, 경우에 따라 책 뒷부분에 제시한 서명·편명 목록에서 번역문을 제공하였다.

이 책은 원서『中國現代學術之建立－以章太炎·胡適之爲中心』에 수록된 8장과 9장을 번역한 것이다. 앞서 간행된 번역서『중국 현대 학술의 건립－장타이옌과 후스를 중심으로』는 총 9장 중에서 7장과 부록까지를 담고 있다. 그래서 어쩌면 기묘하게 보일 수도 있는 이 책에 대해 먼저 설명하고 싶다.

원서를 완역하는 것이 일반적이겠지만, 2022년에 중화학술번역사업을 신청할 때 분량 제한 요건 때문에 완역이 불가능했다. 그래서 역자인 우리는 원서에서 어디까지 번역할 것인가를 놓고 고심해야 했다. 원서는 목차로 볼 때 다소 의아한 점이 있었다. 원서의 1장에서 6장까지는 부제 그대로 장타이옌과 후스가 비중 있게 등장했다. 그리고 '들어가며'에서 저자가 언급한 것처럼 7장에서 9장까지는 장타이옌과 후스 두 사람을 넘어 그 당시의 특징적인 경향인 만청 지사의 유협 심리, '위진 풍도'와 '육조 산문' 전통의 재인식, 학자의 자기 진술 등을 담았다는 나름의 공통점이 있다. 그러므로 이 책을 군이 둘로 나눈다면 저자가 설정한 '현대'의 시대적 변화와 대응을 장타이옌과 후스를 중심으로 논의한 1장에서 6장까지가 전반부, 이 두 사람을 넘어 그 외 중요한 경향을 서술한 7장에서 9장까지가 후반부라고 할 수 있다. 문제는 7장과 8장 사이에 삽입된 '부록'의 존재였다. 이 부록은 장타이옌의 학문적 특징을 요약하고 평가하는 내용이었기 때문이다.

원서 내용을 완역할 수 없다면 어떻게 해야 할까. 1장에서 6장까지를 번역할 범위로 정하는 것이 차선이었을 것이다. 그러나 우리는 부제에 장타이옌과 후스가 부각된 만큼 장타이옌을 집중적으로 다룬 '부록'을 번역

범위에 포함시키고 싶었다. 그러면서도 원서의 원래 목차를 최대한 존중하고 싶었기 때문에 최종적으로 8장과 9장을 넣지 못하는 아쉬운 마음을 뒤로 하고 원서의 목차처럼 7장과 그 뒤에 있는 '부록'까지 번역하기로 결정했다. 중화학술번역사업에 선정된 뒤 출판사에 원고를 넘기고서도 우리는 한동안 약간의 미련과 홀가분한 마음 사이에서 갈피를 잡지 못했다. 그 뒤 우여곡절 끝에 우리는 8장과 9장을 추가로 번역하는 것이 좋겠다는 결론을 내렸다. 다행히 출판사에서도 호의적이어서 원서 한 권이 단일한 번역본으로 나오는 통상적인 형태는 아니지만 어쨌든 두 권의 책으로나마 원서를 완역해서 간행할 수 있었다. 돌이켜 보면 만약 장타이옌과 후스를 중심적으로 다룬 1장에서 6장까지의 본문에 '부록'을 더해 번역 범위로 잡았다면 우리는 남은 3개 장절을 추가로 번역할 생각을 하지 않았을지도 모른다. 그러나 이 책에서 7장이 번역 난이도가 가장 높았고 그 산을 넘는 순간, 이렇게 된 이상 뒤의 8장과 9장 번역은 7장의 어려움에 비하면 그래도 낫지 않을까 하는 낙관이 마음속에 자리하게 되었다. 또 우리 전공의 주된 관심사인 '변려문'으로 대표되는 위진 남북조시대의 문장과 관련해서 저자가 어떻게 설명하고 있을지도 궁금했다. 세부 장절 제목으로 볼 때 8장과 9장의 주제에 끌렸다는 점도 부정할 수 없다. 이렇게 여러 사정으로 원서 한 권에 역서 두 권이라는 기묘한 형태를 취하게 되었지만 결과적으로 보면 역자나 독자에게는 그나마 최선이 아니었을까 한다.

앞서 나온 책의 7장과 이 책의 8장, 9장은 저자가 "학술 체제 전환기의 여러 양상"을 펼쳐냈다고 했던 부분이다. 이 3개 장절은 사실상 이 책에서 다룬 '청말'에서 '민초'1898~1927를 넘어 20세기 전반까지 중국 문학계에 나타난 특징적인 현상을 '유협의 심리', '문예부흥', '자아진술'이라는 측면으로 나누어 다루고 있다. 이 세 측면의 서술에서의 공통점은 이 시기에 뚜렷하게 나타난 문학 경향을 다루면서도 당시 이들이 놓여 있었던 상황과 이들의 선택지를 시국과 외래 사조의 영향, 그런 상황에서 유의미한 전통 요소의 발굴과 선택이라는 측면에서 접근해서 풀어내고 있다는 점이다.

7장이 만청 지사의 유혈이 난무하는 폭력적 저항 방식과 유협을 숭배하는 풍의 작품 창작을 일본의 상무정신과 러시아 무정부주의, 청 정부가 간여할 수 없는 조계지의 존재, 이런 상황에서 자신들의 처지와 절묘하게 맞아 떨어진 전통시대 문학적 유산인 '유협'에서 전범을 찾았던 것으로 설명하고 그 과정을 탐색해 나가는 내용이었다면, 8장과 9장은 문인이자 학자였던 중국 지식인의 독특한 면모에 더 초점을 맞추고 있다.

원서의 8장인 첫 번째 글은 문인학자였던 중국 지식인들의 '문인'적 측면에 다가간 내용이다. 이 시기 새로운 산문 경향과 이것이 어떤 과정을 통해 형성되었는가를 탐구하면서 전통시대 문학적 유산을 발굴하는 학자이면서 이것을 글쓰기로 구현할 수 있었던 문인의 두 모습을 조명했다. 유럽의 문예부흥이라는 외부적 요소, 청말까지 강력한 영향을 미쳤던 동성파에 대한 반감이라는 두 요소에 이들 개인의 심미적 취미나 지향까지 결합해서 이들이 전통시대 문학적 유산 중에서 무엇을 선택하고 새롭게 의미를 부여했는지를 분석했다. 특히 저우쭤런과 형 루쉰, 스승 장타이옌의 행로를 따라가다 보면 이들이 청말 동성파를 극복하기 위해서, 또 현실에서 개인의 지향을 어떻게 설정했는가에 따라서 위진 산문의 어떤 점을 선택적으로 수용하고 그 의미를 발굴했는지를 이해할 수 있다.

원서의 9장인 두 번째 글은 중국 지식인의 '학자적 자서전'이 어떻게 관심사로 떠올라 상당한 저작들을 양산해 내었는지 그 심리를 추적한 내용이다. 서구의 자서전 전통과 이것을 중국의 자서와 자정연보에서 찾으려던 노력, 그리고 이 둘이 여러 상황에서 혼재하면서 각각의 자서전의 성격을 형성하게 되었으며 이것이 당시 이들의 현실과 어떻게 이어지고 있는지를 서술한 내용이다. 특히 이 장은 중국 학자들이 전통장르와 자신을 어떻게 인식했는지, 이 장르의 문법 속에서 자신의 무엇을 담아내고 담아내지 않았는지 그 선택과 고민이 녹아 있다는 점에서 흥미롭다.

이 책의 내용은 뒤에 나온 『명청 산문 강의』에 부분부분 가미되었다. 중국 현대 문학의 맥락에서 명청 산문을 어떻게 읽어내려 가는지 다시 확인해 보면 또 다른 재미가 느껴질 것이다.

우리는 그동안 공역서를 몇 권 냈는데 이 책까지 포함해서 저자의 책이 3종이다. 그래서 저자의 전문 역자같은 기분도 든다. 애초에 저자와 일면식도 없는 사이였다는 점을 생각하면 우리도 가끔은 어떻게 이렇게 되었을까를 자문해 본다. 분명한 것은 맨처음에 우리가 저자의 『從文人之文到學者之文』을 읽었을 때 어떤 매력에 사로잡혔다는 사실이다. 우리는 한국 한문학을 전공한 연구자이고 그래서 우리의 관심사는 청대까지의 전통 시기에 맞춰져 있다. 그리고 저자는 이 책에서 잘 드러나는 것처럼 19세기 말에서 20세기 전반, 곧 중국에서 말하는 '현대문학' 연구자이다. 우리는 현대문학 연구자 특유의 산뜻하고 명쾌한 문체로 전통 시기 문학에 대해 놀라울 정도로 폭넓게 자료를 보고, 여러 연구자의 해석을 섭렵하면서도 중요한 논점을 파악해서 재정리하고, 몇 가지 쟁점에 대해 에둘러 넘어가지 않고 나름대로 판단을 내리고 이것을 설득력 있게 서술해가는 방식에 이끌렸다. 이 책은 출판사의 제안에 따라 『명청 산문 강의』라는 이름의 책으로 나왔다. 저자의 『中國散文小史』는 한국 한문학 연구자들에게도 연구의 기본 토대가 되어 줄 전반적인 문학사이자 장르사를 서술한 책이다. 『중국산문사』로 번역되어 나온 이 책은 여전히 한국 한문학을 연구하려고 하는 입문자들에게 장르 이해에 대해 좋은 길잡이가 되어 줄 것이라고 기대하고 있다.

이 책을 읽으면서 기기가 기긴 강점을 다시 확인할 수 있었다 동시에 주로 문인이나 문학작품을 연구하는 우리에게는 약간 낯설기는 했지만, 달리 본다면 20세기 전반의 장타이옌이나 후스 같은 걸출한 학자가 거둔 성취와 한계를 '엄정하게' 평가하는 중국 학계의 분위기와 저자의 역량이 부럽기도 했다. 좋은 연구자는 대상에 대해 냉철하게 평가하지만 다른 한편으로 애정을 견지하고 있어야 한다는 이야기를 들은 적이 있다. 나는 저자가 바로 그런 연구자라고 생각한다. (저자의 글에서 특히 후스나 저우쭤런은 인간적인 매력이 엄청나다) 이런 이유로 우리는 이 책을 흥미롭게 읽었고 '출판'이라는 과정을 통해 공유하고 싶었다. 중화학술번역사업에 선정되었기 때문에 중국의 '현대' 학술에 대해 거의 몰랐던 우리가 분투하면서 번역 출판을 마무리할 수 있었던 점도 있다. 처음 시작할 때 내심 제대로 번역할 수 있을지 불안했던 것과는 달리, 이 책의 내용은 '현대'의 연구자들이 이전 시대의 학술을 연구한 것이므로 전통과 현대가 교차하는 여러 지점에서 우리가 가진 전공 지식도 무용하지는 않았다.

공동 역자인 김홍매 선생과는 선후배 사이이다. 공동 역자 이전에 김홍매 선생은 연구자의 길에서 의지할 수 있는 소중한 동학이기도 하다. 우리는 우연한 계기로 함께 국외의 연구서를 읽기 시작했고 몇 권의 책을 읽으면서 역서를 출간하자는 꿈도 함께 꾸기 시작했다. 김홍매 선생이 성실한 연구자가 아니었더라면, 또 어진 성품과 대단한 인내심, 과감한 실행력의 소유자가 아니었더라면 우리는 그간 몇 차례 현실의 벽에 부딪혔을 때 다시 시도하지는 못했을 것이다. 특히 김홍매 선생은 이 책 저자의 여러 저서 중에서 우리 모두에게 흥미로울 책을 골라내는 탁월한 선구안을 가지고 있기도 하다. 2022년에 김홍매 선생은 방문학자로 북경대학에 가서 저자와 특별한 인연을 맺었다. 그 덕분에 이 책의 경우 이전의 두 책과는 달리 번역 과정에서 저자에게 여러 부분을 문의해서 해결할 수 있었다. 이 점도 다행스럽게 생각한다.

우리가 이 기나긴 번역 출판 과정에서 몇 번이나 절감한 것은 주변의 따뜻한 호의였다. 여전히 힘든 일들이 많다. 그렇지만 그럴 때마다 우리는 초심을 잃지 말자고 서로를 격려한다. 우리의 초창기 번역 원고는 결국에는 『명청 산문 강의』라는 아주 멋진 책으로 나왔지만 대부분의 역자들이 겪는 것처럼 우리도 여러 출판사에서 거듭해서 거절할 때마다 낙담하고 좌절했던 쓰라린 기억을 가지고 있다. 이런 해외 연구서는 저작권이 있기 때문에 판권 계약을 해야 하는 부담이 있는 반면 독자의 범위는 매우 좁다는 것을 그때 우리는 미처 알아차리지 못했다. 그래서 여러 현실적인 어려움을 감내해준 출판사에 늘 감사한 마음을 간직하고 있다. 역서를 계속 출판하면서 처음보다 상황이 많이 나아졌다고는 하지만 여전히 몇 가지 문제들은 우리가 해결해야 한다. 판권 계약에는 정말 많은 사람들의 도움과 호의가 필요하다. 저작권자를 찾아가는 과정에서도 주변 선생님들의 도움이 컸다. 출판 과정에서도 선생님들이 추천서를 쓰거나 출판사를 설득하는 번거로운 일들을 감당하셔야 했다. 교정 작업에 드는 시간과 정력은 말할 나위도 없다. 연구서이기 때문에 읽기가 쉽지 않을 이런 책의 교정 작업을 함께 한 담당자께도 감사드린다. 이렇게 지난한 과정을 거쳐 역서가 나온 뒤 그나마 그간의 힘든 일들을 잊을 수 있었던 것은 책을 읽고 격려해주신 많은 분들이 있었기 때문이다. 그리고 이제, 앞으로 이 책을 읽을 독자들에게도 미리 무한한 감사의 마음을 전한다.

역자를 대표하여 이은주 씀

차례

현대 중국의
'위진풍도魏晉風度'와
'육조산문六朝散文'

'문학'의 역사에 대한 기억은 작가의 현시점의 글쓰기에 영향을 미칠 수밖에 없다. 이런 의미에서 문학사 다시 쓰기에는 어쩔 수 없이 그 당시 문학의 방향성이 개입되게 된다. 문학사 강좌와 문학사 서술이 20세기 초 본격적으로 들어오기 이전까지 중국 문인들은 문학 이론과 문학 비평, 문학사를 엄격하게 구별할 필요성을 느끼지 못했다. 거의 대부분의 문학론은 이 세 가지가 결합된 상태로 전개되었다. 이런 상황에서 문학혁명과 문학사 다시 쓰기는 늘 하나로 합쳐지곤 했다. 예를 들어 '진한문장'을 표방하든 아니면 '팔대 문장'을 추종하든 이 모두는 '문학론'인 동시에 '문학사'였고 과거에 대한 것이자 현재에 대한 것이었다. 심지어 서구문화 유입이 주된 특징이었던 5·4신문화운동에서도 '문학사 다시 쓰기'는 여전히 현 상황을 돌파할 수 있는 주된 방법이었다. 못 믿겠다면 후스胡適, 호적의 「문학개량추의文學改良芻議」와 천두슈陳獨秀, 진독수의 「문학혁명론文學革命論」 등의 개척적인 의미가 있는 저작을 보라. 사회의 각 영역이 점차 분업화되고 학계와 문단에서 각자 분투하고 있는 지금 상황에 이르러서야 '역사 기억'과 '현실 변혁'이 필연적인 관계에 있다는 것이 논증해야 할 주장이 되었을 뿐, 그전에는 당연한 것이었다.

　역사와 현실의 간극 때문에 이 글에서 본격적으로 이 문제를 논의하기 전에 주제가 적절하다는 것을 먼저 논증해야 할 것 같다. '현대 중국'인데 '육조 문장'을 가져오는 이유는 무엇인가? '위진'은 이미 천년도 더 지난 과거인데 이것을 현대의 삶에 끌어올 수 있을까? 만약 혜강이 루쉰魯迅, 노신에게 미친 영향이라든가 류스페이劉師培, 유사배의 중고中古, 위진 남북조 시대 문학 연구를 논한다면 대체로 이견이 없을 것이다. 그렇지만 이 글의 논지는 이것이 아니라 '위진풍도'와 '육조 문장'에 대한 현대 작가들의 이해가 문학 조류의 발전방향에 어떤 영향을 미쳤는지에 대해 논하고 싶은 것이다.

이러한 주장은 결코 의문의 여지가 없는 것이 아니다. 그러므로 일단 한 가지 사건으로 이야기를 풀어나가려고 한다. 1940년대 저우쭤런周作人, 주작인은 『홍루내외紅樓內外』를 썼는데, 글에서 북경대학 교수 린궁둬林公鐸, 임공탁가 중국대학中國大學에서 강의를 겸하고 있던 일을 언급했다.

> 무슨 강좌냐고 했더니 당시唐詩에 관한 것이라고 했다. 나는 또 호기심을 가지고 린 선생이 어떤 사람들의 시를 강의하냐고 물어보았다. 그의 답변은 매우 의외였는데, 도연명陶淵明에 대해 강의한다고 했다. 다들 알고 있듯이 도연명과 당 왕조 사이에는 남북조라는 시대 하나가 놓여있을 정도로 멀다. 그런데 그는 어쨌든 그렇게 강의를 진행했다.

25년 뒤 다시 이 일을 언급하면서 때 저우쭤런은 "내용이 주제와 맞지 않는다"는 평가를 추가했다.[1] 역사적 사실의 고증에 착안한다면 '도연명'은 당연히 당시唐詩에 넣을 수 없다. 그러나 만약 미학을 계승했다는 측면에서라면 당시라는 논의 틀에서 도연명을 논의하지 못할 것도 없다. 하지만 사실 린궁둬가 일부러 일반 상식을 따르지 않은 것은 선인모沈尹默, 심윤묵와 맞서기 위해서였을 뿐이므로 기껏해야 '명사 풍도名士風度'라는 말로 해석할 수 있을 뿐 특별한 의미를 부여하기 어렵다. 이는 정말 아쉬운 일이 아닐 수 없다. '당시에서의 도연명'을 가지고도 나름대로 멋지게 글을

---

1   周作人, 『知堂乙酉文編』, 上海 : 上海書店, 1985, 109면; 『知堂回想錄』, 香港 : 三育圖書文具公司, 1974, 1·5·7절.

쓸 수 있기 때문이다.

시실상 각 시대 작가는 모두 이전 인물들과의 대화 속에서 자기의 예술적 이상을 구현한다. 또 모든 문학 운동도 과거 문인들과의 대화에서 그 발전 방향을 구현한다. 굴원屈原과 양웅揚雄, 도연명에 대한 각기 다른 평가, 또 진한秦漢과 육조六朝에 대한 다양한 평가 또한 그동안 문학사가들이 감히 경시하지 못했던 '문학 현상'이었다. 서구 학문이 유입되는 배경에서 성장해 온 20세기 중국 문학이 비록 격렬하게 전통에 반대하는 모습을 보였다고 해도 결국에는 "베어내도 자라나고 정리해도 어지럽게 되듯이" 도처에서 한유와 유종원, 이백과 두보, 또는 왕실보王實甫와 조설근曹雪芹의 영향을 찾아낼 수 있다. 문제는 개별 작가가 무엇을 계승했느냐라는 것만이 아니라 국민들이 반드시 갖추어야 할 문화 교양과 '문학사'의 구축에도 그 당시 문학의 발전양상이 개입되지 않았는가 하는 점이다.

이 문제를 논의할 때 창작 경험이 없는 학자나 학술적 안목이 없는 작가 모두 이상적인 당사자가 아닐 수 있다. 다행히 관심사가 넓은 '독서인'이 있으니, 이들은 학계와 문단의 단절에 구애받지 않고 종횡무진하며 과거와 현재를 소통했기 때문에 우리가 그들의 발자취를 따라가게 되면 학자의 연구와 문인의 시야를 겹쳐볼 수 있고 나아가 '문학사'가 '현대 생활'에 반영되는 구체적인 길을 그려볼 수 있다. 이 글에서는 '문장학'을 학술사의 시야에서 고찰하여 현대 중국 산문 발전의 큰 방향을 서술해 볼 것이다. 이와 함께 '문학혁명'이라는 또 다른 독서방식과, 고전문학이 현대의 삶으로 들어가는 또 다른 가능성을 보여주고자 한다.

1. 억압된 '문예부흥'

1957년 뉴욕에 체류하던 후스는 자전自傳을 구술하기 시작했다. 귀국해서 문학혁명을 제창한 지 정확하게 40년 되던 해의 일이었다. 40년 전 귀국길에 오른 후스는 에디스 시셸Edith Sichel이 쓴 『문예부흥Renaissance』을 읽고 나서 이것을 '재생시대再生時代'로 바꿔 번역했을 뿐만 아니라 "이 책에서는 유럽 각국의 자국어 흥기에 대해 썼는데 시작은 미약했지만 끝은 창대했다. 그러니 지금 제창하는 백화문학도 흥기할 수 있을 것이다"[2]라고 강조했다. 40년 뒤 그동안 해왔던 성과를 돌이켰을 때 후스가 가장 자긍심을 느꼈던 것은 '중국 문예부흥'에 공헌했다는 점이었다.

탕더강唐德剛, 당덕강이 편역한 『후스구술자전胡適口述自傳』의 제8장 장절 제목은 '문학혁명에서 문예부흥으로'인데, 북경대학에서 주창했던 새로운 운동이 유럽의 문예부흥과 매우 많은 공통점이 있었다는 내용이었다. 이 책의 마지막 장의 마지막 절인 '현대의 중국 문예부흥'에서는 다시 광범위한 역사의식으로 논의하면서 북송 초기 이후의 역사를 '중국 문예부흥 단계'로 개괄했고 구체적으로 '중고시대의 종교에 반항'하여 '격물치지格物致知'라는 새로운 과학적 방법을 만들어냈다고 설명했다. 과학적 방법을 제창했기 때문에 청대 유학자를 추앙했고, 청대 유학자를 추앙했기 때문에 그 위에 있는 '주자의 학문 정신'으로 소급해 올라갔다. 나아가 '문예부흥'으로 11세기 이후 중국의 문화 운동을 포괄했는데 실제로 보면 지나치게 거친 논의여서 치밀하게 증명해낼 수 없었다.[3] 오히려 5·4 신문화운동을 '문예부흥'으로 명명한 것이 후스의 일관된 관점이었고 충

---

2 胡適, 『胡適留學日記』, 上海 : 商務印書館, 1947, 1151~1155면.
3 唐德剛 譯, 『胡適口述自傳』, 北京 : 華文出版社, 1992, 192·295~300면.

실하게 분석했으므로 눈여겨볼 만하다.

『후스와 중국 문예부흥胡適與中國的文藝復興』에서 그리더J. B. Grieder는 "계몽운동뿐만 아니라 유럽 문예부흥도 5・4시대의 지식인에게 의식적으로 활용할 수 있다는 영감을 주었다"라고 했다. 이런 판단은 "그와 동시대를 살았던 수많은 사람들과 비교할 때 후스가 훨씬 더 치밀하고 엄격하게 역사적 관련 속에서 문예부흥이라는 단어를 사용했다"[4]라는 구절을 덧붙여야만 타당하다고 할 수 있다. 이렇게 말한 것은 신문화를 제창한 주역 중에서 후스 만큼 유럽의 문예부흥을 인정한 사람이 없었다는 뜻이었다. 천두슈를 예로 든다면 그는 프랑스대혁명에 더 흥미를 느꼈다. 『신청년新青年』 전신인 『청년잡지青年雜志』 창간호를 내면서 「프랑스인과 근세문명法蘭西人與近世文明」이라는 글을 썼는데, 근세문명은 유럽인들만 가진 것이며 "그 선구자는 모두 프랑스인이었다"라는 내용이었다. 정치 개혁과 현대 민족국가의 건설에 착안했기 때문에 천두슈가 관심을 보인 것은 "사람의 마음과 사회를 확연하게 일신한" 인권에 대한 주장 및 생물진화론과 사회주의였다. 그래서 문예부흥은 그의 시야에 들어오지 않았던 것이다. 그게 아니라면 천두슈의 학식으로 봤을 때 이렇게 프랑스만 대단하다는 식으로 가지 않았을 것이다. 천두슈는 시종일관 서구 문명을 전파하고 '맹목적인 국수론자'에 대해 맹렬하게 비판하는 태도를 보였다. 또 당시 유럽의 것을 '그대로 가져오는' 것이 '학술이 처음 흥기한 2천 년 전의 주나라 말기'를 본받는 것보다 "확실히 품은 덜 들고 얻는 것이 많다"고 주장한 것을 보면 그를 문예부흥의 정신을 계승한 사람으로 보기는 어렵다.[5]

4　格里德, 魯奇 譯, 『胡適與中國的文藝復興』, 南京 : 江蘇人民出版社, 1989, 336면.
5　陳獨秀, 「法蘭西人與近世文明」, 『青年雜志』 創刊號, 1915.9; 「學術與國粹」, 『新青年』 第2卷 第6號, 1917.2.

실제로 5·4문학혁명을 이끈 두 편의 저술인 후스의 「문학개량추의」와 천두슈의 「문학혁명론」도 둘 사이에는 미묘한 차이가 있다. 「문학개량추의」에서는 단테와 로드의 위대한 업적을 추앙했지만, 「문학혁명론」에서는 귀족문학과 고전문학, 산림문학을 모두 배척했다. 이 두 편의 글에서 생각하는 '장엄하고 찬란한 유럽'의 모습이 완전히 똑같지 않았기에 문학혁명으로 가는 방법도 자연스럽게 차이가 많게 되었다.[6] 그리더가 "재생이라는 주제는 이 시기 문학을 관통하는 안내선이었다"[7]라고 주장한 것은 분명 후스의 『중국의 문예부흥』에서 영향을 받은 것이다.[8] 이 책은 후스가 1933년에 시카고 대학에서 진행한 '중국문화의 추세' 시리즈 강연을 정리한 것으로, 영어권 독자에게 미친 영향이 컸다. 저자 개인의 문화적 이상도 잘 드러나 있었다. 그래도 신문화운동 전체를 포괄했다고 하기는 어려웠다.

후스는 5·4신문화운동이 '철저한 문예부흥 운동'이었다는 점을 설명하기 위해 1919년에 쓴 「신사조의 의의新思潮的意義」에 대한 글을 추가로 써서 '국고정리'가 신문화운동의 중요한 일환이라는 점을 강조했고 자신이 장타이옌章太炎의 『국고논형國故論衡』에서 계시를 받았다는 점을 인정했다.[9] 그런데 실제로 만청 시기 신학문을 하던 사람 중에서 문예부흥이 중요한 사상적 자원이라고 생각한 사람이 결코 장타이옌 하나만 있었던 것은 아니었다. 그런데 '고학 부흥'이라는 목적과 방법, 방향성이라는 점

---

6   胡適, 「文學改良芻議」, 『新青年』 第2卷 第5號, 1917.1; 陳獨秀, 「文學革命論」, 『新青年』 第2卷 第6號, 1917.2.

7   格里德, 魯奇 譯, 『胡適與中國的文藝復興』, 336면.

8   Hu Shih, *The chinese Renaissance : The Haskell Lectures for the summer of 1933*, The University of Chicago Press, 1934.

9   唐德剛 譯, 『胡適口述自傳』, 195~196면.

에서, 특히 '고학 부흥'을 당장 발에 불이 떨어진 정치 혁명과 어떻게 관계를 설정할 것인가에 대해 사람들마다 주장이 달랐으므로 자세히 음미할 필요가 있다.

1902년에 「학술 세력이 세계를 좌우함을 논함論學術之勢力左右世界」에서 량치차오梁啓超, 양계초는 루소의 『사회 계약론』에서 천부인권을 제창한 것과 프랑스대혁명이 '지금의 민권 세계'를 앞당겼다는 점을 매우 찬양했다.

> 이 주장이 성행하자 유럽 학계는 가뭄으로 갈라진 땅에 벼락이 치는 것처럼, 캄캄한 암흑세계에 한 줄기 빛이 비치는 것처럼 바람이 불어 구름이 걷혔고 불과 10여 년 만에 드디어 프랑스대혁명이 일어났다. 그 이후로 유럽 여러 나라에서 혁명이 계속 일어나서 지금과 같은 민권 세계를 이루게 된 것이다.[10]

2년 뒤 『중국 학술 사상 변천의 대세를 논함論中國學術思想變遷之大勢』 제7장 '근세의 학술近世之學術'이 발표되었는데 이 글에서 량치차오는 유럽 문예부흥 운동에 대해 매우 높은 평가를 내렸다.

> 유럽이 지금과 같게 된 것은 14, 15세기에 고학이 부흥하여 교회의 울타리를 넘어서서 사상계의 노예 근성을 씻어내자 그 진보를 아무도 당해낼 수 없었기 때문이다.[11]

겉으로만 보면 '고학 부흥'과 '프랑스대혁명'은 만청 시기 사상 문화계

10　梁啓超, 「論學術之勢力左右世界」, 『新民叢報』 第1號, 1902.2.
11　梁啓超, 「論中國學術思想變遷之大勢」 第7章 '近世之學術', 『新民叢報』 第53~58號, 1904.9~12.

에서 똑같이 찬양을 받았다. 그렇지만 실제로 보면 프랑스대혁명의 매력에서 더 헤어나올 수 없었다. 량치차오가 편집장이었던 『신민총보新民叢報』의 경우 추천한 사상가와 주목한 정치운동은 대부분 18, 19세기에 국한되었다. 캉유웨이康有爲, 강유위가 유혈과 공포를 강조하기는 했지만,[12] 프랑스대혁명은 여전히 『신민총보』에서 가장 관심을 둔 화제였다. '급진주의'적인 『민보民報』에서 루소와 프랑스대혁명에 치중한 것은 더욱 예상 가능한 일이었다. 온건파든 급진파든 만청 시기 개혁을 주장한 정치가의 경우 프랑스대혁명은 문예부흥보다 그들의 현실적 관심사와 더 가까웠다. 학술문화 건설이라는 문제로 돌아온 뒤에야 '멀리 하늘가에 있었던' 문예부흥은 사람들의 뜨거운 관심을 받았다. 『중국 학술 사상 변천의 대세를 논함』 제7장에서 량치차오는 청대 학술의 번영을 유럽의 문예부흥에 가져다 붙이기 시작했다.

이 2백어 년을 통칭하여 중국 '고학의 부흥 시대'라고 명명할 수 있다. 다만 그 흥기는 갑자기 된 것이 아니라 점진적으로 진행된 것이다. 그런데 이것은 마치 어떤 유기체의 성장처럼 지금도 무성하여 봄의 기운이 있다. 나는 우리 사상계의 앞길에 무궁한 희망이 있다고 본다.[13]

1920년에 량치차오는 장팡전蔣方震, 장방진의 『유럽 문예부흥 시대사歐洲文藝復興時代史』에 서문을 쓰면서 청대 학술 조류가 "복고를 통해 해방으로 나아갔다"는 점에서 유럽 문예부흥 시대와 유사성이 많다는 점을 재차 강조했다. 이 서문은 분량이 너무 길어서 결국 한 권의 책으로 나왔는데,

---

12   明夷(康有爲), 「法國革命史論」, 『新民叢報』 第85, 87號, 1906.8~9.
13   梁啓超, 「論中國學術思想變遷之大勢」, 第7章 '近世之學術'.

이것이 바로 나중에 사상사가들의 엄청난 주목을 받은 『청대학술개론淸代學術槪論』이었다. 그러자 장팡전이 거꾸로 이 책에 서문을 쓰게 되었다. 그는 이 글에서 "복고를 통해 해방을 얻었고 주관적인 연역 추론에서 객관적인 귀납 추론으로 나아간 청대 학술의 정신은 유럽 문예부흥과 같은 기조"[14]라고 했다. 이런 류의 가설은 진일보한 논증이 필요했지만 후스가 '과학적 정신'을 극력 표방했기 때문에 청대 유학자의 지위가 급속도로 상승했고 청대 학술을 문예부흥에 가져다 붙이는 것도 중국 학계에서 묵인되는 듯했다. 물론 이는 5·4신문화운동 이후의 일이다.

만청 시기 사상계에서 혁명의 제창으로 유명해진 장타이옌도 유럽의 문예부흥에 강렬한 관심을 보였던 적이 있었다. 1906년에 장타이옌은 「동경 유학생 환영회 연설사東京留學生歡迎會演說辭」에서 "만약 소학小學을 제창한다면 문학 복고의 시대로 갈 수 있을 것입니다. 이런 애국과 종족 보존의 역량은 위대하지 않을 수 없습니다"라고 했다. 같은 해에 쓴 「혁명의 도덕革命之道德」에서는 그가 생각한 '혁명'이 바로 '광복'이며 한학漢學 연구자들이 "주周와 한漢의 옛 전장 제도를 논하여 하夏의 지난 일을 탐구하는 것"이 광복의 대업에 매우 유익하다고 했다. 이어 "저 이탈리아의 중흥에서 문학의 복고가 전주곡이 되었으니 한학도 그러할 것이며, 이것이 종족에는 이익만 있을 뿐"[15]이라고 했다.

장타이옌의 논리는 1905년에 창간된 『국수학보國粹學報』에서 가져온 것이다. 황제黃節, 황절는 『국수학보』의 창간이 "동인들이 나라가 제대로 서지 못한 것과 학술이 나날이 망하는 것을 애통하게 생각"한 것에서 현실적

---

14 梁啓超, 朱維錚 校注, 『梁啓超論淸學史二種』, 上海 : 復旦大學出版社, 1985, 6·82·89면.
15 章太炎, 「東京留學生歡迎會演說辭」, 『民報』 第6號, 1906.7; 「革命之道德」, 『民報』 第8號, 1906.10.

자극을 받았고 또 문예부흥의 성공에서 깨달음을 얻은 결실이라고 이야기했다.

예전에 유럽 십자군 원정에서 귀족들의 권력을 극대화하고 봉건제를 감축시켰으며 우리 동방의 문물을 싣고 돌아갔다. 이때 이탈리아의 문학이 부흥하여 단테Dante가 자국어로 저술을 썼고 유럽의 교육은 문명 시대로 접어들게 되었다.[16]

반 년 뒤 쉬서우웨이許守微, 허수미가 쓴 「국수는 서구화에 장애가 되지 않음을 논함論國粹無阻于歐化」의 내용은 "국수가 사라져서 그리스가 쇠퇴했다"와 "지금 서구 문명은 중세 고학의 부흥을 제창한 덕분"이라는 것이었다.[17] 그 뒤를 이어 덩스鄧實, 등실는 「고학부흥론古學復興論」을 발표했는데, 국수를 제창하려는 의도를 거침없이 드러냈다.

나 덩스는 말한다. "15세기는 유럽에서 고학이 부흥하던 시대이고, 20세기는 아시아에서 고학이 부흥하는 시대이다. 주周·진秦 제자백가들은 그리스의 7현과 비슷하다. 튀르크가 로마의 책을 불태운 것은 진 왕조 때 책을 불태운 것과 같다. 구 종교의 속박과 귀족 봉건제도의 압제는 한 무제가 제자백가를 몰아낸 것과 같다. 아아, 서구 학문이 중국에 유입되자 낡은 유학자들이 눈이 휘둥그레졌지만 구체적인 상황을 살펴보니 제자백가와 부합하는 것이 많았다. 그래서 주·진 학파가 마침내 흥성하여 진 왕조에서 없앤 것들을 소생시키고 나라의 광명을 일으켰다. 아시아 고학의 부흥이 이때가 아니겠는가?"

---

16   黃節, 「國粹學報序」, 『國粹學報』 第1期, 1905. 2.
17   許守微, 「論國粹無阻于歐化」, 『國粹學報』 第7期, 1905. 8.

위에서 언급한 글은 모두 장타이옌이 도쿄에서 강연하기 1년 전에 발표된 것이다. 장타이옌은 『국수학보』의 관련자들과 친밀한 관계를 맺고 있어서 그의 주장도 그들과 멀리서 호응했던 것이다.

선진 제자백가와 그리스 학파는 모두 '축의 시대Axial Age'[18]의 영재이며 덩스의 주장을 빌린다면 "무수히 이어지는 천체가 한 번은 동쪽에, 한 번은 서쪽에, 앞뒤로 서로 비춰 촉군蜀郡의 동산銅山이 무너지자 낙양洛陽 궁궐의 종이 울리는 것과 같이 긴밀하게 관련되어 있다". "우뚝하게 일가를 이룬" 선진 제자백가는 "서구 철학자들과 나란히 달릴 수 있는 자"[19]이니 그들의 학설이 부흥하면 서구 학문과 똑같은 효과가 있을 것 같았다. 그러나 실제로 15세기 이탈리아 문예부흥의 전성기는 20세기 중국에서 재현되지 않았다. 나라의 상황도 달랐지만 시대가 바뀌었고 더욱이 이를 제창하는 사람들의 '동기가 불순'했다. 장타이옌과 량치차오 등이 찬양한 그리스와 이탈리아의 '고학 부흥'은 '고전'에 '당시의 일'을 담는 것이었다. 19세기 중엽에 일어난 그리스와 이탈리아 혁명이나 독립전쟁은 만청 시기 중국인들을 매우 감동시켰고 헛된 망상을 부추겼다. 1909년 장타이옌의 『신방언新方言』이 간행되자 류스페이는 「후서後序」를 써주면서 '장타이옌의 뜻'을 이렇게 제시했다.

옛날 유럽의 그리스와 이탈리아 같은 나라들이 타민족에게 압제를 받았을

---

18 [역자 주] 독일의 철학자 칸 야스퍼스가 『역사의 기원과 목표(*Vom Ursprung und Ziel der Geschichte*)』에서 제안한 시대 개념으로, 대략 기원전 8세기부터 기원전 3세기까지가 인류 문명에 큰 영향을 끼친 세계의 주요 종교와 철학이 탄생하게 된 중요한 시기라는 것이다. 이 시기를 거치면서 사람들이 신화에서 자연으로 관심이 달라졌고 이런 과정에서 자연과 도덕의 보편성을 추구하게 되어 인간이 인격을 가진 존재로 바뀌었는데 야스퍼스는 이런 변화를 '정신화(Vergeistigung)'라고 명명했다.

19 鄭實, 「古學復興論」, 『國粹學報』 第9期, 1905.10.

때 나이든 유민들이 자국어를 보존하였기 때문에 과거를 그리워하는 마음이 가득 생겨났는데 광복의 위업은 사실 이 때문에 싹튼 것이다. 지금 중국이 오랑캐의 화를 당한 것은 그리스와 이탈리아의 상황과 같다. 오랑캐의 말을 혁파하고 한족의 목소리를 따르고자 한다면 반드시 이 책이 그 시작이 될 것이다.[20]

이 주장은 괜히 나온 소리가 아니었다. 같은 해 장타이옌은 「학문을 논하여 종군에게 보내는 편지與鍾君論學書」에서 문자 훈고학에 전념하는 것이 이탈리아의 전례로부터 교훈을 얻는 것이라고 하면서 "옛 관습을 지키고 옛 상식을 잊지 않기만 하면" "나라가 쇠퇴해도 쓰일 수 있을 것이다"[21]고 했다.

이탈리아를 보고 장타이옌이 깊이 감개를 느낀 주된 이유는 이탈리아가 19세기에 새롭게 나라를 세웠기 때문이었다. 현대 민족국가를 어떻게 세울 것인가라는 이 화제는 '나라와 종족의 멸망'이라는 위기를 목전에 둔 사람들의 마음에 너무나 절실하게 다가왔다. 량치차오는 수세페 마치니Giuseppe Mazzini 등 '건국 3대 영웅'에 대해 더 관심을 가졌고 단테나 미켈란젤로에 대해서는 냉담했다. 사람들이 문예부흥의 발상지였기 때문에 이탈리아에 주목한 것은 아니었기 때문이다. 문예부흥사의 전문 저작은 1920·1930년대에야 비로소 등장했다.[22] 반면에 이탈리아의 독립 건국 이야기를 해설한 저작은 1903년 즈음에 이미 진풍경을 이루었다.[23]

---

20 劉師培, 「新方言後序」, 『新方言』, 1909年 東京刊本.

21 章太炎, 「與鍾君論學書」, 『文史』 第2輯, 1963.

22 蔣方震의 『歐洲文藝復興史』(1921), 陳衡哲의 『文藝復興小史』(1930), 傅東華의 『歐洲文藝復興』(1934), 常乃悳의 『文藝復興小史』(1934) 등이 있다.

23 번역서인 『義大利獨立戰史』(商務印書館, 1902), 『意大利獨立史』(廣智書局, 1903), 『意大利獨立戰史』(作新社, 1903), 『意大利建國史』(一新書局, 1903) 외에도 량치차오가 쓴

20세기 초 '역사로 교훈을 얻는 것'이 보편적인 경향이었던 중국인에게 망국사, 입헌의 역사, 혁명사, 독립사의 편찬은 너무나 절박했다.[24] 문예 부흥은 역사에 대한 지식 중 하나였고 사람들이 느닷없이 언급할 때도 있었지만 진지한 논의 대상은 되지 못했다.

사상계에서 문예부흥에 대해 냉담한 경향은 5·4신문화운동에 이르러서도 그대로였다. 1919년 1월 1일에 창간된 『신조新潮』는 영문 이름이 'The Renaissance'였다. 그렇지만 「발간취지서發刊旨趣書」에서 국민들이 "서구 문화가 저렇게 아름다운 것을 모르고 지금 중국 학술이 이렇게 메말라가는지 모르는 것"을 비판한 것을 보면 그 방향성은 여전히 서구 조류를 받아들이는 것이었다. 그들이 '문예부흥'을 표방했을 때 착안한 것은 학자가 진리를 추구할 때 '마음 따라 행하며 정에 이끌리지 않는다'는 것이었다.

다시 서구의 'Renaissance'와 'Reformation' 시대를 보면 학자는 매력적인 세계와 싸우느라 분투한다. 힘들어도 포기하지 않고 죽게 되어도 후회하지 않는다. 그들이라고 어찌 보통 사람들과 달리 정말 고통을 좋아하고 쾌락을 싫어하겠는가? 저들은 진리와 진정한 지식, 명철한 견해가 있기 때문에 사회에 지배되지 않는다. 또 학문이 그들의 기운을 고취시키기 때문에 자기 마음에 따라 실행하며 일단 앞으로 나아가면 후퇴하지 않는 것이다.[25]

『신조』의 두 집필진인 뤄자룬羅家倫, 나가륜과 푸쓰녠傅斯年, 부사년 모두 창

『意大利建國三傑傳』(廣智書局, 1903), 『新羅馬傳奇』(『新民叢報』에 1902~1904년 연재) 등이 있다.

24 胡逢祥·張文建, 『中國近代史學思潮與流派』, 上海 : 華東師大學出版社, 1991, 제3장 제4절 참조.

25 「新潮發刊旨趣書」, 『新潮』第1卷 第1號, 1919.1.

간호에 글을 발표했다. 이들이 고취한 것은 모두 프랑스식의 정치 혁명과 러시아식의 사회 혁명이었는데 사실 러시아 사회혁명에 더 가까웠다.[26] 간행물의 이름은 '문예부흥'이었지만 『신조』 집필진은 이 부분을 본격적으로 다루지 않았다. 문화를 선택할 때 신조사는 전형적인 유럽파여서 '신학문과 구학문을 모두 배우는 것'을 주장한 국고파國故派와 첨예하게 대립했기 때문에 '고학 부흥' 류의 주장을 더는 하지 않았던 것이다. 그러면서 유럽 사상 수입을 강조하고 이것으로 '우리 학술 사상의 고질병'을 치료해야 한다고 했다. 그 이유는 다음과 같았다.

> 학술사상만 말해보자. 국고는 과거에 이미 죽은 것이고 유럽화는 지금 성장하는 것이다. 국고는 파편화된 잡동사니지만 유럽화는 체계가 있는 학술이다.[27]

이런 문화 혁신의 전략은 나름의 합리성을 가지고 있다. 그렇지만 '문예부흥'이라는 기본 정신과는 맥락이 다르다. 비록 후스와 저우쮀런, 정전둬, 구제강 등이 '국고 정리'에 대해 호감을 가졌고 필요성을 인정했다고 해도 1920년대 전반기까지 신문화인들은 여전히 서구 학술을 수용했고 복고를 주된 임무로 삼는 것에 반대했다.[28]

중국인에게 깊은 영향을 미친 유럽의 사상 운동으로는, 만청 시기 숭상한 프랑스대혁명과 5·4운동이 모방했던 계몽운동을 들 수 있다. 문예부흥의 경우 처음부터 끝까지 붐이 조성되지 않았다. 이미 이 문제가 수면

---

26 羅家倫의 「今日之世界新潮」와 孟眞의 「社會革命─俄國式之革命」은 모두 1919년 1월 『新潮』 創刊號에 실려 있다.

27 毛子水, 「國故和科學的精神」, 『新潮』 第1卷 第5號, 1919.5.

28 胡適의 「新思潮的意義」, 周作人이 초안을 쓴 「文學研究會簡章」, 鄭振鐸의 「新文化之建設與國故之新研究」, 顧頡剛의 「我們對于國故應取的態度」 참조.

위로 떠오른 1920, 1930년대에도 매우 협소한 학술 권역에 국한되었고 20세기 중국 사상 문화계에 붐을 일으키는 원동력인 청년 학생들을 매료시킬 수 없었다. '서구 학술 유입'이 주요 기치이고 '망해가는 나라를 지키고자' 하는 것이 주된 목표인 시대에서 '멀디 먼' 문예부흥에 상대적으로 냉담한 것은 자연스러운 귀결이었다.

그런데 이런 적막한 한 구석에서 문예부흥의 형상이 점차 윤곽을 드러냈다. 내가 말하려는 것은 1920~1930년대 이후 중국 현대 산문의 역사적 운명이다. 만청 이후 서구 학문의 유입이라는 충격을 받아 중국 문학의 전체 판도에 매우 큰 변화가 생겨났는데, 그 중요한 표지 중 하나가 소설이 급속도로 흥기하고 산문이 주변부로 밀려난 것이다. 더는 '경국의 대업'이라는 부담을 지지 않게 된 현대 산문은 고통스럽지만 성공적인 탈피를 거쳐 무의식중에 멀리 있는 문예부흥에 호응했던 것이다. 이런 경향성을 가장 먼저 정확하게 서술한 사람이 저우쮀런이다.

저우쮀런은 유럽 문예부흥에 강한 흥미를 가지고 있었는데, 1918년에 처음 간행한 『유럽 문학사 歐洲文學史』에 이미 나타나 있다. 이 책은 저자인 저우쮀런이 북경대학에 있을 때 강의한 것으로, 지난 10년간 읽은 유럽 문학과 문학사 저작을 총정리한 것이다. 구체적인 논술은 깊이 들어가지 못해서 이전 사람들의 성과를 '그대로 가져온' 감이 적지 않지만, 그렇다고 해도 어쨌든 중국인이 엮은 첫 유럽 문학사였다. 더 중요한 점은 교재를 만들고 강의를 함으로써 '반복적으로 문학사료를 찾고 생각'[29]하게 되었다는 점이다. 서구 문화에 대해 풍부하게 섭렵하자 이후 산문을 쓸 때도 매우 큰 도움이 되었다. 『유럽문학사』 제3권 제1편의 전체 주제는 '중

---

29   周作人, 『知堂回想錄』, 199면.

고中古시대와 문예부흥'이었는데 그리스 사상과 히브리 사상, 각국의 역사시와 기사騎士문학만이 아니라 문예부흥의 선구, 문예부흥기 라틴 민족의 문학이탈리아, 프랑스, 스페인, 문예부흥기 튜턴족의 문학영국, 독일 등을 더 깊이 탐구했다. 구체적인 논의를 보면 저우쭤런은 문예부흥을 일으킨 것은 "국민의 자각이었는데 실제로는 당시 정교政教에 대한 반동"이라고 했다. 한편으로는 "동로마가 멸망한 뒤 고학이 서구에 유입되어 사람들의 마음을 사로잡았고", 또 다른 측면에서는 교회의 신앙이 점차 사라지고 사람들의 의혹이 마구 생겨나 오래 묻혀 있던 생기가 갑자기 각성해서 자기표현을 원하게 되었다는 것이다. "마침내 고학 연구에서 얻은 것이 있어서 달려나가니 아무도 막을 수 없었다." '고학 연구'는 문예부흥의 진정한 정신, 곧 '옛 문명에서 각자 새로운 생명을 찾고' '과거와 현재의 사상을 조화롭게 하고 미를 통해 하나로 관통하는 것에 뜻을 두게'[30] 하기 때문에 중시되어야 한다. '과거와 현재를 조화롭게 함'으로써 새 생명을 추구한다는 문화 이념은 나중에 사회와 문학 실천에서 자각적으로 구현되었다.

서구 문학이라는 새 조류를 따르느라 바빴던 동시대 비평가들과 비교할 때 저우쭤런은 '낡은' 문예부흥을 훨씬 잘 이해했고 공감했다. 그리고 이 때문에 저우쭤런은 '문예부흥'의 개념을 사용할 때 후스처럼 그렇게 '거리낌 없이 마구' 하지 않았다. 마찬가지로 '문예부흥'으로 중국문화 발전을 해석할 때도 저우쭤런은 북송의 '신유학'은 물론 5·4운동조차도 그 틀에 맞추지 못했다.[31] 그저 신문학의 유형 중 하나인 현대 산문의 발전

---

30 周作人, 『歐洲文學史』, 長沙 : 岳麓書社, 1989, 126·127·176면.

31 周作人, 「代快郵」, 『談虎集』, 上海 : 北新書局, 1928. 이 글에서 저우쭤런은 5·4운동 이후 사람들의 기운의 역할이 '한대의 당인(黨人), 송대의 태학생, 명대의 동림당'과 견주어 볼 때 그것이 '국가가 흥기하려는 조짐'이라는 것을 부정하면서 '결국 문예부흥이 아니다'라고 단언했다.

을 서술할 때야 '문예부흥'이 고개를 내밀고 등장했다. 1926년에 위핑보 兪平伯, 유평백가 중간한 『도암몽억陶庵夢憶』에 서문을 쓸 때 저우쭤런은 이 주제를 가져와서 이렇게 썼다.

　나는 늘 이런 생각을 한다. 현대 산문은 신문학 중에서 외국의 영향을 가장 적게 받았다. 이것은 문학혁명의 산물보다는 문예부흥의 산물이기 때문이다. 비록 문학 발전의 과정에서 부흥과 혁명이 같은 맥락의 발전이라고 해도 말이다.[32]

　2년 뒤 위핑보의 『잡반아雜拌兒』에 발문을 쓸 때 저우쭤런은 '부흥'과 '혁명', '신'문학과 '구'전통의 변증 관계를 다시 설명했다.

　지금 산문은 마치 땅 아래에서 흐르고 있던 물길을 여러 해 뒤에 다시 하류에서 땅 위로 끌어 올린 것과 같다. 그러나 이것은 옛 물길일 뿐 결코 새로운 것이 아니다.[33]

　문학혁명 초창기에 '서구 조류'에 환호하고 '국수'를 비판했다가 10년 뒤에는 '전통'을 발굴하고 그것의 '현대'예술과 생활적 의의를 적극적으로 강조한 저우쭤런의 사고방식이 극히 드문 것은 아니다. '뿌리를 찾는' 수많은 작품 중에서 저우쭤런의 특징은 처음부터 끝까지 산문을 물고 늘어진 채로 가는 곳마다 치밀하게 논의를 펼쳤고 '문예부흥'의 가능성에 대해 내용 없는 일반적인 이야기를 하지 않았다는 점이다.

　저우쭤런의 논의 전략은 범위를 산문으로 좁히고 시대를 만청으로 거

32　周作人, 「陶庵夢憶序」, 『澤寫集』, 上海 : 北新書局, 1927.
33　周作人, 「雜拌兒」, 『永日集』, 上海 : 北新書局, 1929.

슬러 올라가서 백화문학의 자아조정自我調整을 계기로 삼아 중국 문장 형태 변화의 장단점을 논의하는 동시에 어떻게 '옛 문명에서 각기 새 생명을 추구할지' 생각하는 것이다. '혁명'을 강조하다가 '부흥'의 중시로 바꾸다 보면 전통에 대한 태도는 자연히 '반발'에서 '선택'으로 바뀌게 된다. 사상문화계의 이 '대추세'는 문학 창작과 연구, 특히 '현대 산문' 창작과 연구에서 가장 두드러지게 드러났다. 1930년대 중반기에 루쉰도 신문화운동 이후 "산문 소품이 소설과 희곡, 시가보다 더 성공한 것 같다"[34]고 개탄한 적이 있다. 후스와 쩡푸曾朴, 증박, 주쯔칭朱自清, 주자청, 저우쭤런 등이 모두 유사하게 판단했다.[35] 당사자의 서술에 근거해 문학사가들은 산문 소품이 성공할 수 있었던 이유는 풍부한 전통 자원 때문이라는 매우 흥미로운 명제를 쉽게 도출해 낼 수 있다.[36] 따라서 중국 문학사에서 소설과 희곡은 오랜 시간 동안 '대아大雅'의 전당에 올라갈 수 없었던 반면, 산문은 오랜 근원지를 갖고 있었고 배출한 명가도 많으며 지금껏 문단의 높은 곳에 있으면서 패주의 지위를 가지고 있었다. 또 5·4문학혁명의 세례를 거치면서 현대 중국의 소설, 희곡, 시가 등은 체제와 기본 정신 모두 '세계 문학 조류'와 궤를 같이 했지만, 오직 산문만은 이미 백화로 바뀌었음에도 불구하고 아직도 선명하게 '민족적 특징'을 가지고 있었다.

만약 이런 주장이 성립한다면 이제는 그러면 도대체 어떤 전통 자원이 현대 중국 산문을 빛나게 했을까를 생각해 보아야 할 것이다.

---

34 魯迅,「小品文的危機」,『魯迅全集』4, 北京 : 人民文學出版社, 1981, 574~577면.

35 胡適의「五十年來中國之文學」, 曾朴의「復胡適的信」(『眞美善』第1卷 第12號), 朱自清의
    「背景序」, 周作人의『中國新文學大系·散文一集導言』등 참조.

36 王瑤,「論現代文學與中國古典文學的歷史聯系」,『王瑤文集』5, 太原 : 北岳文藝出版社,
    1995. 이 탁월한 논의를 참고할 것.

2. 윤곽을 드러내는 문학사의 형상

　5·4작가들이 해외 문학에서 계시를 받은 흔적이 매우 분명하기 때문에 현대 중국 산문의 발전을 이야기할 때 Essay^{소품문}의 영향을 도외시하는 경우는 거의 없다. 하지만 백화운동으로 흥기한 '신문학'이 '구문학'의 장점에서 어떤 점을 배워야 했는지 혹은 배웠는지는 주목해야 할 문제이다. 신문화운동 초창기에도 백화를 중심으로 하고 문언을 보조로 하며 문언과 백화가 합일하도록 노력하자는 주장이 여전히 중요한 위치를 점하고 있었다.[37] 국고國故를 정리하자는 후스의 제창은 신문학가들이 한 걸음 더 나아가 전통 자원에서 도움을 구한다는 뜻이었다. 다만 전통의 역량이 너무 강했기 때문에 신문학가들은 양면 전술을 취하지 않을 수 없었다. 전통 자원을 발굴하는 동시에 복고파의 역습을 경계하자는 것이다. 그런데 구체적인 장르로 들어가야 이렇게 '과거에서 현재를 위에서 아래로 훑고 유럽과 아시아를 두루 살피면서 전통 중국의 옛말을 가져오는 동시에 영미권의 새 주장을 취하려는' 노력이[38] 비교적 쉽게 실현될 수 있었다. 현대 산문의 경우 린위탕林語堂, 임어당은 소품 문체를 제창하면서 "중국의 조상을 찾아내야 이 문체가 뿌리내릴 수 있을 것이다"라고 확신했다. 저우쭤런이 만명 소품을 높게 평가한 것도 "신문학은 중국의 토양에 근원이 있다. 공들여 기르기만 한다면 자연스럽게 새싹이 돋아날 것이다"라고 굳게 믿었기 때문이다.[39]

37　胡適의 「建設的文學革命論」과 傅斯年의 「文言合一草議」는 모두 『中國新文學大系·建設理論集』(上海 : 良友圖書印刷公司, 1935)에 수록되어 있다.

38　魯迅, 「題記一篇」, 『魯迅全集』, 北京 : 人民文學出版社, 1981, 332면.

39　林語堂의 「小品文之遺緖」(『人間世』 第22期)와 周作人의 「關于近代散文」(『知堂乙酉文編』) 참조.

'전통'이 수면 위로 떠오른 것은 신문학가의 '문학사 다시 쓰기' 덕분이 었다. 혁명가에서 사학가로 선회한 후스 등의 사람들은 5·4신문학에 대해 글을 쓸 때 그동안의 관점에서 많이 바뀔 수밖에 없었다. "지금 역사 발전의 관점에서 볼 때 백화문학이야말로 중국문학의 정통이고 미래 문학의 필수적인 무기라고 단언할 수 있다"라는 태도에서, 백화문 운동이 성공을 거둔 이유가 "천년 이래 백화문학이 단절되지 않고 면면히 이어졌기 때문"[40]이라고 관점을 바꾸기까지는 5년밖에 걸리지 않았다. 후스의 관점으로 볼 때 한, 위, 육조의 악부, 당대의 백화시, 선종禪宗의 어록, 송대의 백화시와 백화사白話詞, 금대와 원대의 소곡小曲과 잡극, 500년간 내려온 백화소설은 중국 역사상 5개 시기의 대표적인 백화문학이었다. 5·4 신문화운동은 다만 의도적으로 고문의 권위를 드높이거나 공격했다는 점에서 그전의 백화문학 운동과는 달랐을 뿐이라고 했다. 후스의 이런 서술은 기본적으로 그가 일관적으로 주장했던 '역사적 문학 개념'[41]에 따른 것이었다. 1935년에 후스는 『중국신문학대계·건설이론집中國新文學大系·建設理論集』에 서문을 썼는데 여전히 백화문학운동이 성공한 "가장 중요한 요인"이 "우선 우리에게 천여 년의 백화문학 작품인 선문禪門의 어록, 리학의 어록, 백화시, 조調, 곡자曲子, 백화소설이 있기 때문"이라고 했다.

"모든 사람들이 중국 문학이 천여 년 역사 발전의 산물임을 알도록" 하기 위해 후스는 중국문학사 다시 쓰기를 서둘렀다. 기본적인 구상은 백화문학의 합리성을 논증한 뒤에 "백화문학사가 중국문학사의 중심 부분"[42]임을 강조하는 것이었다. 이 전환의 성공적 구현에는 교육 체제가 다시

---

40 胡適의 「文學改良芻議」와 「五十年來中國之文學」 참조
41 胡適의 「五十年來中國之文學」과 「歷史的文學觀念論」 참조.
42 胡適, 『白話文學史』卷上, 上海 : 新月書店, 1928. 이 책의 「自序」, 「引子」 참조.

세워진 것이 큰 역할을 했다. 1920년에 교육부 반포부령에 따르면 초등학교 1, 2학년의 '국문' 과정에서 국어백화를 쓰게 했는데, 이것은 백화문 운동이 급속하게 성공할 수 있게 하는 보증수표였다. 후스가 『최근 50년의 중국 문학』에서 말한 것처럼 교육 제도의 변천은 작은 문제 같지만 실제로는 전반에 영향을 미치는 중요한 계기가 되었다. 초등학교 저학년이 바뀌자 초등사범과 초등학교 고학년도 뒤따라 바뀌어야만 했다. 초등사범을 개혁하자 고등사범도 그대로 있을 수 없었다. 순식간에 어떻게 국어 교육을 할 것인가가 교육계의 초미의 관심사가 되었다. 그래서 교육부는 국어강습소를 만들었는데, 후스의 『백화문학사』 초고는 바로 제3회 국어강습소1921에서 강의한 강의록이었다. 이것은 저우쮜런의 『중국 신문학의 원류』가 보인대학輔仁大學 강연 기록을 정리해서 만든 것과 유사하다. 이 둘은 성공한 사람이 "도를 전하고 학업을 전수하여 의혹을 해소하는 것"이었지 실험적으로 "새로운 주장을 해서 공포심을 조장하려던 것"[43]이 아니었다.

저우쮜런은 "백화문학이 중국문학 유일의 목적지"라는 후스의 주장에 동의하지 않았다. 그의 기본적인 주장은 "중국문학은 처음부터 끝까지 상반된 두 유형의 역량이 솟았다가 잠겼다가를 거듭 했다"는 것이었다. '언지言志'와 '재도載道'라는 두 조류가 생장하고 소멸하며 부상하고 몰락한다는 전제에 따라 저우쮜런은 『백화문학사』와는 사뭇 다른 문학사의 형상을 구축했다. 5·4신문화운동이 복고에 반대하고 자아를 주장했다는 점에서 명말 공안파의 '성령만 표출할 뿐 정해진 틀에 구애받지 않는다獨

---

43 『중국신문학의 원류』와 관련된 평가에서 錢鍾書가 『新月』 第4卷 第4期에 발표한 서평이 가장 수준이 높다. 그러나 "새로운 주장을 해서 공포심을 조장하려고 했다"는 주장은 저우쮜런의 주장을 이해하는 데 아무런 도움이 되지 않는다.

抒性靈, 不拘格套'에 대응시켜, 저우쭤런은 "이번 문학운동의 기본 방향은 명말 문학운동과 완전히 똑같다"[44]라는 상당히 대담한 결론을 도출해냈다. 같은 맥락에서 저우쭤런은 신문화운동의 '원류 소급'에서도 한위 악부에서 명청 소설까지 포함했던 후스처럼 최대한 많은 곳에서 찾으려고 하지 않고 '만명 소품'이라는 특정한 시대의 특정한 장르로 범위를 한정해서 이론과 근거가 있는 것처럼 보였으므로 이해하기도 쉽고 배우기도 쉬웠다. 후스의 저작이 주로 역사 해석에 착안하고 있었다면, 저우쭤런의 저술은 현실과 글쓰기를 겸비하고자 했던 것이다. 실제로 『중국 신문학의 원류』 출판은 1930년의 소품문 성행에 결정적인 역할을 했다.

저우쭤런은 만명 소품을 높이 샀고 1920년 중반기부터 글로 표현하기 시작했다. 그런데 1932년에 보인대학의 시리즈 강연과 『중국 신문학의 원류』 출판은 그의 학설을 보급하는 데에 있어 관건이 되었다. 린위탕은 『논어論語』, 『인간세』를 창간하면서 '성령'과 '한적'을 제창했는데 이것은 1930년대 중국문단에서 색다른 '진풍경'을 이루었다. 린위탕의 이런 주장은 저우쭤런의 조언과 매우 큰 관련이 있다. 비록 린위탕이 나중에는 위로는 소동파와 도연명, 장자로 올라가고 아래로는 김성탄金聖歎과 이어 李漁, 원매로 내려갔지만 그 출발점은 여전히 저우쭤런이 '발견'한 공안 원씨 삼형제원종도, 원굉도, 원중도였다. 그가 「사십자서시四十自敍詩」에서 "최근에 원중랑원굉도을 알고, 기쁨에 겨워 마구 소리 질렀네. (…중략…) 이로부터 또 새로운 경지에 이르게 되어, 글을 쓸 때 더 자연스러워졌다"[45]라고 했던 것도 당연한 일이었다.

---

44 周作人 講校, 鄭恭三 記錄, 『中國新文學的源流』 3版, 北平 : 北平人文書店, 1934, 36·52·104면.

45 林語堂, 「四十自敍詩」, 『論語』 第49期, 1934.

소품문이 대유행하던 시기이자 이에 따라 논전이 일어난 1933년에 루쉰은 「소품문의 위기」를 발표해서 "살아있는 소품문은 반드시 비수나 투창 같이 독자와 함께 한 줄기 혈로를 뚫고 생존의 길을 모색할 수 있는 도구가 되어야 하"며 '태평성세'의 '악세사리'가 되어서는 안 된다고 했다. 이런 사유에 따라 루쉰은 또 다른 문학사의 형상을 구축했다. 명말 소품이 "완전히 음풍농월이 아니라 그 안에 불평도 있고 풍자도 있고 공격도 있고 파괴도 있다"고 강조했고 나아가 '몸부림과 투쟁'으로 얼룩진 위진 청언淸言과 당말 잡문雜文에서 근원을 찾았다.[46]

만약 논제를 "어떻게 현대 중국 산문의 성공을 해석할 것인가"로 한정 짓는다면, 후스의 선문 어록과 백화소설은 지나치게 일반론적이었고, 루쉰의 위진 청언과 당말 잡문은 진지하게 논의되지 않았으며, 린위탕의 소식과 장자는 명말 소품의 원류 정도로 생각할 수 있을 뿐이었다. 게다가 루쉰과 린위탕의 주장은 명말 소품을 주장한 저우쭤런에 대한 반향이기도 했다. 이렇게 보면 저우쭤런의 가설이야말로 영향도 컸고 설득력도 있었다고 할 수 있다. 만명 소품을 가져와서 5·4문장을 읽는 문학사 이해의 틀은 나름의 합리성을 가지고 있었다. 그런데 흥미로운 점은 진정한 의미에서 공안 원씨 삼형제의 의발을 물려받았다고 할 만한 사람은 저우쭤런이 아니라 린위탕이라는 사실이었다. 저우쭤런의 문장은 참신함과 생동감이 주된 특징이 아니었다. 그가 한적함에 침통한 심경을 담은 것이나 평담, 중후함, 쓸쓸함을 추구하는 경향은 모두 명말 소품과는 무관했다. 저우쭤런은 명말 소품을 알아주는 사람이라고 할 수는 있어도 명말 소품의 계승자는 아니었던 것이다. 공안 원씨 삼형제와 현대 산문이 명확

46 魯迅, 「小品文的危機」, 『魯迅全集』 4, 北京 : 人民文學出版社, 1981, 574~577면.

하게 역사적 관계가 있다고 강조했지만, 그는 결코 그들의 글에 완전히 사로잡힌 것은 아니었다. 저우쭤런의 문장 취향은 만명 소품과는 상당한 거리가 있었다.

이렇게 문학사 주장과 개인의 독서 취향이 다른 점을 어떻게 해석할 것인가를 살펴보기 위해 『풍우담風雨談』에 실린 단편으로 논의를 시작해도 좋을 것이다. 첸중수는 『중국 신문학의 원류』를 평론할 때 저우쭤런이 수많은 문학사의 스타를 거론하면서도 매번 "공안파와 경릉파를 집대성했다는' 명예를 장대張岱의 『도암몽억』과 나누어 가질 수 있는" 『매화초당집梅花草堂集』을 빠뜨린 것에 대해 불만스럽게 여겼다.[47] 1936년에 저우쭤런은 「매화초당필담 등梅花草堂筆談等」에서 첸중수의 비판에 정면으로 회답했다.[48]

나는 『필담』의 복각에 찬성한다. 그런데 이것은 공안파와 경릉파와는 달리 구하기가 어렵다는 이유에서이다. 그의 문학사상은 여전히 이몽양李夢陽과 같다. 그의 소품이 아리따운들 이 또한 신인山人의 취향일 뿐이다.

저우쭤런은 '가짜 풍아'인 산인파山人派의 문체가 별로라고 한 것은 물론, 여러 차례 찬양을 받았던 공안파와 경릉파에 대해서조차 비판했다. 한편으로는 만명 시기 정통이 아닌 문인의 '용기와 생명력'을 찬양하고 '그 이면에 신문학운동이 들어있다'고 생각했지만, 또 다른 한편으로 그

---

47 中書君, 「評周作人的新文學的源流」, 『新月』 第4卷 第4期, 1932. 11.

48 저우쭤런은 "장대는 그저 王穉登 뒤에 자리할 수 있을 정도이다. 나는 몇 년 전에 중국 신문학의 원류에 대해 우연히 언급하게 되었는데 당시 일부 비평가들이 장대를 넣어야 한다고 가르침을 준 적이 있다. 나는 예전에 『필담』 잔본을 본 적이 있는데 20년 전의 기억에 따르면 그 말에 동의할 수 없었다. 지금 다시 완질본을 본 결과 그 생각에는 변함이 없다"라고 말했다.

들 작품의 예술적 가치에 대해서는 회의감을 드러낸 것이다.

나는 공안파와 경릉파의 책을 읽을 때 먼저 그들 운동의 의의를 명확히 하고자 했고 그 다음으로 그들의 성과가 어떠했는지를 살핀 뒤 최종적으로 높은 잣대를 통해 그들의 예술적 가치를 감정하려고 생각했다. 내가 그들을 대신해 설명할 수는 있지만 그들의 예술적 가치에 대해서는 좋은 평가를 줄 수 없다. (…중략…) 나는 늘 이렇게 생각했다. 만약 한유의 고문을 지겨워하지 않는 사람이라면 공안파의 글에 대해서도 만족하지 않을 것이다. 혐오감을 표현하지는 않는다고 해도 말이다.

다시 말하면, 당시 사람들이 숭배하는 당송팔대가에 비해 저우쭤런은 당송팔대가의 비판자들을 더 좋게 보았고, 이러한 문학사적 판단을 바탕으로 했기 때문에 만명 소품은 표창을 받을 수 있었던 것이다. 1930년대 일어난 만명 소품 열기에 대해, 그 선동자인 저우쭤런은 문제가 있다는 점을 인정했고 특히 "새로운 원앙호접파[49]가 출현하는 국면"이 될까봐 우려했다. 그보다 반년 전에 루쉰은 「소품문에 대한 잡담雜談小品文」에서 위기 상황에 직면하여 분노하지 않고 '성령을 표출하자'고만 주장하게 되면 "틀에 박힌 성령이 될 것"이라고 비판했다. 루쉰의 말에 따르면 이런 '성령'은 그 "애처로운 꼴"이 "이미 5·4운동 즈음의 원앙호접파보다도 못하다"[50]는 것이었다. 원앙호접파에 대한 재평가는 이 글의 소임이 아니므로

49　[역자 주] '원앙호접파'는 저우쭤런이 제시한 용어로, 20세기 초반에 등장한 소설의 한 유형이다. 주로 일반 대중을 대상으로 하여 백화문을 사용하고 소재가 다양하며 애정이 중심이 된다는 특징을 가지고 있다.

50　魯迅, 「雜談小品」, 『魯迅全集』 6, 417~418면.

넘어가고, 여기에서는 다만 '경박함'와 '세속에 영합하는 것'을 고도로 경계했던 신문화인의 기본 입장에 대해 살펴보려고 한다.

만명 소품의 제창은 린위탕 등 수많은 문인들의 호응을 얻어 급속도로 붐이 조성되었다. 만명 소품이 급격하게 인기를 끌었을 때 저우쮀런은 이미 육조 문장의 현대적 의의로 관심을 돌린 뒤였다. 1932년 저우쮀런은 「『현대산문초』 신서近代散文抄新序」에서 이렇게 썼다.

정통파가 문장을 논할 때 진한 문장은 수준이 높다고 하고 당송 문장은 수준이 낮다고 한다. 이 세상 모든 사람들이 이 말을 옳게 여기지만 문외한인 나의 관점으로 보면 위에는 육조의 문장이 있고 아래에는 또 명대 문장이 있다. 나는 학교에서 왜 당송 문장은 가르치면서 명청 문장, 곧 근대 문장은 가르치지 않는지 너무나 의아하다. 공안파와 경릉파의 문장은 신문학의 문장이며, 지금 새로운 산문은 실로 아직도 이 계통을 따라 발전하고 있다. (후략)[51]

비슷한 시기에 완성한 『중국 신문학의 원류』의 제2강에서도 육조 문장의 매력에 대해 언급한 적이 있는데 주안점은 '아래에 있는 명대'의 공안파 원씨 삼형제에 놓여 있었다. '위에 있는 육조'에 대한 깊은 이해와 명확한 설명은 그 뒤 몇 년간의 노력을 통해 이루어졌다.

1945년에 저우쮀런은 「근대 산문에 관하여關于近代散文」에서 1920~1930년대 각 대학에서 '국어 문학' 강의를 한 것에 대해 이야기했는데 이로부터 그가 문학사 형상을 구축한 과정을 살펴볼 수 있다. 당시 사람들은 모두 '그 시기의 백화문'을 통해 4대 고전소설로 소급해 올라갔는데 저우쮀

---

51   周作人, 「近代散文抄新序」, 『苦雨齋序跋文』, 上海 : 天馬書店, 1934.

런은 이런 방식이 "쉽기는 하지만 별로 큰 의미는 없으며 다시 위로 올라가 고문에서 찾아내는 것이 낫다"고 생각했다. 그래서 『유림외사儒林外史』의 서두楔子에서 시작하여 왕면王冕을 강의한 다음 곧바로 명청교체기 때 문인으로 넘어갔으며 다른 백화소설은 생략해 버렸다. "곧이어 김농金農의 대나무 그림과 화제畫題 등, 정섭鄭燮의 기문과 식구들과 왕래한 편지 몇 통, 이어李漁의 『한정우기초閑情偶記抄』, 김성탄의 「『수호전』 서문水滸傳序」이었다." 여기까지는 아직 새로운 버전의 『고문관지古文觀止』를 편찬한 정도에 불과했다. 그러다가 5·4신문학운동과 직접적으로 연결지을 수 있는 이지李贄와 장대, 공안 원씨 삼형제 등을 발견하게 되자 시야가 탁 트여서 마침내 '중국 신문학의 원류'를 정리할 수 있었던 것이다.[52] 저우 쩌런의 이 글은 보인대학의 시리즈 강연에 대해서만 이야기했지만 사실 진정한 성과는 그 이후에 나온 것이었다.

이보다 앞서 저우쩌런은 공덕학교孔德學校 국문과에서 『안씨가훈顏氏家訓』을 강의했다. 이후 저우쩌런은 다시 북경대학에서 '육조산문' 강좌를 개설했다. '근대명청 산문'에서 '육조산문'으로 바뀐 것은 강좌 성격의 변화만이 아니라 저우쩌런의 문학사 인식의 재수정을 보여주는 것이었다.[53] 중일전쟁이 곧바로 터지자 저우쩌런의 문학사 다시 쓰기라는 고군분투도 광범위한 반향을 얻을 수 없었다. 그러나 그 당시 류춘런柳存仁, 유존인, 진커무金克木, 김극목, 장중싱張中行, 장중행 같은 나이든 학생들은 당시 기억을 떠올리는 글에서 특별한 혜안을 보여주었던 '육조산문' 강좌를 언급했다.[54] "여러분의 노력은 결코 헛되지 않을 것입니다"[55]라고 했던 저우쩌

---

52   周作人,「關于近代散文」,『知堂乙酉文編』, 上海 : 上海書店, 1985,
53   周作人,『知堂回想錄』, 151면.
54   柳存仁의「北大和北大人·不是萬花筒」(『宇宙風乙刊』第36期, 1941.1)과 金克木의「南

런의 자신감도 일리가 있었다.

저우쮀런은 육조 문인과 문장을 추앙했고 관련해서 수많은 진술을 남겼으므로 이후 사람들이 굳이 자료를 샅샅이 찾을 필요가 없다. 흥미롭게도 저우쮀런은 형인 루쉰이 자신과 마찬가지로 육조 문장을 진한 문장이나 당송 문장보다 더 좋아했다고 확정적으로 이야기했다는 점이다. 1950년대 나온 『루쉰의 청년시대魯迅的靑年時代』의 「루쉰의 국학과 서학魯迅的國學與西學」, 「루쉰과 중학교 지식魯迅與中學知識」, 「루쉰의 문학 수양魯迅的文學修養」, 「루쉰의 고서 읽기魯迅讀古書」 4개 장에서 루쉰이 얼마나 "위진 육조 작품을 당송보다 중시했으며, '팔대가'와 동성파는 언급할 가치도 없었다"고 했는지 이야기했다. 루쉰이 책을 읽을 때 "정통파와 보조를 같이 하지 않고" 한유와 주희를 좋아하지 않았으며 혜강과 도연명을 추앙했다고 하는 말에는 당연히 일리가 있다.[56] 그러나 아래 두 단락에 구체적으로 서술된 내용을 보면 사실과 맞지 않다.

그는 육조 문장을 진한 문장보다 좋아했다. 『낙양가람기洛陽伽藍記』, 『수경주水經注』, 『화양국지華陽國志』 같은 육조의 저작은 모두 지역사에 대한 책이지만 문채와 감성이 모두 훌륭해서 루쉰은 그것을 문장으로 간주하고 교감을 하고 선본을 판각하였으며 매우 소중하게 여겼다. 순수한 육조 문장 중에 그가 가지고 있던 것은 두 책으로 된 『육조문혈六朝文絜』이었는데 각 문체의 문장을 깔끔하게

渡衣冠思王導"(『金克木小品』, 北京 : 中國人民大學出版社, 1992), 張中行의 「苦雨齋一二」(『負暄瑣話』, 哈爾濱 : 黑龍江人民出版社, 1986) 참조.

55   이것은 5·4 사람들의 공통된 믿음이었다. 저우쮀런이 「근대 산문에 관하여」에서 한 이말은 후스의 "수확이 없는 작업은 없다"(胡適, 『胡適的日記』, 北京 : 中華書局, 1985, 419면), "씨를 뿌리면 반드시 수확이 있다"는 '개인적 신념'(胡適, 『胡適往來書信選』 中, 北京 : 中華書局, 1979, 296면)과 비교해 읽을 수 있다.

56   周啓明, 『魯迅的靑年時代』, 北京 : 中國靑年出版社, 1957, 60·48·55면.

편집한 뒤 수록해서 사용하기에 매우 편했다. 그는 당송 문장에 대해서는 줄곧 대단하지 않다고 생각했지만 그 시대의 잡저雜著는 매우 좋아했다. (후략)

일반적인 문인 중에도 불경을 읽는 사람이 있지만 그 대부분은 노장에 대한 취미에서 파생된 것이다. 그들은 다만 불교의 사상과 비교를 하고 싶을 따름이다. 그 외의 사람들은 종교적 신앙을 가진 거사居士들이다. 그런데 루쉰은 둘다 아니었다. 그는 독서물로 읽었다. 그 이유는 고대 불경은 대부분 당 이전의 번역본이고, 어떤 것은 문장이 매우 좋아서 육조의 저작으로 보아도 매우 흥미롭기 때문이었다.[57]

앞에서 말한 사실과 맞지 않다고 한 것은 루쉰이 육조의 저작과 불경 한역본에 대해 흥미를 가졌다는 것을 부정하려는 것이 아니라 이 두 단락이 저우쭤런이 자신에 대해 서술한 것과 실제로 매우 흡사하다는 뜻이다.

쑨푸위안孫伏園, 손복원은 류반눙劉半農, 유반농이 루쉰에게 "톨스토이와 니체의 학설, 위진의 문장"이라는 연구聯句를 보냈는데 "그 당시 친구들은 이 연구가 매우 적실하다고 생각했고 루쉰 선생도 여기에 반대하지 않았다"[58]고 했다. 연구자들은 루쉰의 문장을 이야기할 때 대체로 그의 「위진 풍도와 문장, 약과 술의 관계魏晉風度及文章與藥及酒之關系」[59]를 언급하게 된다. 만약 여기에 다시 『한문학사강요漢文學史綱要』까지 고려한다면 루쉰의 '문장 취향'을 대체로 파악할 수 있다. 첫째는 독립된 인격을 좋아했다는 점, 둘째는 문채와 상상을 강조했다는 점, 셋째는 문자에서 문장으로 가

---

57 周啓明, 『魯迅的青年時代』, 68면.

58 孫伏園, 「魯迅先生逝世五周年雜感二則」, 重慶: 『新華日報』, 1941.10.21.

59 王瑤, 「論現代文學與中國古典文學的歷史聯系」(『文藝報』, 1956.19·20期)의 정치한 논술을 참조.

는 논리가 있다는 점이다. '문학적인 글쓰기文와 비문학적인 글쓰기筆를 변별하는' 서술과 '문학적 자각'에 대한 깊이 있는 이해에서는 류스페이의 영향을 볼 수 있지만, 위진 풍도에 관심을 기울이고 특히 인간의 독립적 실천과 맑고도 통달한 글쓰기를 추구한 것은 주로 장타이옌의 영향을 받은 것이다.

「위진풍도와 문장, 약과 술의 관계」에서 루쉰은 류스페이의 『중국중고문학사中國中古文學史』를 인용했고, 또 「장타이옌 선생에 대한 두세 가지 일」에서는 도쿄에서 강의를 들은 일을 언급하면서 그리운 것은 스승 장타이옌의 '전투적인 문장'이지 '예스러운 문체'나 '경학과 소학'이 아니었다고 했다. 설령 그렇다고 해도 나는 여전히 루쉰이 위진을 발견한 것은 주로 장타이옌 덕분이었다고 생각한다. 마찬가지 이유에서 비록 「스승에게 작별을 고함謝本師」을 쓰는 패기 있는 행동을 하기는 했지만 학술사상이라는 측면에서 저우쮜런이 장타이옌에게 받은 영향은 매우 깊었다. 문장만을 놓고 보아도 육조를 띄우고 딩송을 폄하한 저우씨 형제의 이런 독서 취향에는 분명 장타이옌 선생의 영향이 드러나 있다. 장타이옌의 '혁명자'적 측면을 부각시키기 위해 이십몇 년 전 동경에서 배웠을 때를 회상할 때 루쉰은 이렇게 썼다.

> 선생의 목소리와 외모, 웃는 모습이 아직도 눈앞에 생생하다. 그렇지만 강의하셨던 『설문해자』는 한 구절도 생각나지 않는다.[60]

학문을 배웠을 때의 구체적인 지식은 정말 "한 구절도 생각나지 않"았

60 魯迅, 「關于太炎先生二三事」, 『魯迅全集』6, 北京 : 人民文學出版社, 1981, 546면.

는지는 모르지만 학술적 취향은 자신도 모르는 사이에 젖어 들어 꿋꿋하게 표현되었던 것이다. 루쉰이 특수한 방식으로 청대 유자와의 역사적 관련을 찾아내고 만년에도 중국 자체字體 변천사 편찬에 미련을 떨쳐내지 못했던 것 등 곳곳마다 장타이엔의 영향이 드러나 있다.[61] 매우 오랫동안 저우씨 형제는 장타이엔의 길을 그대로 따르지 않았을 뿐만 아니라 심지어 스승의 학술에 반기를 들려는 느낌마저 있었다. 내가 그들의 문장 취향에 스승의 영향이 있다고 판단하는 이유는 장타이엔이 위진 문장을 부흥시키려고 노력한 것이 획기적인 의의를 가지기 때문이다. 류스페이가 청대 사람들의 사고를 계승했다면, 장타이엔과 저우씨 형제는 더욱 창조성을 발휘했던 것이다.

「내가 공부한 순서自述學術次第」를 보면 장타이엔 자신이 처음에는 한유의 문장이 의미심장하면서 길들여지지 않은 것을 좋아했고, 후에는 왕중汪中과 이조락李兆洛을 배웠다고 했다. 그러다가 위진 문장을 송독하고 법상종法相宗을 학습한 이후에야 정치론을 자유롭게 펼쳐내는 현문玄文의 아름다움을 깨닫게 되었다. 그 결과 점차 진한문장을 추종하는 당송팔대가와 당송문장을 추종하는 동성파를 넘어서고 왕중과 이조락 등 육조의 수식과 대우를 모방하는 문장가와 거리를 두게 되어 청원淸遠과 풍골風骨을 겸비한 자신의 풍격을 이루었다고 하였다.

34세 이후 맑고 화평한 풍격을 이루고 싶었다. 삼국과 위진 문장을 읽고 매우 아름답다고 생각했고 이로 인해 체제가 처음으로 변했다. 그러나 왕중과 이조락 두 사람은 일상적인 글은 잘 썼지만 의례와 정치를 논할 때는 제대로 펼

61   陳平原, 「作爲文學史家的魯迅」, 『學人』第4輯, 南京 : 江蘇文藝出版社, 1993.7.

쳐내지 못해서 아쉬웠다. 중장통仲長統과 최식崔寔 같은 부류와는 비교가 되지 않았다. 오위吳魏의 문장은 점잖고 기운이 절로 펼쳐져 전하려는 뜻을 제대로 표현하지 못하거나 보폭이 좁은 병폐가 없었다. 하지만 왕중과 이조락의 글은 급박하고 여유가 없어서 느긋한 것을 추구했던 송대의 구양수, 왕안석, 소식과 비교할 때 두 가지 극단이라 둘다 중도라고 할 수 없다. 왕중과 이조락만이 아니라 진한의 수준 높은 글과 전적도 현묘한 이치를 논하는 데는 부족하다. 나는 법상종을 본받고 또 위진의 현문玄文도 함께 공부하였다. 왕필王弼과 완적, 혜강, 배고裴顧의 글을 보면 왕중과 이조락이 넘볼 수 있는 수준이 아니다. (…중략…) 중년에 쓴 글은 젊을 때 쓴 것과 다르지만 청원함은 오위吳魏에 바탕을 두었고 풍골은 주한周漢을 담았으니 왕중, 이조락과만 결을 같이 하려고 하지 않은 것이다.[62]

『타이옌 선생 자정연보』의 '광서光緖 28년[1902] 35세' 항목을 보면 앞에서 말한 내용 전체와 호응하는 이런 단락이 있다.

처음에 글을 썼을 때에는 진한을 추종하고자 애를 썼는데 결국 당송의 내용과 법도를 제대로 얻게 되었다. 그러나 『통전通典』을 열심히 공부했는데 이 책에 수록한 의례 문장이 최고라고 생각했지만 배울 수가 없었다. 그래서 동한의 문학이 무시 못 할 수준이고 최식崔寔과 중장통仲長統이 특히 뛰어나다는 것을 알게 되었다. 다시 명리名理를 종합한 뒤에 삼국과 위진 문장에 진한 문장이 도달하지 못하는 부분이 있다는 것을 알게 되었고 그래서 문장이 점차 변했다.[63]

62   章太炎, 「自述學術次第」(『太炎先生自定年譜』, 香港 : 龍門書店, 1965)에 수록.
63   『太炎先生自定年譜』, 9면.

이 단락에서 "문장이 점차 변했다"고 자술한 것이 가리키는 것은 『구서訄書』에서 문체를 탐색한 것을 말한 것이다. "세속적인 표현을 취하여 문예적이지 않은" '논사論事'와 비해, 장타이옌은 "박람하면서도 요약할 줄 알고 문채가 있으면서도 질박함을 가리지 않는" 자신의 '술학述學'을 소중히 여겼다. 그의 '평이하면서도 스케일이 크고 전아한文實閎雅' 술학 풍격이 가장 잘 드러난 것으로 장타이옌이 열거한 저작이 바로 『구서』였다.[64]

『구서』와 『국고논형』 등의 저서가 삼국과 위진 문장에서 계시를 얻은 점과 장타이옌이 이즈음에 육조 문장에 대해 보인 찬양을 결합해 보아야만 전통을 변모시킨 의미를 볼 수 있었다. 저우씨 형제는 20세기 중국에서 가장 중요한 양대 산문가였고 옛것을 잇고 새 길을 개척하여 장타이옌의 창조적인 사고를 펼쳐내는 일에 핵심적인 역할을 했다. 1930년대 이후 산문가들이 따라하는 사람은 장타이옌이 아니라 저우씨 형제였다. 세기 말에 돌이켜서 현대 중국산문의 계보를 구축할 때 그중에서 육조 문장을 빌어 전통의 창조적 변화를 구현한 사람을 꼽는다면 장타이옌, 류스페이-루쉰, 저우쭤런-위핑보, 페이밍廢名, 폐명, 녜간누聶紺弩, 섭감노-진커무, 장중싱이라고 할 수 있을 것이다.[65] 이 계보의 중심에 저우씨 형제가

---

64 章太炎, 「與鄭實書」, 『章太炎全集』 4, 上海: 上海人民出版社, 1985, 169~170면.
65 페이밍이 쓴 자전적 색채의 「막수유 선생이 비행기를 탄 이후(莫須有先生坐飛機以後)」에서 막수유 선생이 한유를 폄하하고 庾信을 숭상했던 것은 "그가 유신의 문장이 신문학이라고 믿었기 때문"이다. 위핑보가 쓴 「樓頭小撷」의 아리따움, 「古槐夢遇」의 아스라함, 문학에서 표현과 전고를 사용하는 것의 의의(예로 든 것은 육조 문장이며 「標語」 참조)를 강조한 것을 보면 그가 '경릉파의 계승자'라는 주장을 의심하게 된다. 나는 최근에 위핑보가 1984년에 친구에게 보낸 편지를 읽어보면서 그제야 의혹이 풀렸다. 그 내용은 "내가 명대 문인의 영향을 받았다는 말이 (이미 수십 년간) 전해지고 있는데 아무런 근거도 없다", "나는 대학에 있을 때 육조 문장을 좋아한 적이 있다"였다. (吳小如, 「俞平伯先生的一封佚信」, 『文滙讀書周報』, 1997.2.22 참조) 녜간누의 '위진풍도'는 잡문 외에도 그의 사람됨과 그의 시에 더욱 잘 구현되어 있다. 장중싱은 저우씨 형제에 대해 "한 사람

있었다. 장타이옌과 류스페이는 선구자이기 때문에 당연히 공헌이 지대하다. 그러나 저우씨 형제의 제자와 후대 계승자들에 대해서는 서술의 편의를 위해 열거했을 뿐이다.

루쉰의 개념을 차용한다면 '약'과 '술'이거나 '여자'와 '불교'[66]의 대립이기 때문에 사실 위진 문장과 남북조 문장에는 상당히 큰 차이가 있었다. 다만 '중천에 뜬 해와 같았던' 진한 문장과 당송 문장에 견줄 때만 육조 문장의 독립적인 품격이 성립되는 것이다. 여기에서는 개별 작가와 육조 문장의 구체적인 관련성은 뛰어넘고 아주 거칠게 이 큰 방향성에 대해서만 서술하려고 한다. 위에서와 마찬가지로 예를 드는 것이기 때문에 먼저 페이밍의 단편을 '서막'으로 삼아도 괜찮을 것이다.

중국의 문장 중에서 육조 사람들의 문장이 가장 도달할 수 없는 경지이다. 나는 친구들에게 농담삼아 내가 만약 배운다면 가장 배우고 싶은 것은 육조 문장이라고 했다. 나는 이 문장이 배워서 터득힐 수 없는 것임을 알고 있었지만 내가 육조 문장을 좋아하며 내가 육조 문장의 멋진 점을 확신하고 있다는 것을 보여준 것이다. 육조 문장은 배워서 터득할 수 없다. 육조 문장의 생명력은 여전히 끊임없이 자라날 것이다. 시는 성당盛唐에서, 사는 남송에 이르러 모두 육조 문장의 명맥과 이어지게 된 것이다. 지금 우리의 새로운 산문에도 '육조 문

은 장창에 단검을 가지고 있고 한 사람은 온화한 바람과 부슬비 같은데 나는 둘다 좋다. 특히 동생이 감정과 합리를 중시하고 견식이 있고 흐르는 물처럼 자연스러우며 담백하고 질박한 풍격이 있는 점이 좋다"(「再談苦雨齋」)라고 칭송했다. 대다수 후학중에서 저우씨 문장의 풍격을 가장 잘 계승한 사람은 장중싱일 것이다. 沈祖棻는 「涉江詩」에서 진커무를 그리워하면서 "月裏挑燈偏說鬼, 酒闌揮麈更談玄. 斯人一去風流歇, 寂寞空山廿五年"이라고 했다. 진커무의 성정과 문장에 대한 이 시의 묘사는 매우 핍진하다.

66 許壽裳, 『亡友魯迅印象記』, 北京: 人民文學出版社, 1977, 50면 참조.

장'이 들어있다.[67]

이 글에서는 스승 저우쭤런과 제자 펑원빙馮文炳, 풍문병이 육조 문장에 대해 강렬하게 흥미를 가졌다고 했다. 심지어 그가 현대 중국의 '육조 문장'을 논하면서 언급한 예도 영국풍 수필로 유명한 량위춘梁遇春, 양우춘이었다. 량위춘 산문의 '영롱한 자태와 화려한 아름다움', '잡다'하고 '깊이 있는 것'은 확실히 육조 문장과 상통하는 점이 있다. '신문학에 들어 있는 육조 문장'[68]이라는 말은 핵심을 찌른 것인데, 이런 직설적이고 패기 있는 발언은 불학을 배운 페이밍만이 할 수 있었다. 하지만 량위춘에 비해 '신문학 속의 육조 문장'으로 파악하고 분석하는 것이 더 적합했던 사람은 사실 스승 저우쭤런과 제자 페이밍일 것이다.

'문언에서 백화로'를 논하면서 후스가 장회소설에서 백화문의 근원을 찾은 것은 매우 설득력이 있었다. 그런데 '백화에서 미문美文으로'를 탐구한 저우쭤런이 명말 소품을 추종한 것은 훨씬 더 한 시대를 풍미했다. 저우씨 형제의 문장이 갖는 전범의 의의를 서술하려면 위에서 아래로 연결해야 육조 문장의 영향이 점차 또렷하게 드러날 것이다. '문학사 다시 쓰기'에서 육조 문장이 점차 중시된 것과 '신문학 속의 육조 문장'이 빠른 속도로 성장한 것은 불가분의 관계에 있다. 구체적으로 설명할 때에는 '삼국 위진 문사三國魏晉文辭'와 '남북조 문초南北朝文鈔'를 나누어 탐구해야 한다. 현대 중국 산문 양대 주자인 이 두 사람이 전혀 다른 길로 나아갔기 때문이다.

67　廢名, 「三竿兩竿」, 『馮文炳選集』, 北京 : 人民文學出版社, 1985,

68　廢名, 「『淚與笑』序」, 『馮文炳選集』.

3. "마음 가는 대로 한" 혜강과 "기운 대로 쓴" 완적, 그리고 "술잔 든 채 국화 완상한" 도연명

1930년대 중반기에 위다푸郁達夫, 욱달부가 양우도서인쇄공사良友圖書印刷公司에서 낸 『중국신문학대계·산문2집』은 저우씨 형제의 문장이 전체의 10분의 6~7을 점하고 있다. 여기에 대해 위다푸는 이렇게 설명했다.

> 중국 현대 산문은 루쉰과 저우쭤런 두 사람이 가장 풍성하고 가장 위대한 성과를 거뒀다. 내 평소 취향으로 봐도 이 두 사람의 산문이 가장 좋다.[69]

60년 뒤 이 단락을 다시 인용해도 거의 바꿀 필요가 없다. 물론 걸출한 산문가들은 적지 않게 등장했지만 저우씨 형제는 끝까지 양대 진영의 대표적 인물이었다. 최근 100년간 중국 문단에서는 소설과 시가의 여러 작가들이 엎치락뒤치락했지만 산문만은 두 봉우리가 굳건하게 대치된 상태였고 저우씨 형제의 위상은 견고했다.

그렇지만 저우씨 형제의 문장 취미는 또 너무나 달라서 1920~1930년대에 이르면 문장을 논하는 사람들은 그들을 '나누어 분석해야' 하는 근거로 삼았다. 저우씨 형제의 문장은 하나는 촌철살인, 신랄함과 강건함을 특징으로 하며 다른 하나는 여유롭지만 맑고도 쓸쓸한 느낌이 있었는데 그들의 사상 경향 및 문화적 성격과 깊은 관련이 있다. 아잉阿英, 아영과 위다푸에서 최근에 수우舒蕪, 서무와 첸리췬錢理群, 전리군에 이르기까지 이 점에

---

69 郁達夫, 「中國新文學大系 · 散文一集導言」, 『中國新文學大系 · 散文一集』, 上海 : 良友圖書印刷公司, 1935.

대해 정치한 분석을 내놓았다.[70] 이 글에서는 '문학사 쓰기'와 '문장 취미' 사이의 상호작용이라는 또 다른 시각에서 보고자 한다. 신문화운동의 선두로서 저우씨 형제는 적극적으로 백화문을 고취했다. 백화문운동이 성공한 뒤 두 사람은 또 다시 의식적으로 문언을 백화에 끌어들여서 쓸쓸하고도 예스러운 독특한 문체로 수많은 독자들을 사로잡았다. 이와 동시에 두 사람은 문학사 저술로 학계의 주목을 받았고 문학 흐름에 영향력도 컸다.

저우씨 형제는 대학에서 강의를 했지만 일반적인 의미에서 전문 분야가 있는 학자가 아니다. 그들의 문학사 쓰기는 개인적인 문학 취미를 드러내는 경향이 강하다. 그래서 그들이 말한 내용도 중요하지만 그들이 침묵하고 있는 것의 의미도 깊다. '문장' 연구에서 루쉰은 선진 시기부터 위진 때까지를 주목했지만, 저우쭤런은 남북조 이후에 관심을 보였다. 루쉰이 어쩌다가 공안파와 경릉파를 다룬 것은 저우쭤런보다 훨씬 못했고 저우쭤런이 장자와 공융을 논의한 것 역시 루쉰보다 훨씬 못했다. 저우씨 형제의 안목을 합쳐 놓으면 마침 하나의 완정한 '중국산문사'가 된다. (여기에서는 현대 장르적 의의를 가진 '산문 문장'이 진한 문장 또는 육조 문장과 구별된다는 점은 고려하지 않았다) 1923년 이후 저우씨 형제는 이미 '우애 있는 형제'의 정감과는 작별한 상태였고 더는 학술적인 분업도 할 수 없었다. 바로 그렇기 때문에 저우씨 형제가 중국 문장에 대해 전혀 다른 선택을 한 것에는 깊은 의미가 들어 있다. 이 점을 논하기 위해서는 그들의 스승이었던 장타이옌과 류스페이의 안목을 고려할 필요가 있다.

루쉰이 세상을 떠났을 때 저우쭤런은 「루쉰에 대해關于魯迅」를 써서 그

---

70 阿英의 「現代十六家小品序」, 郁達夫의 「中國新文學大系·散文一集導言」, 舒蕪의 『周作人的是非功過』(北京 : 人民文學出版社, 1993), 錢理群의 『周作人論』(上海 : 上海人民出版社, 1991) 참조.

의 학문적 공헌을 소개하고 9종의 저술을 열거했는데 그 안에는 『혜강집嵇康集』미간행 교정도 들어 있었다. 20년 뒤 루쉰이 혜강에 대해 열정을 가지고 있다는 사실은 이미 많이 알려져 있었고 학계에서는 루쉰과 중국 고전 문학의 역사 관계를 논의할 때마다 반드시 이를 중요한 근거로 삼았다. 그러나 오히려 저우쭤런의 『루쉰의 청년시대魯迅的靑年時代』에서는 의도적으로 "마음 가는 대로 논의를 편" 혜강을 피하고 있는 것처럼 보인다. 루쉰이 고서 문장을 읽는 것을 서술한 네 단락에서 저우쭤런은 수많은 시문가를 언급하면서도 혜강을 언급할 때는 다만 스치듯 가볍게 이야기하고 지나갔을 뿐이었다.

> 그는 『초사楚辭』에 있는 굴원의 여러 글을 좋아했고 그 다음으로는 혜강과 도연명, 육조 사람들의 문장, 당대의 전기傳奇를 좋아했다. 당송팔대가에 대해서는 일고의 가치도 없게 여겼고 '동성파'에 대해서는 더 말할 필요도 없었다.[71]

당송팔대가와 동성파 고문에 대한 멸시는 저우씨 형제 모두 같았지만, 혜강과 도연명을 나란히 열거한 것은 루쉰의 문학 취향이 드러난 것이라고 보기 어렵다. 저우씨 형제의 문집을 펼쳐보게 되면 형 루쉰은 혜강을 좋아하고 동생 저우쭤런은 도연명을 좋아해서 각기 좋아하는 대상이 있었을 뿐만 아니라 둘 다 취향이 매우 확고해서 문단에 풍파를 일으키기까지 했다는 느낌을 받게 된다. 형제는 비록 불화했지만 그래도 노골적으로 반목하는 것을 원하지 않아서 미묘한 표현으로 완곡하게 공격했다. 이런 역사적 상황을 재구해야만 그들의 구체적인 방향성을 알 수 있게 된다.

---

71 周啓明, 『魯迅的靑年時代』, 55~56면.

1913년에서 1935년까지 23년간 루쉰은『혜강집』을 열 번 이상 교감했고[72]「『혜강집』일문고嵇康集逸文考」,「『혜강집』저록고嵇康集著錄考」,「『혜강집』서嵇康集序」,「『혜강집』발嵇康集跋」,「『혜강집』고嵇康集考」등의 글을 썼다. 루쉰이 정리한 수많은 고적 중에서『혜강집』이 가장 노심초사하면서 시간과 정력을 기울인 자료였다. 1930년대 초 루쉰은 이 교감본을 간행하려고 했으나 "청대 간본을 대략 완성했을 때 갑자기 전란이 터지는 바람에"[73] 결국 소원을 이루지 못했다. 루쉰의 사후인 1938년에야 루쉰이 다년간 심혈을 기울인『혜강집』이 처음으로『루쉰전집』에 수록되었다.

루쉰이 위진문장에 다가갈 수 있었던 것은 장타이옌의 제창과 류스페이의 설명 덕분이었다. 위진문장 중에서 혜강을 특히 중시한 것은 루쉰의 마음과 취향을 보여준 것이다. 장타이옌은 위진 문장을 추앙했는데 이것을 보여주는 가장 유명한 글은『국고논형』의「논식論式」의 이 단락이다.

위진 문장은 대부분 한대 문장보다 나으며 특히 논의는 주 말기와 비슷하다. 기의 체격은 다르지만 자기 주장을 고수할 때에는 법도가 있고 타인의 주장을 공격할 때에는 순서가 있어 조화와 논리가 그 안에 있고 근거를 폭넓게 가져오니 영원한 모범이라고 할 수 있다.

장타이옌은 한대 문장과 당대 문장 모두 각자 장점과 단점이 있고 "단점 없이 장점만 있는 것은 위진밖에 없다"고 생각했다. 위진 문장을 특별히 추앙해야 하는 이유는 논의에 강하기 때문이었다.

---

72 루쉰이『혜강집』을 정리한 구체적인 과정에 대해서는 趙英,『籍海探珍－魯迅整理祖國文化遺産擷華』, 北京 : 中國文史出版社, 1991, 33~39면 참조.
73 「致許壽裳」,『魯迅全集』12, 69면.

논지 전개가 어려운 것은 여러 논의를 섭렵하거나 인물을 평가해야 하기 때문이 아니라 논리와 의례를 극대화해야 하기 때문이다. 여러 논의를 섭렵하거나 인물을 평가하는 것은 문인들이 잘하는 부분이다. 그러나 논리를 유지하면서 의례를 논하는 것은 그 분야의 학문에 뛰어나지 않으면 도달할 수 없다. 당대 이후 글의 주안점은 전자에 있었지 후자에 있지 않았다.[74]

「통정通程」에서 장타이옌은 거의 비슷한 의미에서 "위진 시대에는 현리玄理를 아는 사람이 매우 많았다. 그러나 당대에 이르면 글을 꾸밀 줄만 알았지 깊은 뜻을 담는 전통은 거의 사라졌다"[75]라고 했다. 그리고 수많은 청준하고 탈속적이며 화려하고 장대한 위진 문장 중에서 장타이옌은 혜강과 완적을 매우 좋아했다. 그는 "혜강과 완적의 무리는 요, 순을 비판하고 탕왕과 무왕을 멸시하는 정도에 이르렀다. 그들은 세상에 염증을 느껴 신선술을 구했으며 모두 노자와 장자를 숭상하였으니 현언玄言이 이때부터 일어났다"[76]라고 했다.

장타이옌의 절친한 벗 류스페이는 혜강과 완적의 빼어난 문장에 대해 한 걸음 더 발전된 논의를 했다. 혜강과 완적은 지금껏 병칭되었는데, 이른바 "혜강은 마음 가는 대로 주장을 하고, 완적은 기운으로 시를 쓴다"고 한 것은 류스페이의 말대로, 다르게 이야기한 것 같지만 실제로는 동류로 본 것이다.[77] 그들의 시와 산문은 모두 좋았지만 사실 혜강과 완적은 각기 잘하는 부분이 있었다. 완적은 시를 잘 썼고 혜강은 논리에 능했다.

74　章太炎, 『國故論衡』, 再版, 上海 : 大共和日報館, 1912.
75　章太炎, 「通程」, 『檢論』. (『章太炎全集』 3, 上海 : 上海人民出版社, 1984, 453면)
76　章太炎, 「學變」, 『訄書』. (『章太炎全集』 3)
77　劉勰의 『文心雕龍』 「才略篇」과 劉師培의 『中國中古文學史』 第4課 참조.

『중국중고문학사』제4과에서 류스페이는 혜강과 완적의 문장을 이렇게 비교했다.

> 혜강과 완적은 문장은 아리땁고 멋지다는 점에서는 같다. 그런데 구별을 한다면 혜강의 문장은 한대 공융에 가까워서 논리가 치밀한데 이 점은 완적이 미치지 못한다. 반면 완적의 문장은 한대의 예형禰衡에 가까워서 체제가 굳건한데 이 점은 혜강이 따라갈 수 없다. 이것이 그들의 차이점이다.

겉으로만 보면 혜강과 완적이 우열을 가리기 어렵다고 말한 것 같지만 이 수업에서는 혜강의 문장을 높게 평가하는 내용도 있었다. 하나는 이충李充의 「한림론翰林論」을 인용한 뒤에 "이충은 논리라는 점에서 혜강을 추대하여 위진 문인 중에서 논리 구성으로 문장을 이룬 사람으로는 실로 혜강이 최고라는 뜻을 밝혔다"라고 한 것이고, 다른 하나는 혜강의 문장이 "논리가 치밀하다", 곧 "혜강의 문장은 어려운 논변을 잘해서 문장이 누에고치를 벗기는 것과 같아 모든 내용을 다 전달하는데 이 점은 완적이 따라갈 수 없다"[78]고 평가한 것이다.

혜강 문장에 대한 루쉰의 평가는 장타이옌이나 류스페이와 거의 같고 여기에 혜강이 성격적으로 독립적이고 반항적이라는 점을 강조했을 뿐이다. 루쉰에게는 이른바 '사상이 통달하다'는 것은 "고집이 없어서" "이단과 외래 사상을 충분히 받아들일 수 있다"는 것이었고 독립적인 사상을 견지하기 위해서는 심지어 죽을 위험까지 무릅쓰면서 "탕왕과 무왕을 비판하고 주공과 공자를 낮게 볼 수 있"[79]어야 했다. 「『혜강집』고」에

---

78 劉師培, 『中國中古文學史·論文雜記』, 北京 : 人民文學出版社, 1959, 43·46면.
79 魯迅, 「魏晉風度及文章與藥及酒之關系」, 『魯迅全集』 3.

서 루쉰은 "혜강 문장은 논리에 강점이 있고 문장을 수식하는 것에는 마음을 두지 않았다. 그래서 당·송대 유서類書에서도 혜강 문장을 거의 인용하지 않았다"고 했고 「위진 풍도와 문장, 약과 술의 관계」에서 훨씬 더 명료하게 "혜강의 논증문은 완적보다 훨씬 낫다. 사상이 참신하여 예전의 설과 반대되는 경우도 많다"[80]라고 했다. 혜강 문장이 '논리가 치밀한' 이유는 '사상이 참신한' 것과 관련이 있고, '사상이 참신'할 수 있었던 것은 사마씨司馬氏를 따르려고 하지 않았기 때문이다.[81] 명대 장부張溥는 『혜중산집嵇中散集』에 "혜강의 문장을 모아보면 여러 논의가 수준이 높고 양생養生을 풍자하되 장자와 노자의 생각에 도달했으며 관자管子와 채용을 변별하여 주공의 마음을 알았다. 그 당시 사마씨의 문하에서 명리를 추구했던 사람들은 이런 문장을 쓸 수 없었을 뿐만 아니라 읽을 수조차 없었다"[82]라는 제사題辭를 썼는데 이렇게 어딘가에 매이지 않고 독립적인 태도 때문에 죽음을 초래했던 것이다.

사람들이 더욱 관심을 보인 것은 혜강과 완적 중에 누가 더 문장 수준이 높으냐 보다는 이들이 전혀 다른 상황에 놓였다는 점이었다. 둘 다 덕행이 뛰어나고 발군의 재능을 가졌으며 쇠미한 시대에 인정받지 못했다. 그런데도 완적은 천수를 누렸고 혜강은 사마씨의 손에 죽임을 당했다. 사람들은 이 점에 관심을 가지고 수많은 논의를 해왔다. 혜강은 「산거원山

---

80 魯迅, 「嵇康集考」, 『魯迅全集』 10, 76면; 「魏晉風度及文章與藥及酒之關系」, 『魯迅全集』 3, 511면.

81 [역자 주] 혜강은 당시 실권을 가졌던 사마씨 정권의 부름에 응하지 않았다. 죽림칠현의 한 사람인 山濤가 혜강을 벼슬에 추천하자 혜강이 절교한다는 편지를 보내 사마소의 미움을 샀다. 그 이후 혜강은 벗인 呂安을 변호하다가 사마소의 분노를 샀고, 혜강에게 푸대접을 받은 일로 앙심을 품고 있던 종회가 사마소에게 혜강을 제거하라고 권하여 여안과 함께 처형되었다.

82 張溥, 殷孟倫 注, 『漢魏六朝百三家集題辭注』, 北京 : 人民文學出版社, 1960, 92면.

濤, 산도에게 절교를 선언하는 편지與山巨源絶交書」에서 "완적은 남에 대해 논평한 적이 없어서 나는 언제나 그처럼 하고 싶었지만 할 수 없었다"고 했다. 혜강 본인조차도 이런 '자아비판'을 했을 정도이니 세상 사람들은 훨씬 더 편안하고 논리적으로 완적의 처세 철학을 인정할 수 있었다. 또 혜강이 스스로를 높게 보는 마음과 오만한 기운이 있다고 노골적으로 비판하는 경우도 있었는데 그럴 때 결론은 '성격으로 인한 비극'이었다. 이런 점을 가장 잘 보여주는 자료가 『안씨가훈』의 "혜강은 양생론을 썼지만 타인에게 오만하게 굴었기 때문에 처형을 당했다", "혜강은 세상을 배격하여 화를 자초했으니 어찌 세상과 잘 어울리는 화광동진和光同塵 유형의 인물이라고 할 수 있겠는가?" 구절이다.[83] 송대 섭적葉適은 또 다른 방향에서 이 문제를 바라보았다. 나는 혜강은 죽었지만 완적은 살아남은 것에 대해 『석림시화石林詩話』에서 해석한 것이 더욱 통찰력이 있다고 본다.

예전에 『세설신어』을 읽고 혜강이 위나라 종실의 사위라는 사실을 알게 되었다. 만약 정말 그렇다면 설령 종회鍾會의 심기를 거스르지 않은들 죽지 않을 수 있었을까? 완적이 타인의 인물평을 하지 않아서 본받을 만하다고들 하는데, 이것은 사실이 아니다. 완적이 타인의 인물평을 하지 않았다고 해도 눈빛으로 타인을 평가하고 있다면 또한 무엇이 다르겠는가. 완적이 진나라에서 천수를 누렸던 것은 아주 일찍부터 사마씨를 섬겨 암암리에 그의 비호를 받았기 때문이다. 역사가들은 "예법이 있는 사람은 그를 원수처럼 미워했으나 사마경왕司馬景王 덕분에 목숨을 보전할 수 있었다"라고 하는데, 이렇게 본다면 완적이 사마씨 편에 있지 않았다면 화를 면할 수 없었을 것이다. 지금 『문선』에 실린 장

---

83   顔之推의 『顔氏家訓』에 수록된 「養生篇」과 「勉學篇」.

제蔣濟의 「권진표勸進表」는 완적이 쓴 것이다. 완적이 이렇게까지 했는데 또한 무엇을 못하겠는가. 완적은 세속 사람들을 비루하다고 논하면서 속옷 속에 기어 다니는 이 같은 존재라고 여겼다. 그렇지만 완적이 사마씨에게 자기 몸을 의탁했다면 이것은 속옷 속으로 들어간 것이 아닌가? 종회에게 굽히지 않은 혜강이 어찌 위나라를 배신하고 진나라에 빌붙겠는가? 사람들은 비슷한 태도를 취했다고 혜강과 완적을 한 묶음으로 보고 있지만 나는 그럴 때마다 크게 한숨을 쉴 뿐이다.

섭적의 견해는 현대 사학자인 천인췌陳寅恪, 진인각나 탕창루唐長孺, 당장유의 논의에 가깝다. 「위진풍도와 문장, 약과 술의 관계」에서는 "혜강이 유해한 점은 주장을 발표한다는 점에 있었다. 이와는 달리 완적은 윤리에 대해서는 말하지 않았기 때문에 결과가 달랐던 것"이라고 했다. 같은 글에서 루쉰은 전통적인 주장에 따라 종회를 비웃은 것도 "혜강이 죽음을 맞게 된 화근"이라고 보았다. 8년 뒤 루쉰은 「'문인이 서로를 경시하는 문제' 재론再論文人相輕」에서 혜강의 죽음을 다시 해석했다.

> 혜강의 죽음은 그가 오만한 문인이어서가 아니라 대부분은 그가 조씨曹氏 가문의 사위였기 때문이다. 설령 종회가 쌍방을 부추겨서 싸움을 일으키지 않았더라도 누군가가 그렇게 했을 것이다. 세상에서 말하는 "상을 크게 주면 용감한 사람이 나타난다"라는 것이 이것이다.[84]

조씨 가문의 사위였기 때문에 혜강은 어쩔 수 없이 사마씨와 대립각을

---

84 魯迅, 「再論文人相輕」, 『魯迅全集』 6, 336면.

세우게 되었다.[85] 이렇게 무엇으로도 가릴 수 없는 정치적 상황으로 혜강은 투항하거나 그렇지 않으면 대항해야 했다. 그에게는 미친 적 시치미를 떼거나 빙빙 돌면서 피해갈 여지가 없었던 것이다. 혜강의 「가계家戒」를 읽다 보면 섭적이 혜강이 사지에 이르러서도 '굽히지 않았다'고 했던 것의 의미를 잘 알 수 있다. 「가계」는 물론 세속적인 면도 있지만 서두에서부터 그의 원대한 지향이 나타나 있다.

뜻이 없는 사람은 사람이 아니다. 그렇지만 군자라면 마음으로 하고자 하는 것은 행동으로 옮겨야 한다. 그것이 선했는가를 알려면 반드시 말한 뒤에 행동했는지를 봐야 한다. 뜻이 향한다면 말과 마음으로 맹세하고 죽을 때까지 바꾸지 않을 것이다. 행동으로 옮길 수 없는 것을 부끄러워한다면 언젠가 반드시 실천하게 될 것이다.

이렇게 "말과 마음으로 맹세하고 죽을 때까지 바꾸지 않은" 인물은 설령 코앞에 위험이 닥쳐왔다는 것을 알아도 여전히 '마음'과 '기운'이 하려는 것을 견지할 수 있다.

이런 점에서 저우씨 형제는 다른 길을 향하게 되었다. "옛사람들이 말하지 못했던 것을 거리낌 없이 마음대로 말했던" 굴원을 찬양한 「마라시력설摩羅詩力說」에서 "호걸남아라서 또 다른 영웅군주를 맞을 생각이 없었던" 사마상여와 사마천을 찬양한 『한문학사강요』까지, 다시 "예전의 설에

---

85 [역자 주] 한미한 집안 출신인 혜강은 위나라 종실 長樂亭 공주와 결혼했는데 장락정 공주는 曹操의 증손녀였다. 결혼 후 혜강은 郎中을 거쳐 中散大夫가 되지만 곧이어 司馬懿의 쿠데타로 인해 벼슬에서 물러나 山陽에 은거하게 되었다. 사마의는 정적인 曹爽의 삼족을 멸하고 위나라 정권을 장악했다.

늘 반대했던" 혜강을 인정했던 「위진 풍도와 문장, 약과 술의 관계」에 이르기까지 루쉰이 추구한 것은 반항과 독립이었다. 반면 아는 것이 많고 점잖은 저우쭤런은 사상적으로 통달하고 성격이 온유했던 도연명을 지향했다. 칼을 뽑고 활시위를 당기는 혜강 스타일은 저우쭤런의 취향과는 거리가 아주 멀었으므로 혜강을 의도적으로 회피했던 것도 무리는 아니었다. 혜강과 거리를 둔 저우쭤런의 태도는 그가 매우 추앙했던 안지추와 매우 일치했다. 안지추는 혜강이 양생을 잘하지 못했고 난세에 처했는데도 저렇게 불평불만이 많다고 비판했는데, 이것을 보면 자연스럽게 린위탕의 '유머러스한 글' 「루쉰을 애도함悼魯迅」을 떠올리게 된다. (린위탕이) '성리에 밝은 유가'를 가지고 '창과 방패를 들고 세우는 것을 즐겼던' '전사'를 비웃는 것은 경박한 태도가 아니라고 할 수 없다.[86]

저우쭤런의 도연명 추앙은 단번에 이루어진 것이 아니라 10년간 열심히 노력해서 얻어진 것이었다. "문학적으로 위안을 추구"한 「자기만의 정원自己的園地」1923에서 시작해서 "글쓰기에서 평담하고 자연스러운 경지를 매우 흠모했던" 「비오는 날의 글雨天的書」1925을 거쳐, 다시 "문을 닫고 독서"한다고 해놓고는 울분을 담고 있었던 『영일집永日集』1929과 『간운집看雲集』1932에 이르기까지, 마지막으로 1932년에 위핑보에게 보낸 편지와 「『잡반아 2』서문雜拌兒之二序」에서 저우쭤런은 자신의 성정을 바꿀 수 있다는 자신감을 "나는 최근 사상이 더욱 침체되었는데 어찌 아직도 5·4시기의 들뜨고 매서운 기운이 있다고 하겠는가?", "이것은 과학 상식을 바탕에 두고 여기에 맑은 감정과 명철한 이지理智를 더해 조화롭게 성공시킨 인생관"[87]이라고 표현했다. 10년 동안 저우쭤런은 사고가 점점 더 성

---

86 林語堂, 「悼魯迅」, 『宇宙風』 第32期, 1937.1.
87 周作人, 『周作人書信』, 上海 : 靑光書局, 1933; 『苦雨齋序跋文』, 上海 : 天馬書店, 1934.

숙해졌고 그의 자아 정립도 나날이 명확해졌다. 1934년에 발표한 「오십 자수시五十自壽詩」는 매우 큰 논쟁을 불러일으켰으며 나아가 '현대적 은사'의 형상을 사람들의 마음속에 각인시켜 놓았다.

사람들은 저우쭤런의 "점차 자연에 다가간다"와 "생활을 예술로 만든다", 도연명식의 은일 등에 대해 여러 평가를 내놓았고,[88] 저우쭤런 본인도 도연명이 얼마나 "고고하고 광달"했는지를 마음껏 이야기하기 시작했다. 1929년에 「마취 예찬麻醉禮贊」에서 저우쭤런은 도연명 시가 늘 술에 대해 언급할 뿐 뛰어난 것이 없다고 했다. 그런데 1931년에 쓴 「『고차수필』 소인苦茶隨筆小引」에서는 태도를 바꿔 "고대 문인 중에서 내가 가장 좋아하는 사람은 제갈공명과 도연명"이라고 강조하기 시작했다. 제갈공명에 대해서는 "불가능하다는 것을 알면서도 실행하는 것은 확실히 유가 정신인데 어찌 현대의 예술적 삶이 아니겠는가?"라고 했고, 도연명에 대해서는 "나는 오히려 삶의 태도에 대해 쓴 그의 시를 좋아한다. '옷을 적셔도 아까워하지 않으니 그저 평소의 소원 어기고 싶지 않을 뿐衣沾不足惜, 但使願無違'은 제갈공명과 마찬가지로 좋은 삶의 방법인 듯하다"라고 했다. 저우쭤런이 도연명을 인용하고 평가한 시기는 1934년부터 1936년 사이에 집중되었고 「귀원전거歸園田居」, 「자제문自祭文」, 「의만가사擬挽歌辭」 등이 중심이었다. 도연명이 '삶과 죽음을 꿰뚫어 보는', '천고의 달관한 사람'이며, 그가 '생전의 감각으로 사후의 상황을 상상하는 것'이 '매우 정취 있다'는 점을 추앙했다. 저우쭤런은 이렇게 '우아하면서도 아취 있는' 삶의 태도가 자신이 따라하고 싶은 '한적'이자 '진정한 유머'라고 했다.[89]

---

88 陶明志 編, 『周作人論』, 上海 : 北新書局, 1934. 이 책에 廢名의 「知堂先生」, 許傑의 「周作人論」, 曹聚仁의 「周作人先生的自壽詩 – 從孔融到陶淵明的路」 세 편의 글이 실려 있다.

89 「顔氏家訓」, 「鬼的生長」, 「隅卿紀念」, 「老年」, 「關于家訓」, 「讀戒律」, 「自己的文章」 등을

은자에 대해 저우쭤런은 "예전부터 좋아했다"고 했다. 그것은 그가 보기에 "중국적 은일은 사회적이거나 정치적이며 마음속 이상이 있으나 혼탁한 사회에서 실현할 수 없"어서 그저 은자가 되어 떠나는 것이기 때문인데 그런 예에 잘 맞는 사람으로 도연명을 꼽았다.[90] 그러나 구체적으로 도연명의 시와 인격을 논할 때 저우쭤런은 정취와 한적에 대해서만 말했을 뿐 매몰되고 말았던 '마음속 이상'을 언급하지는 않았다. 도연명 시에 형천이 방패와 도끼 들고 춤을 춘다刑天舞干戚[91]는 내용이 나온 것에 대해 언급할 때조차도 교감校勘만 했을 뿐 그의 지향까지 논하지는 않았다. 이미 모든 것이 바뀐 1950년대 말에야 저우쭤런은 그제야 『산해경』을 읽고」라는 시가 '비분강개'하고 도연명도 매우 적극적인 면을 보였으며 "예전부터 모두 그를 은일시인이라고만 본 것은 피상적인 견해"라고 비판했다.[92] 나중에 한 이런 주장은 분명 루쉰의 영향을 받은 것인데, 이는 1930년대의 저우쭤런이라면 받아들이려고 하지 않았을 내용이었다.

여대 문인들이 찬양해 미지않았던 "사람 다니는 곳에 집 지었지만, 수레와 말의 시끄러운 소리 없네結廬在人境, 而無車馬喧", "동쪽 울타리 아래에서 국화를 따고, 유유하게 남산을 바라본다采菊東籬下, 悠然見南山"가 "오랫동안 새장에 갇혀 있었던久在樊籠裡" 사람들에게 엄청난 호소력을 발휘했

참조.

90 周作人,「論語小記」,『苦茶隨筆』, 上海 : 北新書局, 1936.

91 [역자 주]『山海經』에 나오는 이야기이다. 炎帝 부하였던 형천(刑天)이 치우(蚩尤)가 죽은 뒤 염제의 세력을 규합해 황제(黃帝)와 싸우다가 목이 잘렸다. 황제가 형천의 머리를 산에 묻었지만 형천은 손에 방패와 큰 도끼를 들고 춤을 추며 황제와 다시 싸우려고 했다. 도연명은 「『산해경』을 읽고(讀山海經)」이라는 시에서 "형천이 방패와 도끼 들고 춤을 추며, 굳은 마음 늘 가지고 있네(刑天舞干戚, 猛志故常在)"라고 썼다.

92 周作人,「談錯字」,『風雨談』, 上海 : 北新書局, 1936;「夸父追日」,『知堂集外文·四九年以後』, 長沙 : 岳麓書社, 1988.

다는 사실은 부정할 수 없다. 그렇지만 도연명이라고 늘 평담하고 고요했던 것은 아니었고 「의고擬古」에서 "젊을 때는 씩씩하고 굳세어, 검을 어루만지며 혼자 돌아다녔다少時壯且厲, 撫劍獨行遊"라고 한 것처럼 이미 사람들을 놀라게 하는 면이 있었다. 「『산해경』을 읽고」에서의 '굳센 의지'와 「형가에 대해 읊음詠荊軻」에 나타난 유협의 정서는 더욱 지금까지 도연명의 시를 읽는 사람들의 관심을 끌었다. 소통蕭統이 이미 「『도연명집』 서문陶淵明集序」에서 "나는 그가 술에 마음을 둔 것이 아니며 술에 취하는 것에 행적을 기탁한 것이라고 본다"고 했다. 소통이 "시대 상황에 대해 말하면 무엇을 말하는지를 떠올릴 수 있었고, 회포를 논할 때는 허심탄회하고 진실했다"라고 말한 것은 도연명이 순수하게 속세 밖을 떠난 고고한 사람이 아니며 그가 전원으로 돌아가서 홀로 고답적인 삶을 살며 선을 행한 것에는 다른 뜻이 있었다는 의미였다. 주희朱熹는 다시 핵심을 짚어서 이렇게 썼다.

도연명의 시에 대해 사람들은 모두 평담하다고 한다. 내가 보기에 그는 호방하지만 호방한 것을 티를 내지 않을 뿐이다. 그의 본모습이 드러나는 것이 「형가에 대해 읊음」이라는 시인데, 평담한 사람이 어떻게 이런 표현을 만들어낼 수 있겠는가.『朱子語類』 권140

도연명이 위응물과 어떤 점에서 구별되느냐를 답할 때 주희의 논리는 매우 흥미롭다.

도연명은 힘이 있지만 언어는 굳세도 내용은 한가롭다. 은거한다는 것은 대부분 기운과 성품이 받쳐주는 사람이나 하는 것이다. 도연명은 뜻한 바가 있었으나 이루지 못한 사람이었고 또 명예를 중시했다. 위응물은 자유로웠지만 그의 시에서 하지 못했던 일을 쓴 경우에는 수준이 떨어진다.

고염무顧炎武도 마찬가지로 도연명과 위응물에 대해 "얼마나 감개가 있고 얼마나 호탕한가"라고 격찬하면서 그들이 "고결할 뿐만 아니라 실로 천하에 뜻을 둔 사람"『菰中隨筆』임을 충분히 알 수 있다고 했다. 「형가에 대해 읊음」에 나오는 '치열함凌厲'은 절대 '평담'이 아니라는 점에 대해 지금까지 도연명을 평한 사람들 사이에서는 이견이 없었다. 오히려 「『산해경』을 읽고」를 늘 "표현은 그윽하고 기이하지만 깊은 뜻은 없는 것 같다", "모두 신선의 일이어서 속세를 벗어나고 싶어한다", "세상을 떠나려는 뜻이 있다"[93]라고 읽어 왔지 루쉰처럼 '금강의 분노한 눈金剛怒目'이라는 각도에서 논의한 것은 거의 없다.

도연명은 '술잔만 든' 것이 아니라 '검을 어루만졌다'. 이 점은 현대인들이 독창적으로 발견한 것이 아니나. 공자진龔自珍의 『기해잡시己亥雜詩』에 있는 「배 위에서 도연명의 시를 읽고 3수舟中讀陶詩三首」에서는 도연명을 굴원 및 제갈공명과 나란히 두면서 그의 호방한 마음과 유협의 풍골을 강조하고 심지어 그의 성정에서 기상이 드높은 것은 두보杜甫보다 낫다고까지 확신했다.

> 도연명 시에서는 「형가를 읊다」를 좋아하고
> 「정운停雲」에서 호방한 노래 부르는 것을 상상하네.
> 은혜와 원수 읊은 부분에서는 감정 끓어오르니

---

93   北京大學中文系 편, 『陶淵明詩文滙評』, 北京 : 中華書局, 1961, 288~310면 참조.

강호 유협 중 이만한 풍골 많지 않으리.

陶潛詩喜說荊軻　　想見停雲發浩歌

吟到恩仇心事湧　　江湖俠骨恐無多

도연명은 와룡제갈량의 호방함과 흡사하여

오랫동안 심양의 소나무 국화처럼 고매하네.

시인이 결국 평담하다 믿지 마라.

셋에 둘이 「양보梁甫」라면 나머지 하나는 「소騷」이니.

陶潛酷似臥龍豪　　萬古潯陽松菊高

莫信詩人竟平淡　　二分梁甫一分騷

도잠의 기상은 드넓고 성격은 온화하여

죽어서도 밥 한 그릇의 은혜 끝내 갚으리.

두보의 시가 얕음을 깨닫게 되니

그저 아침에 부잣집 문을 두드린다고 했지.

陶潛磊落性情溫　　冥報因他一飯恩

頗覺少陵詩吻薄　　但言朝叩富兒門

　당송 이후 도연명은 확실히 주로 은일시인으로 간주되어 추앙을 받았다. 그렇지만 마찬가지로 무시할 수 없는 점은 그가 '기운과 성격'을 가졌다는 점에 주목한 사람도 적지 않다는 것이다. 물론 그의 '평담'을 내세우든 아니면 그의 '호협'을 부각시키든 그것은 도연명 시를 읽는 독자의 취향과 마음 상태에 따라 결정되는 문제일 것이다.

　그래서 차오쥐런曹聚仁, 조취인이 「오십자수시」를 평가할 때 도연명을 저우쭤런에 비교했는데 매우 자제하는 어조였다.

저우쭤런 선생은 요즘 담백한 생활을 보내고 있어서 출가한 승려와 다만 한 걸음 차이일 뿐이다. 옛사람으로 본다면 그의 심경은 도연명과 가장 가까운 듯하다. 주희는 "은거한다는 것은 대부분 기운과 성품이 받쳐주는 사람이나 하는 것"이라고 했는데 도연명은 세상 밖에서 담박하게 있었으며 지향했던 사람은 전주田疇와 형가 같은 일류의 인물이었고 마음속의 불길은 식은 재에 뒤덮여 있기는 했지만 밑에서는 여전히 활활 타오르고 있었다. 저우 선생은 신문학운동의 선두에서 물러나면서 고우재苦雨齋에서 고독한 이야기만 하고 있는데 이것이 정말 세상에 염증을 느끼고 냉담하게 보는 것일까? 분명히 붉은 불길이 여전히 식은 재 밑에서 타오르고 있을 것이다.[94]

하지만 저우쭤런 본인 및 그와 뜻을 같이 했던 사람들이 '평담'을 지나치게 추앙한 나머지 말할수록 더 공허해져서 좌익 문화인의 반감을 불러일으켰다. 그래서 한 편의 짧은 글을 가지고 크게 논의를 펼친 '에피소드'가 발생하게 되었던 것이다.

1935년 12월에 주광첸朱光潛, 주광잠이 잡지 『중학생中學生』 60호에 「"노래 끝나니 사람은 보이지 않고, 강가에는 몇 개 봉우리 푸르네"에 대해說 '曲終人不見, 江上數峰青'」를 발표했다. 이 글은 샤몐쭌夏丏尊, 하면존이 전기錢起의 이 두 구가 "대체 어디가 좋단 말인가?究竟好在何處"라는 질문에 답한 것으로 본래 별로 대단할 것 없는 내용이었다. 그러나 주광첸은 시만 논하는 것에 만족하지 않아서 이것을 통해 자신이 새롭게 생각해낸 '정목설靜

94 曹聚仁, 「周作人先生的自壽詩-從孔融到陶淵明的路」, 『申報·自由談』, 1934.4.24.

穆說'[95]을 표현하려고 했다. 그래서 루쉰에게 꼬투리를 잡힌 절묘한 글이 탄생하게 되었던 것이다.

'정목'은 큰 깨달음을 통해서 기탁할 곳을 찾은 마음이다. 이것은 눈썹을 내리고 묵상하는 관음보살처럼 모든 근심과 기쁨을 초월하는데, 이것을 모든 근심과 기쁨을 사라지게 하는 것이라고 말해도 좋을 것이다. 이런 경지는 중국시에서 많이 나타나지 않는다. 굴원과 완적, 이백, 두보도 금강보살 같은 노한 눈과 분노하며 불평하는 모습을 가지고 있었다. 도연명은 전체가 '정목'이므로 그래서 그가 위대한 것이다.

주광첸의 학문에는 토대가 있어서 '정목'을 예술의 최고경지로 삼는다는 주장은 일가를 이룰 수 있었다. 그런데 그는 말을 할 때 언제나 그리스를 논했고 굴원과 완적을 '공격'함으로써 자신의 미학 이상을 '높였기' 때문에 루쉰은 그를 멸시했다. 하지만 이 점을 감안하고 본다고 해도 루쉰의 반응은 너무나 빠르고 강렬해서 여전히 통속적인 글을 교정하는 수준을 아득히 넘어선 것이었다.

나는 언제나 문장을 논하려고 한다면 가장 좋은 방법은 전편을 다 보는 것이고 또 작자의 전체 모습을 다 보고 그가 처한 사회 상황을 보아야 정확한 결론을 얻을 수 있다고 생각한다. 그렇지 않으면 꿈같은 허무맹랑한 소리를 하기가 쉽다. (…중략…) 시야를 확장해서 많은 작품을 보게 되면 지금까지의 위대

---

95   [역자 주] '靜穆說'은 朱光潛이 제시한 개념으로, 예술의 최고 경지가 고요한 경지를 통해 인생의 자유로운 관조와 깊이 있는 이해 및 동정을 표현하는 것에 있다고 보는 예술 철학 관점이다.

한 작가를 두고 "전체가 '정목'"이라는 소리는 못할 것이다. 도연명은 "전체가 '정목'이 아니었으므로 비로소 위대한 것"이기 때문이다. 지금 '정목'으로 추앙 받는 것은 문장을 선별해서 보거나 구절만 뽑아보는 사람들에 의해 단면만으로 좁혀져서 능지처참형을 받고 있는 것이다.[96]

「'미정고'에 쓰다 7題未定草七」과 「'미정고'에 쓰다 6題未定草六」은 상해에서 처음 간행된 월간지 『해연海燕』 제1기[1936]에 함께 수록된 것으로, 두 글의 내용은 비슷해서 참조할 수 있다. 뒤의 글도 도연명을 다루고 있으며 마찬가지로 그가 "밤이나 낮이나 언제나 탈속적"인 것은 아니라는 점을 강조했다.

또 선집을 만든 사람들에 의해 「귀거래사歸去來辭」와 「도화원기桃花源記」가 수록되고 논객들에 의해 "동쪽 울타리 아래에서 국화를 따고 유유하게 남산을 보는" 것으로 찬양받은 도잠 선생 같은 경우 후대 사람들의 마음속에 표일한 이미지가 너무 오랫동안 남아있었다. (…중략…) 시의 경우 논객들이 흠모한 "유유하게 남산을 바라본다" 외에도 "정위가 가느다란 나뭇가지를 물고, 창해를 메우러 가고, 형천이 방패와 도끼 들고 춤을 추며, 굳은 마음 늘 가지고 있네 精衛銜微木, 將以填滄海. 刑天舞干戚, 猛志故常在"라는 '금강보살 같은 노한 눈'의 유형이 그가 밤이나 낮이나 늘 탈속적인 것은 아니라는 점을 증명한다. 이 "굳은 마음 늘 가지고 있네"와 "유유하게 남산을 본다"는 동일한 사람의 시이며, 만약 그 중에서 하나를 고른다면 그것은 그 사람의 전체 모습이 아니다. 나아가 이것으로 평가한다면 더욱 진실에서 멀어질 것이다.[97]

---

96 魯迅, 「題未定草(七)」, 『魯迅全集』 6, 430면.
97 魯迅, 「題未定草(六)」, 『魯迅全集』 6, 422면.

겉으로 보기에는 주광첸이 '구절을 따온 것'을 비웃는 한편으로 스저춘 施蟄存, 시칩존이 '문장을 뽑은 것'을 비판한 것이어서 독서방법과 문학비평의 원칙을 다루고 있는 것처럼 보인다. 하지만 어째서 "나는 최근에 사람들이 도연명을 가져오는 것을 볼 때 늘 그에 대한 안타까움을 금할 수 없다"[98]고 했을까? 분명히 스저춘과 주광첸 말고도 말하고 싶은 내용이 또 있었던 것이다. 그 당시 저우쮀런이 도연명에 대해 한창 말하고 있을 때였고 그를 따르는 사람들도 도연명을 가지고 저우쮀런을 논하는 것을 좋아했다. 또 같이 '경파京派'[99]에 속하는 문인인 저우쮀런과 주광첸은 남다른 관계여서 주광첸은 저우쮀런에 대한 글을 써서 그가 "한적 속의 맑은 정취를 잘 알고 있다"고 찬양하기도 했다.[100] 루쉰이 도연명의 이미지를 수정한 것이 동생과 큰 관련이 있다는 점은 여러 정황을 통해 알 수 있다.

「오십자수시」에 대한 수많은 평론 중에서 차오쮀런의 「저우쮀런 선생의 자수시-공융에서 도연명으로 가는 길」이 가장 중요한 가치를 가지고 있다. "저우 선생의 십여 년간 사상의 변천은 공융에서 도연명으로 가는 200년간의 사상 변천의 축소판"이라고 한 이 말은 그보다 1년 전에 류반눙劉半農, 유반농이 『초기백화시고初期白話詩稿』에 쓴 「서목序目」과 참조해서 볼 수 있다.

이 15년간 중국의 문예계는 이미 뚜렷한 변동과 상당한 발전이 있었다. 처

---

98 위의 글.

99 [역자 주] '京派'는 1930년대 신문학의 중심이 상해로 옮겨간 뒤에도 북경에서 활동했던 일련의 작가들의 독특한 문학 유파이다. 저우쮀런, 페이밍, 汪曾祺, 李健吾, 주광첸 등이 있다. 이들의 주요 활동 무대는 북경과 천진이었고 이들이 활동했던 잡지는 『文學雜志』, 『文學季刊』, 『大公報·文藝』였다. '경파'의 특징은 인생에 관심을 두고 예술의 독특한 품격을 강조한다는 점이다.

100 朱光潛, 「周作人雨天的書」, 『一般』 第1卷 第3期, 1926. 11.

음에 문예 혁신에 노력했던 우리는 밀려나서 삼대三代 이전의 옛사람이 되어 버렸다. 이것은 우리가 부끄러운 와중에서도 120%의 기쁨과 위안을 느꼈던 일이었다.[101]

류반눙과 달리 차오쥐런은 저우쭤런이 "세상의 변고를 겪고 나서 차라리 기꺼이 숨기로 한 것"이라는 점을 강조했는데 그가 은사의 삶으로 자기를 보신하려고 한 것은 당시 상황 때문에 어쩔 수 없었다고 했다. 시대의 변천에만 착안하고 새로운 세대의 흥기와 사상 조류의 변화를 고려하지 않는다면 저우쭤런의 '은일'의 상징적 의의를 낮게 평가한 것이다. 그렇다고 해도 차오쥐런은 공융에서 도연명으로라는 탁월한 사고의 단서를 제시해 주었다.

"도연명은 진나라 말기에 살았고 한나라 말기의 공융 및 위나라 말기의 혜강과 상황이 대략 비슷하다. 또 이때는 곧 왕조가 바뀌는 시기였다"고 한 루쉰의 말처럼 비바람이 치고 온 천지가 가시밭길인 왕소교체기라는 상황은 같았지만 공융과 도연명의 생존전략은 매우 달랐다. "공융은 글을 쓸 때 풍자하는 어조를 즐겨 사용했고" 항상 최고 권력자와 맞섰으므로 조조曹操가 그를 죽이려고 한 것도 당연했다.[102] 도연명은 "세상사를 잊지도 않고 냉담하게 대하지도 않았지만 그의 태도는 혜강이나 완적에 비해 대체로 자연스러웠기" 때문에 '전원시인'이라는 칭호를 얻었다.[103] 펑쉐펑馮雪峰, 풍설봉의 기억에 따르면 루쉰은 "공융의 태도와 상황에 자신

---

101 劉半農 編, 『初期白話詩稿』, 北平 : 星雲堂書店, 1933.
102 [역자 주] 건안칠자 중 한 사람인 공융은 당시 황제를 옹립하며 정치적 야심을 드러내던 조조와 대립했다. 조조가 형주를 정벌하자 조조를 비판했으나 결국 조조의 명령으로 처형되고 가족은 몰살당했다.
103 魯迅, 「魏晉風度及文章與藥及酒之關系」, 『魯迅全集』 3.

을 견주었다"[104]고 하는데, '유유하게 남산을 바라보는' 도연명에 대해 루쉰이 특별하게 흥미를 느끼지 않았으리라는 것을 추측할 수 있다. 「미정고'에 쓰다」의 6번째와 7번째 글에서는 도연명이 전체가 정목이 아님을 변론했고 「은사隱士」, 「병든 뒤 잡담病後雜談」 등에서는 심지어 도연명의 '우아함'을 가지고 장난을 칠 정도였다. 아쉬운 점은 저우씨 형제가 도연명에 대해 논의할 때 대부분 정치적 태도를 다뤘을 뿐 그가 어떤 사상사적 배경에 있었는지는 거의 고려하지 않았다는 것이다.

역사가 천인췌의 관점에 따르면 도연명의 '평담'과 '자연'은 결코 '낙오'된 것이 아니라 일종의 독립된 창조적인 사상이다. 자연을 '세상의 도피처'로 삼았던 노자와 장자를 숭상하는 것과는 달랐고, 명교名敎를 '세상으로 나아가는 것'이라고 본 주공과 공자를 숭상하는 것과도 달랐다. 명예와 이익을 모두 가지려고 "자연과 명교를 둘다 긍정하는 사람"과는 더욱 달랐다. 그는 마음 편히 살아가는 '신자연설'이라는 새로운 유형을 만들어냈다.

> 자연에 따랐기 때문에 소극적이지만 새 왕조에 영합하지 않았다. 모든 시에 술이 나오기는 해도 멋대로 방종하는 일도 없었고 단약을 복용하여 오래 사는 것에 뜻을 두지도 않았다.

천인췌는 도연명의 신자연설은 위진 교체기의 자연설을 가장 잘 보여준 혜강, 완적과 명맥이 이어져 있으며, 마찬가지로 가문의 인척이라는 배경 및 종교적 신앙과 관련이 있을 뿐만 아니라 반항과 격정이 숨겨져

---

104 馮雪峰, 「魯迅論」, 『雪峰文集』 4, 北京 : 人民文學出版社, 1985.

있다는 점을 강조했다. 그리고 그는 "오직 자연의 조화에 정신을 융합시키고자 했고" "겉은 유자이지만 안으로는 도가"이며, "천년 뒤 도교가 선종 학설을 채택해서 교리를 바꾼 것과 매우 흡사한 부분이 있었다"고 했다. 만약 이 주장이 사실이라면 도연명은 "중국 중고시대의 대사상가"[105]라고 불리기에 손색이 없을 것이다. 도연명이 정말 '대사상가'인지와는 별개로 그의 '생활방식'을 사상사의 현상이라는 측면에서 본 천인췌의 안목은 대단히 참고할 만하다.

아쉽게도 1930년대 중국 문인은 신문화운동의 물결이 밀려난 뒤 "누구는 성공하고 누구는 물러나고 누구는 전진하는" 상황에 직면하게 되자[106] 사상사 측면으로 깊이 들어가 탐색할 힘을 잃었고 대부분 그저 지식인의 비판적 입장을 견지했는가 여부를 논하는 측면에서 논의했다. 도덕적 판단에 국한되어 주장은 매우 가혹하게 되기 일쑤였고 학술사와 사상사에서의 돌파와 창조에 대해서도 냉담해졌다. 그런 이유로 차오쥐런 등의 사람들은 '공융에서 도연명으로'라는 방식을 빌려 1930년대 중국 지식인의 마음의 역정을 읽어내려는 좋은 주제를 찾아내기는 했지만 진정한 의미에서의 좋은 글은 써내지 못했다.

4. 난세의 '통달한 사상'

육조 문장을 논할 때 혜강과 도연명은 반드시 논해야 하는 대상들이다. 평가는 다를 수 있지만, 어떻게든 이 문제를 피해갈 수는 없다. 그러나 안

---

105 陳寅恪, 「陶淵明之思想與淸淡之關系」, 『金明館叢稿初編』, 上海 : 上海古籍出版社, 1980.
106 魯迅, 「自選集自序」, 『魯迅全集』 4, 456면 참조.

지추의 경우에는 상황이 전혀 다르다. 장타이옌이라는 스승과 그의 제자가 '발견'하기 전까지 안지추를 문인으로 보고 그의 시를 진지하게 봤던 사람들은 거의 없었다. 『북제서北齊書』 '문원전文苑傳' 「안지추전顏之推傳」에서 그의 "문장이 맑고 심원하다"고 했지만, 그럴 때 말한 것은 「관아생부觀我生賦」였다. 이 부는 유신庾信의 「애강남부哀江南賦」와 주제는 거의 같고 둘다 애절한 음조였는데 '진정성'이 있다고 칭찬하는 사람도 있었지만 표현이나 감정의 측면에서 「애강남부」보다 훨씬 못하다고[107] 평가한 사람도 있었다. 그런데 안지추는 부 작가로 명성이 있었던 것은 아니었고 그를 불후하게 했던 것은 단연 『안씨가훈』 12편이었다.

길고 긴 역사적 시간 속에서 『안씨가훈』은 글 속의 "모든 내용이 금과 옥조같이 인생에 도움이 되는 내용"이었으므로 널리 퍼져나갔다. 사람들을 이 책을 이해하고 평가할 때 대부분 사리事理와 학문에 집중했는데, 예를 들어 송대의 심규沈揆도 「『안씨가훈』 발顏氏家訓跋」에서 이렇게 말했다.

안지추의 학문은 정밀하고도 해박하다. 이 책은 표현이 질박하고 내용이 직설적이기는 하지만 모두 효성과 우애에 바탕을 두고 이를 임금을 섬기는 것과 친구와 향당鄕黨에게 어떻게 대할 것인가로 확대해 나갔다. 그 요지는 『육경』과도 어긋나지 않으면서 옆으로는 제자백가를 섭렵했다. 분석해서 증명하려고 할 때에는 모두 근거가 있었다. 이 책은 맏아들 사로思魯와 둘째 아들 민초愍楚를 가르치는 내용일 뿐만 아니라 후대 사람들에게도 깨달음을 준다.

청대 황숙림黃叔琳도 "자기 자식을 예뻐하는 것이 어찌 끝이 있겠는가!

---

107 沈豫, 『秋陰雜記』 권8; 錢鍾書, 『管錐編』 4, 北京: 中華書局, 1979, 1547면.

사랑이 깊기 때문에 많은 것을 고려하게 된다. 많은 것을 고려하기 때문에 상세하게 말하게 되는 것이다"라며 거의 비슷한 의견을 보였다. 안지추의 저술이 일반 문인들의 저술을 뛰어넘을 수 있었던 이유는 "말하려는 내용이 바르고 잘 갖추어져 있다. 표현은 사람들에게 친근하게 다가가면서도 비속하지 않았고, 절실했지만 과격하지 않았다"는 데에 있었다. 청대 노문초盧文弨는 그가 "간곡하면서도 현실적이고 세밀하게 모두를 다 담았다"는 점을 강조했는데, 이 말은 저우쭤런이 「가훈에 관하여」에서 인용했기 때문에 널리 알려졌다. 그러나 노문초가 주안점을 두었던 것은 여전히 '가훈'으로서의 계몽적 의의였다. 그는 "몸가짐을 바르게 하고 적절하게 처세하는 방법, 학문하는 방도를 가장 잘 가르친 것으로 이 책만한 것이 없다. 가훈을 써서 자제를 가르치려는 생각이 있는 사람이라면 굳이 따로 엮을 필요 없이 이 책으로 가르치면 된다"[108]라고 했는데, 이 말은 이 책이 널리 퍼졌지만 기본적으로는 '사상 독서물'로 인식되고 있으므로 사람들은 이 책을 보고 세상시에 통찰력이 있다거나 학식이 넓다고만 한다는 뜻이었다. 지금까지도 『안씨가훈』을 읽을 만한 문장으로 보는 경우는 여전히 거의 없다.[109]

　장타이옌과 그의 제자가 『안씨가훈』을 주목할 가치가 있다고 찬양한 것이 중요한 이유는 그것이 직접적으로 저우쭤런의 성격과 글쓰기에 영향을 미쳤기 때문인데, 이것은 현대 사상사와 문학사에서 매우 중요한 대

108　黃叔琳의 「顏氏家訓節鈔本序」와 盧文弨가 經堂叢書本에 수록한 『안씨가훈』에 쓴 서문 참조.

109　郭預衡의 『中國散文史』 上(上海 : 上海古籍出版社, 1986)에 안지추와 관련된 논의가 있다. 王利器의 『顏氏家訓集解』에서는 전통적인 관점을 따랐는데, 「敍錄」에서 남북조 역사 연구에 참고가 된다는 점, 『漢書』에 연구에 참고가 된다는 점, 『經典釋文』 연구에 참고가 된다는 점, 『文心雕龍』 연구에 참고가 된다는 점, 「音辭」편은 음운학 연구자라면 염두에 두어야 한다는 점, 이렇게 다섯 가지 측면에서 이 책이 가치가 있다고 했다.

목이라고 할 수 있다. 혜강에서 도연명까지 그 사이가 대략 150년이고, 도연명에서 안지추까지도 그 사이가 150년이다. 300년 사이에 있었던 세 명의 문인의 운명과 그들의 사상 및 문학사적 의의에 대해 생각하면서 저우씨 형제는 각자의 형상을 만들어 냈다.

장타이옌은 특유의 예민함으로 『검론檢論』「안당案唐」에서 먼저 안지추가 중국 사상사에서 가지는 의의를 제시했다. 장타이옌은 당대는 과거제와 속화된 정치로 인해 지나치게 수식에 치중해서 "한유와 이고李翱 같은 사람들은 문장의 화려함은 얻었지만 이치의 핵심과 미묘한 내용은 갖추지 못했다"고 했다. "학문에서는 질박함이 중요하지 화려한 것이 중요한 것이 아니다"라고 했던 장타이옌에게 문인으로서는 안지추는 오히려 찬양할 만했다. "행동할 때 염치가 있고 글을 폭넓게 배우게 되면 큰 잘못은 범하지 않을 수 있다. 수·당 교체기에 볼 만한 것은 『안씨가훈』뿐이다"[110]라고 주장했는데, 만년에 소주에서 강학할 때도 여전히 안지추를 잊지 않고 '문학약설文學略說' 부분에서 "문장가 안지추는 학문에 관해 이야기한 것이 많다"라고 말했다. 또 『안씨가훈』에서 "이별은 쉽지만 만나는 것은 어렵기에 옛사람들이 중시한 것이니, 강남에서 전송할 때 울면서 이별을 고했다" 구절을 가져오면서 "감정이라는 측면에서 보아도 옛사람이 후대 사람들보다 더 깊었다"라고 하고 "그 이별의 정서를 사랑할 뿐만 아니라 실의해서 술 마시고 원수를 갚으려고 칼을 쥘 때에도 깊은 감정이 있는 자들이라고 느꼈다"라고 설명했다. 장타이옌은『안씨가훈』이 "처세 방법을 말했지 깊은 이치를 언급하지는 않았다"[111]고 인정했지만 그가 학문에 해박하고 감정에 깊이가 있다는 점은 찬양했다. 이런 논점은

---

110 章太炎,「案唐」『章太炎全集』3, 450~452면.
111 章太炎, 『國學講演錄』, 上海 : 華東師範大學出版社, 1995, 237·245면.

저우쭤런과 상당히 비슷하다.

저우쭤런은 자기가 추상하는 옛사람을 곧잘 열거했는데, 공자, 제갈량, 도연명의 경우에는 인격과 생활 태도를 논했고, 왕충王充, 이지李贄, 유정섭兪正燮의 경우에는 그들의 사상을 중시했다.[112] 인격과 사상, 문장을 겸비했다는 점에서 저우쭤런이 가장 찬양한 사람은 안지추일 것이다. 1940년대 중반에 저우쭤런은 안지추가 "이성은 통달했고 감정은 온후하며 기상은 화평하고 문장은 우아하다"라고 했는데 이것이 그가 생각하는 이상적인 경지였던 것이다.[113]

1920년대 초에 저우쭤런은 공덕학교 중학부에서 국어 강의를 했는데 『맹자』, 『안씨가훈』, 『동파척독東坡尺牘』 중에서 문장을 가려 뽑아 교재로 삼았다.[114] 1930년대 중반에 북경대학에서 '육조산문'을 가르쳤을 때 사람들의 인상에 깊이 남았던 것도 『안씨가훈』 강의였다. 반세기 남짓 지난 뒤에도 장중싱과 진커무는 이때를 회고하면서 명확하게 이야기할 수 있었고, 장중싱은 "이 강의로 그분의 생각이 문장은 인정물태에 부합하는 내용이어야 하며 질박하고 청담한 문체로 나와야 한다는 것임을 추측할 수 있었다"[115]고 했다. 류춘런의 묘사는 더욱 탁월하다. 루쉰이 세상을 떠난 지 이틀째 되는 날 저우쭤런은 예전처럼 『안씨가훈』을 들고 북경대 강의실로 들어갔다.

---

112 周作人의 「關于英雄崇拜」(『苦茶隨筆』에 수록)와 「啓蒙思想」(『藥堂雜文』, 北京 : 新民印書館, 1944 수록), 「我的雜學」(『苦口甘口』, 上海 : 太平書局, 1944 수록) 참조.

113 周作人, 「文壇之外」, 『立春以前』, 上海 : 太平書局, 1945.

114 周作人의 『苦茶隨筆』에 실린 「隅卿紀念」 참조.

115 張中行, 『負暄瑣話』, 哈爾濱 : 黑龍江人民出版社, 1986, 37면; 金克木, 『金克木小品』, 北京 : 中國人民大學出版社, 1992, 156면 참조.

강의하는 한 시간 동안 분위기는 매우 적막했다. 학생들도 질문을 하거나 애도를 표하지 않았고 저우쭤런 선생도 그저 교재를 가지고 강의할 뿐이었다. 갑자기 강의 시간이 끝났음을 알리는 종소리가 울렸다. 선생은 책을 들고 "미안합니다. 다음 강의 시간에는 여기 오지 못할 겁니다. 루쉰의 집에 계신 어머니한테 가봐야 해서요"라고 말했다. 이때 그의 얼굴은 경건하고 침착했으며 그늘이 드리워 있어서 그의 비통한 심경에서 우러나는 슬픔이 느껴질 정도였고 결코 형언할 수 있는 것이 아니었다. 그는 통곡하지도 않았고 눈물을 흘리지도 않았지만 눈자위는 붉었고 피부는 납처럼 창백해져 있었다. 강의를 하는 한 시간은 정말 일 분 일 초를 어렵게 버텨낸 것이었다. 강의실에 있는 모두가 그의 얼굴을 보면서 조용히 강의를 듣고 있었다. 그때 위진 교체기에 모친상을 당한 완적의 이야기[116]가 떠올랐다. 선생이 강의한 내용은 안지추의 「형제兄弟」편이었는데 이 기념할 만한 수업도 잊을 수 없을 것이다.[117]

이렇게 예의에 어긋나지 않으면서도 깊은 감정에 온화함까지 겸비할 수 있는 것은 완전히 진대 사람들의 풍모로, 우리는 곧바로 사안謝安의 이야기[118]를 떠올리게 된다. 저우쭤런이 사안을 따르려고 애쓴 것인지, 아니면 류춘런이 과장해서 묘사한 것인지는 알 수 없다. 『안씨가훈』

---

116 [역자 주] 어머니가 세상을 떠났을 때 완적은 바둑을 두고 있었다. 손님은 그만두자고 했지만 완적은 끝까지 두자고 했다. 바둑을 다 두고 나사 완적은 두 말의 술을 들이키고 대성통곡을 하다가 피를 토했다. 어머니의 시신을 매장할 때는 돼지고기를 먹고 술을 마신 뒤 "고아가 되었구나"라고 소리를 지르고 다시 많은 피를 토했다.

117 柳存仁, 「北大和北大人·不是萬花筒」, 『宇宙風乙刊』 第36期, 1941.1.

118 [역자 주] 東晉의 재상 사안은 대담하고 담담한 성격으로 유명하다. 대사마 桓溫이 반역하겠다는 생각으로 사안과 王坦之를 죽이려고 병력을 끌고 왔을 때 사안만이 아무렇지도 않게 환온을 말로 제압한 일이 있었고, 前秦의 符堅이 쳐들어왔을 때도 침착하게 전략을 짜고 승전보를 들었을 때에도 담담하게 반응했다.

의 「형제」 편의 구절은 "어떤 사람은 세상 사람과 사귈 때는 언제나 잘 지내면서 형에게는 공경하게 대하지 못하는데 어찌하여 많은 사람과는 잘 지내면서 한 사람과는 잘 지내지 못하는 것인가! 어떤 사람은 수만 명의 군사를 거느리면서 그들을 목숨 바쳐 충성하게 할 수 있지만 동생에게는 잘해주지 못하는데 어째서 먼 사람에게는 잘하는데 가까운 사람에게는 잘 못하는 것일까!"였다. 저우씨 형제가 처음에는 우애가 있었지만 나중에는 반목하게 되었다는 것은 문단의 모든 사람들이 알고 있었다. 형이 세상을 떠난 그날에 「형제」 편을 골라 강의한 것은 너무나 희극적인데, 어쩌면 서술한 류춘런이 약간 수식을 해서 안쓰러운 마음을 표현했을 수도 있다.

그런데 『안씨가훈』 읽기를 통해 저우씨 형제의 결별을 드러내는 것도 매우 흥미로운 주제이다. 저우쭤런은 늘 글에서 '사상이 통달'한 안지추를 언급했고 그를 도연명과 부산傅山, 일본의 요시다 겐코吉田兼好, 마쓰오 바쇼松尾芭蕉 등과 비교했지만,[119] 안지추의 책에 대해 본격적으로 논의한 것은 「『안씨가훈』」[1934.4]과 「가훈에 대하여」[1936.1] 두 편의 글뿐이다. 그의 형 루쉰도 그처럼 『안씨가훈』에 대한 두 편의 잡문을 썼으므로 참조해서 읽어볼 수 있다. 루쉰은 1923년 5월 13일 일기에 "밤에 다시 『안씨가훈』 2책을 샀다"라고 썼지만 책에 대한 평가를 내리지는 않았다. 1930년대 이전까지 루쉰은 이 책에 대해 자기 의견을 표명한 적이 없었던 듯하다. 당시 사회 사조에 대해 느낀 점이 있었기 때문에 루쉰은 그제야 1933년 10월에 「헛수고扑空」를, 1934년 5월에 「유술儒術」을 썼다. 루쉰의 잡문에서 직접적인 비판대상은 청년들에게 도서 목록을 제시한 스저춘과 무

---

119 周作人의 「鬼的生長」(『夜讀抄』 수록)과 「老年」(『風雨談』 수록) 참조.

선전신국을 통해 강연한 펑밍취안馮明權, 풍명권이었다. 이에 반해 저우쭤런은 자기가 어떤 이유로 『안씨가훈』을 특히 좋아하는지를 소개했을 뿐이었다. 글을 쓴 순서대로 두고 그 안에 숨은 뜻을 자세하게 음미해 볼 때 나는 이 두 편이 관련이 없지 않다고 본다.

1920~1930년대 중국 문단에서 강연을 통해 안지추를 널리 알릴 수 있는 사람은 저우쭤런일 수밖에 없었다. 스저춘이 청년들에게 도서 목록을 제시할 때 『안씨가훈』을 넣기는 했지만 이것이 그가 혼자서 발견한 것이 아니었다. 루쉰도 당연히 이 점을 알고 있었다. 그래서 글에서 "그 개인의 생각만으로 한 것은 아니다"라고 했던 것이다. 루쉰은 "비록 도서 목록이 발단이 되었지만 이 문제는 그 개인에게만 있는 것이 아니며 이것은 시대 사조의 한 부분"이라고 했다. 여기에서 말한 '사조'는 당연히 동생인 저우쭤런의 상황도 포함하고 있었다. 1930년대에 안지추의 명성은 빠르게 퍼졌는데 저우쭤런은 이 사조의 추동자라고 할 수 있다. 왜냐하면 장타이옌의 『국고논형』은 일반 대중에게 알려지지 않았고 소주에서 강학을 한 것은 그 뒤의 일이기도 하고 그 이후에도 그렇게 널리 퍼지지 않았기 때문이었다. 『안씨가훈』이 '계몽 독서물'에서 '고전'으로 지위가 상승하게 된 데에는 저우쭤런의 역할이 결정적이었다. 루쉰이 안지추의 이 책을 어떻게 평가했는지를 보자.

이 『안씨가훈』의 저자는 제나라에서 수나라로 넘어가는 난세에 살았다. 그때는 줄곧 오랑캐 세력이 확장하던 때였다. 그는 유자처럼 이 책에서 고전도 말하고 문장도 논했지만 실제 마음은 불교에 귀의한 상태였다. 또 자식들이 선비족鮮卑族 말을 배우고 비파를 타서 오랑캐 귀인들을 섬기기를 바랐다. 이것은 경자년 의화단운동1899~1901의 패배 이후 고관과 부자, 거부, 사인들의 사상으로, 이들은 자기는 염불을 하지만 자식들은 나중에 지배자를 섬길 수 있게 약간의 '양무洋務'를 배우도록 했다. 아마 현재도 이런 사상을 가지고 있는 사람들이 적지 않을 것이다.[120]

자식에게 선비족 말을 가르친 일의 경우 루쉰은 안지추의 태도를 잘못 기억하고 있었다. 다행히 루쉰은 곧바로 이 부분을 수정했다. 「교자教子」편에서 안지추는 제나라 사람이 열심히 자기 경험을 소개하는 것에 이렇게 응대했다.

나는 가끔 몸을 숙이고 대답하지 않았다. 이 사람이 자식을 가르치는 방법은 참으로 이상했다. 만약 이런 방식대로 해서 정승 자리에 오른다고 해도 나는 너희들이 그러기를 원하지 않는다.

안지추가 책에서 드러낸 기골에 대해 후대 사람들은 대부분 찬사를 보냈다. 고염무의 경우 『일지록日知錄』 권13 '염치廉恥'에서 이 단락을 인용하면서 이렇게 썼다.

아아, 안지추는 어쩔 수 없이 난세에 벼슬을 했지만 그래도 이런 말을 한 것을 보면 「소완小宛」시를 쓴 사람의 뜻[121]을 가지고 있었던 것이다. 비굴하게 세상에 아첨하는 저들은 정말 부끄럽지 않은가!

---

120 魯迅, 「扑空」, 『魯迅全集』 5, 349·353면.
121 [역자 주] 『시경』 '小雅'에 실린 시 제목이다. '小宛'은 작은 산비둘기라는 뜻으로, 이 시는 전통적인 독법에서는 왕을 풍자하는 내용이며 시국을 한탄하지만 올바로 살아가겠다고 스스로 경계하는 마음을 담은 것으로 보았다.

안지추의 현실에서의 삶은 「교자」편에 보여준 것과는 적지 않은 차이가 있다. 이것도 루쉰이 오류를 교정했지만 동시에 '안지추의 처세법'에 대해 매우 비판적인 태도를 보였던 원인이었다. 엄밀하게 논의하기 위해서 루쉰은 제나라 사람들과 안씨를 함께 묶어서 '북조식 도덕'이라고 했고 그들 "또한 사회의 심각한 문제"라고 단언했다.

다음 해 다시 '시대의 현인'이 나타나 『안씨가훈』 중 「면학」 편을 강의했는데 그때의 주안점은 학술과 문예를 갖춘 사람은 전란으로 혼란스러운 시기에 처해도 "가는 곳마다 편안할" 수 있었다는 것이었기 때문에 더욱 루쉰의 반감을 샀다. 위태로운 시국과 관련시켰을 때 루쉰의 감개는 더욱 깊었던 것이다.

이 말은 매우 깊이가 있다. 쉽게 기술을 익히는 방법으로는 독서가 최고이다. 『논어』와 『효경』을 읽을 줄 안다면 포로로 잡히더라도 스승이 될 수 있으니 포로 중에서도 특별한 사람이 될 수 있을 것이다. 이런 교훈은 당시의 사건으로 추론해낸 것이다. 금나라나 원나라 때 그럴 수 있다면 명청 교체기에서도 그럴 수 있을 것이다. 지금 갑자기 방송을 통해 사람들에게 '가르치고' 있는데, 설마 강연자가 이미 지금 상황에 예측되는 바가 있어서 미연에 준비하려고 하는 것은 아닐까?[122]

마지막 구절에서 표출한 우환의식은 실로 골수에 사무친 것이었지만 결국 "불행히도 이 말은 현실이 되었다". 이 점을 알아야 루쉰이 어떤 이유에서 안지추에 대해 이렇게 가혹한 태도를 보였는지 이해할 수 있다. 「헛수고」에서 "만약 청년과 중년과 노인 중에 안지추식의 도덕을 가진 사람이 많다면 중국 사회에서 이것은 실로 심각한 문제이므로 씻어낼 필요가 있다"고 했는데, '안지추'라는 이 단어가 수정된 것 외에 기본적인 입장에는 변화가 없었다. 루쉰은 물론 '가훈'이라는 문체의 특수성을 알고 있어서 「위진풍도와 문장, 약과 술의 관계」에서 오만한 혜강도 결국 「가계」에서 자식을 가르실 때에는 "처세할 때 조심해야 한다"고 한 점에 대해 이해하기도 하고 공감하기도 했다. 루쉰이 분노한 것은 사람들이 『안씨가훈』을 너무 떠받든 나머지 어쩔 수 없이 해야 하는 '생존전략'을 합리화하고 그로 인해 사람들의 마음을 무너뜨리고 품위를 사라지게 만들었다는 점이었다.

흥미롭게도 저우쮀런이 1934년 4월에 「『안씨가훈』을 썼을 때 루쉰과 마찬가지로 「교자」 편에서 제나라 사람들이 자식을 가르칠 때 선비족 말을 배우게 한 일에 대해 쓰면서 안지추가 "몸을 숙이고 대답하지 않은" 태도를 찬양했다는 사실이다. 그는 "이 일이 오랫동안 전송되었는데 내용이 훌륭할 뿐만 아니라 표현도 좋아서 자연스럽고 우아한 부분은 한유나 유종원과 비교해도 나은 곳이 있다"고 했다. 똑같이 제나라 사람 방식의 비굴한 처세 철학을 거부했지만 루쉰이 원수 대하듯 싫어하고 생각에 생각이 꼬리를 물고 이어졌던 반면 저우쮀런은 오히려 난세를 사는 어려움을 강조했다. 문면에 드러나지 않은 내용은 당시 사람들이 안지추를 가혹하게 비판하는 것에 불만을 가졌다는 것이다.

다들 육조가 난세였다는 것을 알고 있다. 안지추는 양나라에서 북제北齊로, 다시 북주北周로 넘어가는 시대에 살았다. 그가 쓴 「관아생부」에서는 "나는 한평생 세 번 변했으니 씀바귀처럼 쓰고 여뀌처럼 매운 인생이었다."라고 했고 주에서는 이미 세 번 나라가 망한 사람이었다고 했지만, 2, 3년도 되지 않아 다

---

122 鲁迅, 「儒術」, 『鲁迅全集』 6, 33면.

시 수나라가 세워졌는데 이것은 이 부를 쓰고 난 뒤의 일일 것이다. 그 한 몸에 수십 년간 쌓인 고난의 경험을 20편으로 엮어 이 책을 자손들을 위해 남겨두 었으니 요점은 말을 신중하게 하고 행동을 조심하라는 것이었다. 이것은 물론 바꿔 말한다면 난세에 목숨을 온전히 하라는 뜻이었다. 그런데 이것이 왜 문제 인가? 다른 사람들의 책에서도 어떻게 해야 치세에 목숨을 부지하는지를 말하 고 있다. 근래에 식자들이 학문의 주인이 바뀌었으니 빨리 투항하라고 외치는 것도 아마 이런 의미일 것이다.

마지막 구절은 말에 뼈가 있다. 「가훈에 대해서」에서 "후세의 선동자 들"이 문장을 쓸 때 진정성이라고는 하나도 없이 "스스로 원숭이처럼 동 굴 안에서 안주한 채 고양이에게 화로 속 밤을 꺼내러 가게 한다"라고 한 것을 보면 말하려는 내용을 쉽게 알 수 있다. 1930년대 저우씨 형제 사이 에는 깊은 갈등이 있었는데 여기에서 그 단면을 볼 수 있다. 저우쭤런은 '선동자'에 대해 반감을 가졌고 "자기 말에 책임을 져야 한다"고 강조했 다. 여기에는 일리가 없지 않다. 다만 이런 생각을 바탕으로 사회 사조에 우려를 표하는 루쉰을 의심한 것을 보면 "너무 좁게 보고"[123]있는 것 같기 도 하다.

『안씨가훈』의 「면학」 편에서는 도덕을 자세하게 서술하지 않고 이해득 실만을 강조해서 '편한 생활을 추구한다'는 느낌을 준다. 그가 "혜강이 세 속을 배척하다가 화를 초래했다"고 비판한 것은 "목숨을 보전하는 것"을 중시한 나머지 "구차하게 사는 쪽"으로 선회하게 되기 쉽다. 「양생」 편에 서는 "양생하려면 먼저 재앙을 걱정해야 목숨을 온전히 할 수 있다. 생존

---

123 周作人의 「顔氏家訓」(『夜讀抄』 수록)과 「關于家訓」.(『風雨談』 수록)

한 다음에 양생할 수 있으니 생존하지 못하면서 양생하려는 일은 하지 말아야 한다"라고 했는데 이 매우 훌륭한 "도를 깨우친 표현"^{황숙림 평비}은 "진실로 효를 행했지만 도적을 만나고, 인의를 실천했지만 죄를 얻었고, 자신의 죽음으로 가문을 보존하고, 몸을 바쳐 나라를 구하는 것을 군자는 나무라지 않는다."를 보충한다고 해도 "난세에는 구차하게라도 살아야 한다"는 주제를 바꿀 수는 없었다. 후대 '도학가'들의 허위와 오만과 비교할 때 안지추의 저자세에도 물론 훌륭한 점이 있는데 최소한 그는 "세상의 이치를 깊이 깨달았고", "인정물태를 알았던 것"이다.

1930년대 중반의 저우쭤런은 감정과 이치를 강조했고 상식을 중시했으며 절제를 하려고 했다. 주로 "분수껏 사는 것"으로 구현되었고, 더는 "할 수 없다는 것을 알면서도 하는 일"은 없었기 때문에 너무나 '온화'했지만 '용맹'함은 부족했다. 1934년 여름에 일본에 갔을 때 저우쭤런은 작은 꽃병 하나를 사는 데 20전을 쓰고 꽃병에 두목^{杜牧}이 쓴 「견흥^{遣興}」 시의 "참아내면 그 일도 기쁠 것^{忍過事堪喜}"이라는 구절을 썼다. 두 번째 되는 해 「두목의 시구^{杜牧之句}」에서 저우쭤런은 자신이 왜 이 시구를 좋아하는지에 대해 "내가 이것을 신봉해서 격언으로 삼는 것은 아니다. 나는 그의 경지를 찬탄하는 것이다. 여기에는 떫은 차를 마시는 듯한 맛이 있다."라고 설명했다. '떫은 차를 마시는' '대가의 안쓰러운 면'으로부터 '모욕을 인내하는 것'의 미묘함을 논증해낸 것이다. '괴로운 비^{장마}'에 '쓴 차'에 '괴로운 주거'로 인해 저우쭤런은 '쓴맛'을 맛본 뒤의 '단맛'과 '인내'한 뒤의 '기쁨'을 너무 중시하게 되었다. 2년 뒤 북경이 함락되기 전날 저녁에 저우쭤런은 『상하담^{桑下談}』의 서문을 쓰면서 다시 두목의 "참아내면 그 일도 기쁠 것"이라는 시구를 가져온 뒤 "괴롭게 살고 있다는 것의 의미를 나는 너무 좋아해서 이것으로 집의 이름을 삼을까도 생각했다", "어쨌든 중국 여행도 고생스러운데 어찌 다시 고생을 사서 하겠는가?"[124]라고 했다. 이렇게 '은일'을 말할 때에는 이미 "기운과 성향을 따른다"는 뜻은 전혀 없고 완전히 "난세에 구차하게 목숨을 연명"하고 있었다. 그가 끊임없이 "모욕을 참는다"고 말한 것에 대해 논자들이 이후의 운명을 "자각했거나 예감했던"[125] 것이 아닐까 추측한 것도 전혀 이상하지 않다.

"유유하게 남산을 보던" 도연명에서 다시 "목숨을 보전하는 것"에 힘쓴 안지추로 저우쭤런이 논의 대상을 바꾸어간 것은 '난세'의 압박이 날로 심해진 것 때문이기도 하지만 그가 굴종과 모욕을 감내하는 것에 기운 것과도 관련이 깊다. 아는 것이 많았던 저우쭤런은 다시 '적절'한 화제를 찾아냈다. 『안씨가훈』의 화제의 배경의 의미를 충분히 잘 알고 있었기 때문에 독립과 반항에 주력하던 루쉰이 그토록 반감을 가졌던 것이다. 루쉰이 도연명 시에 대해 변증할 때는 그래도 학술적으로 논쟁하는 태도를 가졌지만 안지추의 저술을 비평할 때 어조가 매서웠던 것은 '북조식 도덕'에 대한 높은 경각심이라고밖에 해석할 수 없다.

저우쭤런이 "옛사람의 가훈"은 "모든 저술에서 봤을 때 성실한 편"이라고 한 것처럼 한대 마원馬援의 「형의 아들 엄돈에게 훈계하는 편지誡兄子嚴敦書」, 진대 도연명의 「자엄 등에게 주는 작은 글與子儼等疏」에서 명말청초 부산傅山의 「가훈家訓」, 풍반馮班의 「가계家戒」에 이르기까지 모두 인정을 잘 알고 있으며 가식적인 부분이 거의 없다. 수많은 가훈 중에서 안지추의 저술이 군계일학이 되어 가장 사람들이 찬양하는 대상이 된 것은 "적당히 엄격하고 적당히 관대하며 표현이 온화하고 감정과 어조가 잘 들어

---

124 周作人, 「杜牧之句」, 『苦竹雜記』, 上海 : 良友圖書印刷公司, 1936 ; 「桑下談·序」, 『秉燭後談』, 北京 : 新民印書館, 1944.

125 錢理群, 『周作人傳』, 北京 : 北京十月文藝出版社, 1990, 424면 참조.

맞아서 이렇게 잘 쓰기가 매우 어려운 글이었기" 때문이었다. 내용과 표현이 겸비되었다는 평가야말로 저우쮜런이 독자적으로 해낸 것이다.[126]

『야독초夜讀秒』에 수록된 「『안씨가훈』」의 이 단락은 저우쮜런이 육조 문장을 논한 글 중에서 늘 인용되는 것인데, 다만 조금 다듬어서 요약적으로 제시했다.

남북조 사람들의 몇몇 저작을 나는 너무도 좋아한다. 여기에서 말하려는 것은 한편 한편의 문장이 아니라, 원래라면 역사서나 사상서겠지만 『세설신어』, 『화양국지』, 『수경주』, 『낙양가람기』, 『안씨가훈』 같은 책들이다. 그중에서 특히 『안씨가훈』을 나는 가장 소중하게 생각한다. 문장 말고도 작자의 사상과 태도가 너무 존경스럽기 때문이다.

여기에서는 '문장 말고도' "작자의 사상과 태도"가 매우 존경스럽다는 점을 강조하고 있다. 『풍우담』의 「가훈에 대하여」에서는 다시 반대로 "견식과 정취가 모두 깊을" 뿐만 아니라 "문장도 훌륭하다"는 점을 강조했다.

수나라 초기에 완성된 『안씨가훈』은 육조시대 명저 중 하나이다. 그의 견식과 정치도 모두 깊지만 문장도 훌륭하다. 송대의 조경부趙敬夫는 여기에 주를 달아서 나중에 자식을 이 책으로 가르치려고 했고 청대 노문초도 서문에서 이 책이 간곡하면서도 현실적이고 세밀하게 모두를 다 담았다고 했으니 이 책의 본질을 잘 짚은 말이라고 할 수 있다.

---

126 周作人의 「關于家訓」과 「顔氏家訓」 2편의 글 참조.

저우쭤런은 우사오탕伍紹棠, 오소당의 「『남북조문초』 발南北朝文鈔跋」을 너무 좋아해서 글을 쓰면서 여러 차례 인용했다. 유감스럽게도 우사오탕의 발문에는 정감과 문채가 모두 훌륭한 안지추의 저술이 빠져 있어서 「가훈에 대하여」에서는 이 점에 약간의 불만을 나타냈다. 『안씨가훈』을 '육조문장'으로 읽은 것은 저우쭤런의 감식안이 독특하면서도 남들보다 뛰어난 부분이다.

『입춘 이전立春以前』에 실린 「문단의 바깥文壇之外」에서 저우쭤런은 자신의 이상이 "이성은 통달했고 감정은 온후하며 기상은 화평하고 문장은 우아한" 『안씨가훈』의 경지에 도달하는 것이라고 했다. 아쉽게도 이 글은 1944년 12월 5일에 썼는데, 이보다 보름 전에 저우쭤런은 '화북정무위원회華北政務委員會'127에서 왕징웨이汪精衛를 공개추모하는 대회大會에 참가했고, 그 1년 뒤에 한간漢奸이라는 죄목으로 수갑을 차고 투옥되었다. 그랬기 때문에 그가 '사상의 통달'에 경도된 것은 공정하게 평가받기 어렵게 되었다. "문장이 우아하다"는 것은 더욱 '지엽적인 일'로 인식되었고 이것은 전혀 관심을 끌지 못했다. 사실 20세기 중국의 '육조 문장의 부흥'을 논할 때 장타이옌은 왕필과 배고, 범진范縝을 높였고 루쉰은 혜강을 추앙했다. 저우쭤런은 "우리 집안의 문장은 세속을 따르지 않고 매우 점잖고 바르다"고 했던 안지추128를 발견했다. 이것은 모두 매우 중요한 대목이다.

---

127 [역자 주] 1940년 3월에 세워진 행정부서로, 河北, 山東, 山西 3개 성과 北京, 天津, 青島 3개 시의 관리를 목적으로 세워졌다. 명의상으로는 汪精衛 괴뢰정권의 관리를 받는 것으로 되어 있지만 높은 자치권을 보유하고 있었고 친일 성향의 王克敏이 위원장을 맡았다.

128 『顔氏家訓』의 「文章」편 참조. 이 글에서 '점잖고 바르다고' 했을 때 직접적으로 염두에 둔 것은 "지금은 음률이 어우러지고 장구에 대구가 맞으며 매우 정밀하게 피휘하는데 이것은 과거에 비해 훨씬 낫다"는 것이었다.

5. 동성파와 문선파의 엇갈린 운명

육조 문장의 부흥을 논의할 때에는 먼저 5·4선구자들이 '문선학文選學'에 대해 강하게 비판했다는 사실을 마주해야 한다. 첸셴퉁錢玄同, 전현동이 "동성파는 글러먹은 종자, 문선파는 망할 놈의 자식桐城謬種, 選學妖孼"이라고 한 것은 문학사의 몇 차례 해석을 거쳐서 5·4문학혁명의 대표적 구호 중 하나가 되었다. 그렇지만 자세하게 정리해 보면 '동성파'와 '문선파'의 운명은 서로 달랐다. 장타이옌 제자들의 문학 취미가 이 논의의 전략을 결정했는데 그때는 반드시 "어느 한쪽의 편을 들어야 했던 것"이다. '문선학'은 철저하게 청산해야 할 대상으로 치부되지 않았을 뿐만 아니라 오히려 신문화인이 동성파 문장을 비판할 때 중요한 무기가 되어 주었다.

5·4문학혁명을 이끈 저작으로는 후스의 『문학개량추의』와 천두슈의 『문학혁명론』이 있다. 이 두 책에서는 비판 대상을 동성파와 변려문駢儷文, 강서시파江西詩派 이 세 가지로 설정했다. 구학문에 대해 상당한 교양이 있었던 첸셴퉁은 비판 대상을 "현재 이른바 산문을 잘 쓴다고 하는 동성파의 거두와 변려문을 쓰는 문선파의 명가"[129]로 확실하게 못박았다. 이것은 천두슈가 "18명의 요괴十八妖魔"라고 한 것보다도 한결 매서웠는데 첸셴퉁은 '동성파'를 "글러먹은 종자", '문선파'를 "망할 놈의 자식"이라고 직설적으로 외쳤을 뿐만 아니라 여러 번 거듭하면서 한 번도 말을 바꾸지 않았고 학술 연구에서 '매도'하는 방식으로 비판하지 말아야 한다는 류의 비평을 단연코 거부했다.[130] 의고파 첸셴퉁의 입장에서 볼 때 문선

---

129 錢玄同, 「寄陳獨秀」, 『中國新文學大系·建設理論集』, 上海 : 良友圖書印刷公司, 1935.
130 『新靑年』第2卷 第6期와 第3卷 第1~6期에 실린 천두슈와 후스에게 보낸 첸셴퉁의 편지 참조.

파와 동성파는 신문화운동의 최대 장애물이었으므로 철저하게 공격하지 않으면 백화문장이 제대로 자랄 수 없었다.

이 두 가지 문장의 악귀들이 진실한 백화문학을 가장 반대하는 자들이다. 백화 문장을 쓰게 되면 첫 번째 부류의 악귀는 쓰레기 같은 전고와 역겨운 수식들을 가져올 수 없게 되며, 두 번째 부류의 악귀는 가소로운 의법義法과 무의미한 격률로 잘난 체할 수 없게 되기 때문이다.[131]

첸셴퉁은 "고아한 주진周秦 문장과 성대한 양한兩漢 문장, 화려한 육조 문장, 꼬리를 흔들며 아첨하는 당송팔대가의 문장"에 모두 호감이 없는 것 같았지만 진짜 불만을 가지고 있었던 대상은 당시 문단, 즉 "망할 놈의 자식인 문선파가 높이고 있는 육조 문장과 글러먹은 종자인 동성파가 높이고 있는 당송 문장"이었다. 「실용문 개량이 시급함을 논함論應用之文亟宜改良」에서 논의한 내용은 자국어 교과서의 편집이었는데 이것은 보급형 문학사 틀로 읽을 수 있었다. 첸셴퉁의 전략은 명확한 목표가 있었고 "모든 역사가 당대사"라는 명언에 잘 화답하는 것이었다. 첸셴퉁은 "사실 논리가 정밀하고 문장이 평이한 것은 주진, 양한, 육조, 당송의 문장에도 없지 않았는데 다만 지금 사람들이 모르고 있을 뿐이다. 지금 급선무는 동성파와 문선파를 비판하는 것이다. 그들처럼 옛사람을 따르고자 주장하는 주진양한파周秦兩漢派는 적당히 봐줄 수 있다. 워낙 사람이 적고 간혹 있다고 해도 망할 놈의 자식인 문선파나 글러먹은 종자인 동성파처럼 잘난 체를 하지 않기 때문에 아직은 그렇게 꼴불견이 아니다"[132]라는 입장

---

131 錢玄同, 「嘗試集序」, 『中國新文學大系·建設理論集』.
132 錢玄同, 「論應用之文亟宜改良」, 『新靑年』 第3卷 第5號, 1917.7.

이었다. 이런 주장은 모두 혁명가의 사고방식이다. 무고한 사람을 잡을까봐 걱정하는 일 따위를 하지 않아야 이렇게 큰 칼과 도끼를 휘두르며 길을 개척해서 갈 수 있고, 이렇게 기치가 선명해야만 수많은 독자들을 끌어모을 수 있다. 5·4학술 상황에 놓고 보아도 첸셴퉁의 논의는 가장 탁월하다고 할 수는 없지만, "동성파는 글러먹은 종자, 문선파는 망할 놈의 자식"이라는 이 구호는 후대 사람들이 체감하기에 충분했다.

당시 문단의 3대 유파 중에서 '동성파'와 '문선파'를 골라 본보기로 삼고 또 극렬하게 비판함으로써 상대편과 대중의 폭넓은 주목을 받았다. 첸셴퉁은 자신의 이 작업에 매우 득의양양했다. 1930년대 중반에 신문화인의 고문 연구는 이미 매우 깊은 수준에 이르렀고 평가의 기조도 전반적으로 부정적인 태도에서 이제는 가려서 흡수하자로 선회해 있었지만, 첸셴퉁은 여전히 자신의 '발명권'에 연연했다. 1934년에 저우쭤런은 「오십자수시」에서 "동성파와 문선파라는 악귀 소탕에 부심하고, 독사 같은 강상윤리 몰아내느라 애썼다腐心桐選誅邪鬼, 切齒綱倫打毒蛇"라고 했는데, 저우쭤런 말로는 첸셴퉁이 나중에 이 두 구를 맥락이 훨씬 분명하게 "동성파와 문선파를 무너뜨려 악귀를 몰아내고, 강상윤리 뒤엎어서 독사를 베었다推翻桐選驅邪鬼, 打倒綱倫斬毒蛇"[133] 구절로 바꿨다고 한다. 첸셴퉁의 자신감에 이유가 없는 것이 아니었다. 당시에 이 구호가 여전히 유효했던 것은 루쉰의 「감구感舊」로도 알 수 있다. 이 글은 1933년 10월 『신보申報』 '자유발언自由談'에 실린 잡문이었는데 "사람들에게 『장자』와 『문선』을 읽으라고" 했던 복고 사조에 대해 매우 못마땅해하면서 이것은 옛날 술을 새 술병에 넣는 격이라 "'글러먹은 종자인 동성파'나 '망할 놈의 자식인 문선파'의 수

---

[133] 周作人의 『知堂回想錄』과 「錢玄同의 復古與反復古」 참조.

하늘이 잠복할 수 있게 한다"[134]고 썼던 것이다. 그러나 그렇다고 해도 매우 유행한 이 구호가 신문학의 진정한 방향을 알려주지는 못했다.

5·4문학혁명의 대표주자 후스와 저우쭤런의 선택을 보면 이 운동의 발전추세를 알 수 있다. 광풍이 몰아치는 『신청년』 시절에 신문화인은 분명히 문단을 한바탕 휩쓸었고 모든 권위적인 태도를 부정했다. 신문화운동이 거듭되는 승리를 거두면서 후스와 저우쭤런도 '구문학'에 대해 조금씩 관용적인 태도를 보였고 평가도 미묘하게 달라져 있었다. 그중에서 중요한 표지가 '동성파'와 '문선파'에 대해 더는 몽둥이로 때려잡고자 하지 않았다는 점이었다. 일단 '전반적으로 반전통이었던' 사고방식을 넘어서자 이해와 선택을 강조했고 개인의 취미가 곧바로 드러났다. 이렇게 신문화인의 '통일전선'이 일순간에 무너진 것이다.

그전까지 전반적으로 '글러먹은 종자 동성파'와 '망할 놈의 자식 문선파'를 부정한 것에 대해서도 신문화인은 이성을 가지고 구체적으로 분석해 들어가기 시작했다. 이 시점에서 후스와 저우쭤런은 가는 길이 전혀 달랐다. 일단 후스가 동성파 고문을 어떻게 평가했는지를 보도록 하자. 「최근 50년간 중국의 문학」에서 개괄적으로 논의한 이 단락에는 후스의 취미가 잘 드러나 있다.

차분하게 논한다면 옛날 문학 중에서 당연히 '고문'한유에서 증국번까지의 고문을 가장 적절하고 유용한 문체로 꼽을 수 있다. 변려문의 문제점은 말할 필요도 없다. 당송팔가 이후의 고문을 무시하는 사람들은 주와 진, 한, 위로 돌아갈 망상을 품었는데 하면 할수록 글이 자연스럽지도 않고 위로 올라갈수록 유용하

---

134 魯迅, 「重三感舊」, 『魯迅全集』 5, 325면.

지도 않다. 그저 문학계에 통할 듯 통하지 않는 가짜 골동품을 추가했을 뿐이다. 당송팔가의 고문과 동성파의 고문이 가진 장점은 맑고 자연스러운 문장을 쓰고자 했고 가짜 골동품을 만들어내려는 망상을 품지 않은 것이다. 동성파 고문을 배우는 대부분의 사람은 그래도 '수준 이상'이라고 할 수 있고 여기에서 더 나아가면 실용문도 쓸 수 있을 것이다. 그러므로 동성파가 중흥한 것은 큰 공헌도 없겠지만 그렇다고 크게 나쁠 것도 없다. 그들은 '도를 수호하는衛道' 성현으로 자처하기도 했는데, 방동수方東樹는 한학漢學을 공격했고 린수林紓, 임서는 새로운 사조를 공격했다. 이것은 '문이재도文以載道'라는 말이 가지는 해악을 입은 것이라 주제를 파악하지 못한 면이 있다. 그런데 동성파의 영향으로 고문의 문장이 자연스럽게 되었고 이후 20~30년 동안 응용할 수 있게 준비를 한 셈이어서 이 측면에서의 성과는 짚고 넘어가야 한다.

후스의 논리 틀에서 고문은 '죽은 문학'이고 백화로 써야 '살아있는 문학'이었다. 동성파 문학이 이렇게 이해와 공감을 얻은 것은 정말 쉽지 않은 일이었다. 구체적으로 분석할 때 진한 문장을 추종해야 한다는 말을 하지 않았으며 육조 문장을 배워야 한다는 말은 더욱 언급도 하지 않았다. 이렇게 해서 동성파 문학은 '구문학'의 유일한 대표처럼 되어 버렸다. "장타이옌의 고문학은 최근 50년간 일류 작가의 것"이라는 것에 동의하는 동시에 "그한테서 끊겼다"는 것을 강조한 후스는 '위진으로 돌아가자'는 주장을 단칼에 거절했다.[135] 장타이옌이 "동성파 고문에 반대하지 않는다"고 한 부분에 대한 후스의 해설은 핵심을 짚지 못한 듯했다.

『도한미언菿漢微言』에서 장타이옌은 동성파 문장이 "점잖은 것이 옛것

---

135 胡適, 「五十年來中國之文學」, 『胡適文存二集』, 上海 : 亞東圖書館, 1924.

에 가까우니 또한 충분하다"라고 했다. 이 말은 "명말의 외설적이고 경박한 풍조"가 부흥한 당시의 세태를 두고 한 말이었다. 당시의 문제점을 지적하는 태도는 장타이옌의 「내가 공부한 순서自述學術次第」에서 더욱 명확하게 "지금 시대 문학은 이미 쇠퇴해졌다. 보잘 것 없는 세속의 무리들은 모두 파란만장한 스토리에 몰두하느라 동성파 의법을 비판할 겨를이 있겠는가?"에서 드러난다. 동성파 문장을 공격하고 싶지 않은 이유는 이것이 "시류에 맞는 글을 쓸 수 있게" 해서 따라 하기 쉬웠기 때문이다. 그래서 "후대 사람들이 이것을 모범으로 삼으면 배우는 것도 있어서 아무렇게나 말하고 번드르르하게 꾸미는 수준으로 전락하지는 않기에 동성파 문장을 없애자고 하지 않은 것이다". 그 당시 문인 중에서 장타이옌이 가장 마음에 들어 했던 사람은 『팔대문수八代文粹』를 편찬하고 일관되게 육조를 추앙한 왕카이윈王闓運, 왕개운이었다. 그가 "우아한 글을 쓸 수 있었기" 때문이었다.[136] 분명 육조를 추구했지만 그렇다고 동성파 문장을 지나치게 멸시하고 싶어 하지는 않았는데 그 미묘한 점은 왕카이윈의 제자 랴오핑廖平, 요평의 주장을 봐도 좋을 것이다.

동성파 고문은 타고난 재주가 없는 사람이 배워도 된다. 동성파 문장은 수식을 중시했을 뿐 진정한 학문의 역량은 없었다. 그래서 배우는 사람들도 깊이가 얕았다. 봉두난발이나 경국지색 같은 모습의 글은 동성파의 문장에서는 있을 수 없다.[137]

자기 자신과 다른 사람, 재능의 높고 낮음, 독창성과 따라하기를 구분

---

136 章太炎, 「與人論文書」, 『章太炎全集』 4, 168면.
137 錢基博, 『現代中國文學史』, 長沙 : 岳麓書社, 1986, 67면에서 재인용.

했기에 만청 시기 위진 풍도와 육조 문장을 추앙하는 사람들도 특별히 동성파를 배척하지는 않았다. 그런데 동성파를 '타고난 재주가 별로 없는' 사람들이 따라하는 대상으로 정의하는 이런 거만한 자세와 연민에 가까운 시선 역시 동성파 문장에 대한 멸시가 아니고 무엇인가? 이것은 후스가 "고문의 문장이 자연스러워지게 한" 공로가 있다고 표창한 것과는 완전히 다른 차원이다. 후스의 문학적 안목에서는 '자연스러운 것'과 '자연스럽지 않은 것'이 가장 관건이었다. 동성파는 자연스럽고 담박한 문장을 쓸 수 있었다는 후스의 이런 평가는 그가 '문명적이지 않은' 변체문에 대해 시종일관 공격한 것[138]과 선명하게 대조를 이뤘다.

고대 중국의 '문장'에서 후스가 가장 마음에 들어 했던 것은 당송팔대가와 그들의 후예인 동성파 고문이었다. 저우쭤런은 이와는 반대로 한유와 유종원의 문장 및 동성파 문장에 대해 지속적으로 비판했고 점차 육조 문장이 "음송할 정도로 꾸밈이 없고 우아하여" 확실히 도달할 수 없는 수준이라는 것을 깨닫게 되었다. 1930년대 중반에 저우쭤런은 북경대학에서 '육조 산문' 강좌를 개설했는데 그 강좌 소개는 "당송 고문과 비교해서 장단점을 논할 필요가 없다. 그저 읽으면서 이런 유형의 산문도 나름의 좋은 점이 있다는 것을 알 수 있게 하고자 한다"고 했다. 그런데 그다음의 평어案語는 곧바로 작가가 가장했던 중립성을 단번에 깨뜨리고 말았다. "성인재成忍齋, 도광 18년 진사인 成毅(1790~1848)의 자―역자 주가 자제들에게 준 첩帖에는 '근래에 고문을 논하는 사람들은 고문이 육조에서 망가지고 당에서 진작되었다고 여긴다. 하지만 육조 사람들의 문장에는 당대 사람들이 할 수 없는 것이 있었지만, 당대 사람들의 문장은 육조 사람들이 하

138 胡適, 『胡適口述自傳』, 293면; 胡頌平 編, 『胡適之先生晚年談話錄』, 臺北 : 聯經出版事業
公司, 1984, 77면 참조.

고 싶지 않았던 것이었다'라는 글귀가 쓰여 있었다"[139]라고 한 것이다. 저우쭤런은 "문학사를 다시 쓰는" 과정에서 앞에서는 동성파를 비판하고 뒤에서는 육조를 찬양했고 또 육조에는 풍류가 넘쳤다는 점을 찬양했는데 이것은 한유와 유종원, 동성파 문장의 오만하고 거친 점을 부각시키기 위해서였다. 그러므로 동성파 문장을 청산하는 것이 저우쭤런이 가장 힘쓴 부분이었다고 할 수 있을 것이다.

신문화운동 초기에 후스와 천두슈, 첸셴퉁, 푸쓰녠 등은 모두 동성파 문장에 대해 매우 호되게 비판했다. 1920년대 중반 이후 동성파는 이미 종이호랑이 처지가 되었고 예전에 반대했던 사람들도 더는 공격할 필요를 느끼지 않았다.[140] 저우쭤런만이 이 사안이 중요할 뿐만 아니라 전투가 아직 끝나지 않았다고 생각해서 쉬지 않고 동성파 조상의 무덤을 파헤쳤다. 여기에서 '조상의 무덤을 파헤쳤다'는 뜻은 저우쭤런이 동성파만 비판한 것이 아니라 동성파가 추종한 당송팔대가도 비판했고, 당송팔대가만 비판한 것이 아니라 그 영수인 한유 비판에 화력을 집중시켰다는 것이다. 청대 사람들이 동성파를 비판할 때에는 대부분 동성파를 당송팔대가와 구별해서 대했다. 예를 들어 장상난蔣湘南은 「고문을 논하는 문제로 전숙자에게 보내는 편지與田叔子論古文書」에서 "팔대가가 고문의 문제점이 아니라 팔대가를 배우는 사람들이 팔대가의 문제점이다"라고 했다. 장타이옌은 '송나라 오촉 지방의 여섯 대가'[141]에 대한 비판을 시작하면서

139　周作人, 『知堂回想錄』, 151면.

140　錢基博는 李詳에게 답하는 편지에서 "예전에는 동성파에 빌붙어서 잘난 체 하고 싶지 않았고 지금은 이미 종이호랑이가 된 동성파를 공격해서 이 시대 사람들의 환심을 사고 싶지 않습니다"라고 했다. 이 편지는 『李審言文集』(南京：江蘇古籍出版社, 1989), 1051면에 수록되어 있어서 참고해 볼 수 있다.

141　[역자 주] 북송 시기의 저명한 문학가인 소철(蘇轍), 황정견(黃庭堅), 조보지(晁補之),

한유에 대해서는 관용적인 발언을 했다.[142] 저우쭤런은 이와는 달랐다. 그가 비판한 대상은 "팔대의 쇠미해진 문장을 홍기시킨" 한유였다.

저우쭤런이 동성파와 당송팔대가를 비판할 때에는 탁월한 부분이 많았다. 『입에 쓴 것과 입에 단 것苦口甘口』에 실린 「나의 잡학我的雜學」에서는 "팔대가의 고문은 내 느낌에는 팔고문八股文의 집안 어르신 같다. 사람들이 팔대가의 고문을 존숭하는 가장 큰 이유는 내가 보기에는 이 때문이다"라고 했고, 『고차수필苦茶隨筆』의 「양류楊柳」에서는 팔대가의 이런 작품은 "하나도 건질 게 없다"고 단언했는데 "문장은 자연스러워서 잘 통하기는 하는데 살아있다는 느낌이 없다", "그런데 매우 불행히도 쉽게 배울 수 있어서 쉽게 모방할 수 있다"라는 이유에서였다. 『중국 신문학의 원류』 제4강에서 저우쭤런은 동성파 문장이 "몇몇 가짜 골동품과 비교할 때 자연스러운 편"이라고 하기는 했지만 "그들의 문장 체계는 결국 팔고문과 가장 가깝기" 때문에 "그들의 사상과 '의법'이라고 하는 것도 찬성할 수 없다"고 강조했다. 이런 논의는 대부분 정내 사람들의 수장을 가져와서 진일보 발전시킨 것이다. 저우쭤런의 문장론에서 가장 독창적인 것은 역시 한유에 대한 비판이었다. 1930년대 중반에 저우쭤런은 한유 문장이 "허장성세"로 가득 차 있다고 지적했고[143] 『병촉담秉燭談』에 수록한 「한유 문장에 대해談韓文」에서 다시 "한유는 후대 사람들에게 두 가지 악영향"을 미쳤는데 하나는 통제하는 도道를 탐구했다는 것이고 다른 하나는 억양이 있는 문장을 중시했다는 것이라고 했다. 저우쭤런은 "사상 통제에 찬성하지 않고 청년들에게 새로운 팔고문을 쓰게 하는 것에 찬성하지 않는

장뢰(張耒), 진관(秦觀), 진사도(陳師道)를 말한다.
142　章太炎의 「與人論文書」와 「自述學術次第」 참조.
143　舒蕪, 『周作人的是非功過』 중 '中國新文學史的溯源' 장절 참조.

다"고 했는데 이것은 좌익문학을 에둘러 공격하는 의미도 있었지만 그의 문학관이나 그가 구축한 문학사의 형상과 괴리되지 않았다. 1950년대 초가 되어서도 저우쭤런은 여전히 한유 문장을 "감정과 이치가 통하지 않고", "문리가 통하지 않는" "나쁜 문장"의 대표로 간주했다.[144]

저우쭤런의 한유 비판은 대부분 동성파 비판의 연장선상에 있었다. 동성파 문장과 팔고문의 관계를 논하면서 동성파 문장가의 학식이 얕아서 인정물태가 변화하는 양상에서 경험과 고민이 부족하고 공허한 의법도 배울 만하지 못하다고 비판했을 때 저우쭤런은 왕카이윈과 우사오탕, 장상남의 논의를 따랐다.[145] 청대에 동성파 문장을 비판했을 때에는 주로 그 주장이 한학가와 변려문가에게서 나왔다. 장상남의 논리는 대체적으로 한학가 쪽이었고 왕카이윈과 우사오탕은 변려문가 쪽이었다. 우사오탕의 경우 저우쭤런은 사실 그의 「『남북조문초』 발문」만을 반복해서 인용했을 뿐이었다. 하지만 왕카이윈은 한위와 육조 시문을 배워 신묘한 경지에 올랐으며 논자들은 심지어 그를 두고 '육조 사람의 환생이자 육조 사람의 부활'이라고까지 찬양했다.[146] 청대의 변려문가와 육조문장의 옹호자는 동성파의 '철천지 원수'였고 그들의 주장은 저우쭤런에게 가장 적절한 비판 무기였다. 만약 동시에 문선파로 동성파를 비판하고 동성파로 문선파를 공격한다면 당연히 효과가 있었을 것이지만 이것은 너무 교활해서 논평하는 바른 방법이 아니었다. 동성파 비판을 주된 지향점으로 삼은 저우쭤런은 육조를 추앙하는 주장에 의존했고 그러다 보니 자연스럽

---

144 周作人, 『知堂集外文·亦報隨筆』, 長沙 : 岳麓書社, 1988. 이 책에 실린 「壞文章(二)」와 「古文的不通」 2편의 글 참조.

145 「古文與理學」(『知堂乙酉文編』 수록), 「關于家訓」(『風雨談』 수록), 「蔣子瀟談藝錄」(『苦竹雜記』 수록) 등을 참조.

146 瞿兌之, 『中國駢文槪論』, 上海 : 世界書局, 1936, 51면.

게 '문선파'에 대해 관대해졌던 것이다. 한유의 허세와 오만함을 언급할 때 저우쭤런은 "팔대의 변려문에 어디 이런 진흙탕이 있는가"[147]라고 했는데 이는 너무 지나친 감이 있다. 이렇게 의도적으로 팔대의 문장을 높이게 되면 "한유 문장이 쇠미한 팔대의 문풍을 일으킨 것이 아니라 사실은 팔대가 이룬 것을 집대성했다"거나 "수준이 얕은 유자들은 그가 팔대의 쇠미한 문풍을 일으킨 것을 대단하게 여길 뿐 육조의 핵심을 받아들였다는 사실을 모른다" 류의 중도적 시각과 나란히 둘 수 없었다.[148] 여기에서는 훨씬 더 전략적인 부분을 고려하고 있었던 것이다.

『중국 신문학의 원류』에서 저우쭤런은 특히 동성파의 "학행으로는 정이와 주희를 계승했고 문장으로는 한유와 구양수 사이에 있었다"는 점을 비판의 표적으로 삼았다. "문장이 곧 도"라는 동성파의 포부를 언급할 때 예전 사람들은 그들이 명실상부하지 않아서 큰 구호로 사람을 기만한다고 비웃었지만, 저우쭤런은 상반되게도 신문화 입장에서 그들의 문장에 들어있는 '도'를 가장 비판하고 싶어 했다. 그는 또 동성파가 스스로 진리를 손에 쥐고 있다고 생각했기 때문에 글을 쓸 때면 허장성세를 부리고 모양새를 꾸며낸다고 비판했다. 청대에 변려문을 제창한 사람들은 대부분 이것이 "깊은 생각과 다듬은 표현"이고, "수사를 잘 다듬은 글"이며, "글에 담긴 정취가 읽는 사람의 마음에 닿아 한 번 보면 세 번을 감탄하게 한다"[149]고 강조했지만 그 사상이 '정확'하다고 과장하는 일은 거의 없었다. 변려문이 무용하다고 비판하자 원매는 문학은 "실용이 중요한 것"이

---

147 周作人, 「文學史的敎訓」, 「立春以前」.
148 劉熙載의 『藝槪』 권1 「文槪」, 蔣湘南의 「與田叔子論古文書第二書」 참조.
149 阮元의 「書梁昭明太子文選序後」, 袁枚의 「胡稚威駢體文序」, 毛際可의 「汪蓉洲駢體書」 등 참조.

어서는 안 된다고까지 주장했다.「答友人論文第二書」이와는 달리 동성파는 도문합일을 부각시키기를 좋아했다. 조정에서 제창하는 정주 리학을 동성파 문장가는 보편적 규범으로 받들었고 타인들의 의혹을 용납하지 않았다. 이견이 있을 때마다 상대방을 '사설邪說'로 몰아붙였고 그들을 없애야만 마음이 후련했다. 저우쭤런은 방포方苞와 요내姚鼐가 "정주와 명성을 다투고자 하는" 자는 반드시 후손이 끊어지리라고 저주한 서찰을 인용하면서 그들이 "식견은 얼마나 비루하고 품격은 또 얼마나 저열한가"라고 서술했다.[150] 동성파 문장가는 학식이 풍부하지 않고 식견이 높지는 않았지만 도를 수호하는 입장은 견고했다. 그래서 이들의 글은 거칠고 사납게 되기가 쉬웠다. 평담하고 온유함을 추구했던 저우쭤런은 이 점을 특히 혐오했다. 조정에서 제창하는 학설과 결탁하게 되면 설령 의식 형태를 구축하는 것에 참여할 힘이 없다고 해도 "적극적으로 도를 수호"함으로써 문장이 '유용'해지게 할 수 있었다. 그러나 시대와 상황이 변하면 '빙하가 녹은 것처럼 아무것도 남지 않게 될' 수 있다. 반면 육조 문장을 제창하는 사람들은 대체로 그렇게 큰 야심이 없었다. 그저 문장의 미감을 중시했지만 그래서 독립적이었고 의식 형태가 달라져도 그다지 영향을 받지 않았다. 저우쭤런은 동성파를 매섭게 공격했어도 문선파에 대해서는 온정적이었는데, 이것은 5·4신문화인이 정주 리학에 대해 매우 반감을 가졌기 때문이다.

민국 초기 문단에서는 이미 동성파 문장의 천하통일은 지난 일이 되었다. 그러나 "천하의 문장은 동성에 있다"라는 구도가 아직 완전히 사라지지는 않았다. 최소한 교육계에서는 동성파가 여전히 우세였다. 한학가는

---

150 周作人,「談方姚文」,『秉燭談』, 上海 : 北新書局, 1944.

동성파가 '학식이 없다'고 공격했고, 변려문파는 동성파가 "글을 못 쓴다"고 비웃었지만, 동성파 문장은 따라하기 쉬웠으므로 과거제도가 이미 폐지되었어도 지식인들이 고문을 배울 수 있는 최고의 모사품이었다. 신문화 운동의 제창자들 대부분이 대학교수였으므로 이들은 물론 이것의 장단점을 잘 알고 있었다. 게다가 이런 문파 간의 논쟁이 신문화운동의 발원지인 북경대학에서 시작되었던 것이다.

청말 경사대학당에서 민국초기 북경대학에 이르기까지 동성파는 줄곧 절대적으로 우세에 있었고 그 즈음에 학교에 재직하고 있었던 사람은 우루룬吳汝綸, 오여륜, 옌푸嚴復, 린수, 마치창馬其昶, 마기창, 야오융푸姚永朴, 요영박, 야오융가이姚永槪, 요영개 등이었다. 그중에서 옌푸와 린수 두 사람은 착실하게 동성파 가법을 이은 사람들이 아니었지만 동성파의 중요한 우익이었다. 민국 초기에 장타이옌의 제자들이 북경으로 오자 북경대학에서 벌어진 신구新舊 기싸움은 육조 문장이 점차 당송 문장을 대체하는 것에서 구현되었다. 선이모沈尹默, 심윤묵의 기억에 따르면 장타이옌의 제자들 사이에서도 신파와 구파가 나뉘었지만 "대거 북경대학으로 들어간 다음에는 옌푸 아래의 구파의 향방에 대해서는 의견 일치를 보았는데, 저 나이 든 사람들이 자리에서 물러나고 대학당의 진용은 우리들이 차지해야 한다는 주장이었다".[151] 이렇게 인사 교체와 감정, 학술 개념을 규합한 '신구 논쟁'은 당연히 문파에서도 전개되었다. 린수와 마치창, 야오융푸가 곧바로 강단을 떠난 것은 장타이옌 문하의 제자들이 대거 공격을 퍼부었기 때문이었다. 『현대중국문학사』에서 첸지보錢基博, 전기박는 민국 초기 북경대학 캠퍼스에서 당송을 지지하는 파와 위진을 추종하는 파의 세력 변화

---

151 沈尹默, 「我和北大」, 『文史資料選輯』 第61輯, 北京 : 中華書局, 1979.

에 대해 서술하고 나아가 린수가 나중에 "세상이 달라졌다는 것을 모른 채" 혼자 위풍당당한 신문화 조류와 싸우게 된 것에 대해 설명했는데[152] 이 말은 대체로 믿을 만하다.

야오융푸의 『문학연구법文學研究法』과 린수의 『춘각재논문春覺齋論文』, 황칸黃侃, 황간의 『문심조룡차기文心雕龍箚記』, 류스페이의 『중국중고문학사』이 4종의 책은 그 당시에 명성이 자자한 명저였는데 모두 저자가 북경대에서 강의한 내용을 정리한 것이었다.[153] 모두 '문학'을 강의한 것이지만 『문학연구법』과 『춘각재논문』이 동성파의 입장에 서 있었다면 『문심조룡차기』와 『중국중고문학사』는 육조 문장을 향해 있었다.[154] 첸셴퉁이 신문화의 제창에 참여함과 동시에 동성파와 문선파를 비판했을 때 인용했던 것이 스승 장타이옌과 벗 류스페이의 의견[155]이었다. 뒤이어 '글러먹은 종자'와 '망할 놈의 자식'이라는 통쾌한 느낌의 욕설이 생겨났지만 첸셴퉁은 사실 경중과 완급을 구분하지 않을 수 없었다. 류스페이가 세상을 떠난 뒤 첸셴퉁은 투병하는 한편 남은 책들을 편집하고 교정해서 그의 학술 성과가 세상에 전해질 수 있게 했다. 첸셴퉁이 쓴 「만계강挽季剛」의 연구聯句 중 아래 구절이 "문장은 육조를 높여서, 전적으로 아름다운 문사에 깊은 뜻을 담아내는 데 힘을 다했다. 얼마나 불행한가! 우리 동문들이 이런 준재를 갑자기 잃어버리다니文章宗六代, 專致力沉思翰藻, 如何不淑, 吾同門遽喪此雋才"

---

152 錢基博, 『現代中國文學史』, 193~199면 참조.
153 린수는 1913년에 북경대학을 떠났고 『春覺齋論文』은 1916년에 北京都門印書局에서 간행되었다. 그런데 이 책은 내용은 민국초기 「春覺生論文」이라는 제목으로 『平報』에 연재한 것이다.
154 황칸은 문장을 논할 때 장타이옌과 류스페이 두 스승의 설을 모두 채택했지만 그의 심미 취미는 류스페이 쪽에 더 가까웠다. 周勛初의 『當代學術研究思辨』(南京 : 南京大學出版社, 1993)에 실린 「黃季剛先生文心雕龍箚記的學術淵源」 참조.
155 錢玄同, 「寄陳獨秀」, 『中國新文學大系·建設理論集』.

였다. 이 구호를 만들어 낸 첸셴퉁은 문선학의 명가인 류스페이 및 황칸과 각별한 사이였다. 저우씨 형제도 류스페이와 황칸에게는 악감정이 전혀 없었다. 그래서 신문화인은 동성파 공격에는 진심이었지만 문선파 공격에는 그렇지 않았던 것이다. 장타이옌은 황칸이 "동성파 사람들과 변려문과 산문에 대해 논쟁하면서도 신문화는 욕하지 않았"는데 "같은 부류는 욕하면서 다른 부류는 배척하지 못한"[156] 것이라고 비웃었다. 이 말은 재론할 필요가 있다. 황칸은 감정적인 사람이어서 기분에 따라 행동할 때도 있었지만 "다른 부류는 배척하지 못했다"는 말은 사실이 아니다. 장타이옌 문하의 제자 중에서 신파와 구파는 마치 암묵적인 합의라도 본 것처럼 활시위를 쏠 수밖에 없는 상황에 이르러도 어느 정도 여지는 두고 있었다. 게다가 신문학과 구문학으로 말할 때 '문선학'은 당연히 구파에 속해서 백화를 제창하는 사람들과는 맞지 않았지만 동성파의 의법을 비판한다는 점에서 '문선파'는 신문화인과 연합이 가능했다. 그러므로 5·4신문화라는 충격에 직면하자 구문학 진영에서 뛰쳐나와 논쟁한 사람이 황칸이 아니라 린수일 수밖에 없었던 것도 당연한 일이었다.

청대 학계에서 동성파가 학식이 없고 글을 잘 못 쓴다고 비판한 쪽은 하나는 양주학파揚州學派였고 다른 하나는 절동학파浙東學派였다. 만청 시기로 오면 류스페이와 장타이옌을 대표로 보아도 무방하다. 비록 장타이옌과 류스페이는 서구 학문을 폭넓게 수용해서 이미 원래 의미에서 '학파를 전수받은 사람'이 아니긴 했지만 말이다. 장타이옌과 류스페이의 문장론은 상당히 달랐으나 둘 다 상대방의 학문에 바탕이 있다는 것을 인정했기 때문에 서로를 높이 평가했다. 장타이옌과 류스페이가 그랬고 그

---

156 章太炎, 『章炳麟論學集』, 吳承仕 藏, 北京 : 北京師範大學出版社, 1982, 439면.

들의 후학도 예외가 아니었다. 황칸의 문장론은 류스페이 쪽에 가까웠지만 장타이옌의 의견도 함께 채택했다. 루쉰은 장타이옌에게서 배웠으면서도 '문학'의 이해에 대해서는 류스페이의 영향을 받았다. 5·4신문화인 중에서 구학문을 제대로 수양했고 학술 이론적으로 문선파를 비판할 능력이 있는 사람들은 기본적으로 모두 장타이옌 문하의 제자들이었다. 장타이옌의 제자들은 창을 휘두르는 시늉을 하고는 동성파를 치러 나갔다. 그래서 '글러먹은 종자'는 끊임없이 비판을 당했지만 '망할 놈의 자식'은 기본적으로 무탈했던 것이다.

6. 오랜 산문 전통의 계승

만청 시기 학인들이 비록 서구 조류의 충격을 받았다고는 해도 그들의 사고 방향과 문제 제기 방식은 대부분 이미 있던 논쟁의 연장선이었다. 소위 "눈을 떠서 세계를 보라", "서구를 보고 진리를 찾으라"고 한 것은 본토의 이론에만 근거해서는 직면한 곤경에서 벗어날 수 없다는 것을 의식했기 때문이다. 이 시대 사람들의 탐색과 갈등을 감안해서 20세기 초 중국의 학계와 문단을 서술한다면 "서구 조류의 유입"에 "구학문 신지식"도 추가해야 할 것이다. 문장론으로 말한다면 류스페이는 완원을 계승했고 그 흔적도 매우 선명했다. 장타이옌은 독립적인 의식이 있었지만 「자정연보自定年譜」와 「내가 공부한 순서」에서 문장을 논할 때에는 여전히 청대 문파 논쟁의 맥락에서 답하는 식이었다. 이 두 스승의 힘을 빌려 저우씨 형제의 생각은 자연스럽게 이전 시대로 올라갔다. 『한문학사강요漢文學史綱要』에서는 육조시대 문필 논변에서 완원의 「문언설文言說」을 끌어냈고,

『중국 신문학의 원류中國新文的學源流』에서는 만명 소품을 제창하면서도 팔고문과 동성파 비판이 중심이었던 것은 결코 우연이 아니다. 1930년대 소품, 잡문, 수필에 대한 논쟁에서 저우씨 형제가 한 수 위일 수 있었던 이유도 그들의 학문 연원 덕분이었다. 저우씨 형제의 문장을 흠모하는 후대 사람들은 청대에 동성파와 문선파, 박학파 세 파의 문장이 서로 엇갈려 성쇠를 거듭했다는 사실은 미처 떠올리지 못한다. 그러나 저우씨 형제의 선택은 내재적으로 이후 중국 산문의 발전 방향에 영향을 미쳤다. 20세기 말에 다시 되돌아보면 저우씨 형제의 문장이 가진 중심축으로서의 위상은 나날이 또렷하게 부각되고 있다. 또 그들이 당송 문장을 배격하고 육조 문장을 편애했던 취미는 전통을 계승하는 동시에 현대 중국 산문의 새로운 활로를 개척했다.

장타이옌과 류스페이, 저우씨 형제의 선택은 절대로 그저 "대를 건너 전해졌다"거나 "주변에서 중심으로 도전"한 것이라고만 할 수 없다. 길고 긴 중국 문학사에서 육조 문장만 선택한 것에는 깊은 의미가 있으므로 진지하게 논할 가치가 있다.

구체적으로 논의하기 전에 잠시 설명할 것이 있다. 페이밍은 1936년에 「중국문장中國文章」을 썼는데 이 글에는 "내가 읽은 중국 문장은 외국 문장을 읽은 뒤 다시 처음부터 읽은 것이다"라는 묘한 구절이 있다. 영국 작가 토마스 하디의 소설을 읽으면 그제야 유신庾信 문장이 "아름답고", "경물을 잘 묘사하고", "그 사람의 마음을 볼 수 있다"[157]는 것의 의미를 알게 된다는 것이다. 이보다 앞서 페이밍은 저우쭤런이 5·4신문학은 '문예부흥'이며 만명 공안파와 직결시킬 수 있다고 한 말에 "서구 사상 덕분에 우

---

157 廢名, 「中國文章」, 『馮文炳選集』.

리들은 장애물에서 벗어날 수 있었다"[158]로 보충했던 적이 있다. 페이밍처럼 명시적으로 토마스 하디와 유신과의 관련성을 논한 사람은 많지 않을지도 모른다. 그렇지만 만청 이후 중국 문인들이 문제를 토론할 때에는 완전하게 서구 학문이라는 배경을 벗어날 수 없었다. 장타이옌은 그리스 문장의 '자연적인 발전' 순서를 "중국에 적용해 보니 순서가 같았다"고 했고, 류스페이가 변려문의 절향부성切響浮聲[159]을 가지고 같은 것끼리 모이고 다른 것과 조화된다고 하면서 "중국에만 있고 다른 곳에는 전혀 없는 것"[160]이라고 한 것도 단일 문화 배경에서는 불가능한 착상이었다. 루쉰의 「마라시력설」과 저우쭤런의 「문장의 의의 및 그 사명과 중국 최근 논문의 오류를 논함論文章之意義暨其使命因及中國近時論文之失」은 더욱 직접적으로 서구 학설을 응용해서 중국 문제를 설명했다. 그러나 "문학개론의 잡다한 발췌"라는 곤경에서[161] 벗어났다고 해도 단순하게 갖다 붙이는 수준을 넘어야 했는데, 서구 학문이 중요한 이론적 자원이다 보니 여전히 은연중에 탐구하는 사람의 사고를 제약하고 있었던 것이다. 그 당시 류스페이는 "문학이 독립된 분야가 된 것은 위진남북조 송나라劉宋 때부터"라고 강조했고, 루쉰도 위진 시기가 "문학적 자각 시대"라고 했으며, 저우쭤런은 '도를 담는 것'을 강조하지 않아서 육조 문학이 매력적일 수 있다고 했는데[162] 모두 문학의 자주성에 관한 이론적 가설을 마련하고 있었던 것이다. 루쉰은 심지어 "현대에 말하는 이른바 예술을 위한 예술Art for Art's Sake

---

158 廢名,「周作人散文鈔序」,『周作人散文鈔』, 上海 : 開明書店, 1932.

159 [역자 주] '浮聲'은 평성이고 '切響'은 상성과 거성, 입성 곧 측성을 뜻한다. 부향과 절향은 시 창작에서 사성을 써서 어음의 고저와 억양을 맞추는 것을 말한다.

160 章太炎,「文學說例」와 劉師培의『中國中古文學史』제1과 참조.

161 周作人의『知堂回想錄』, 81면 참조.

162 劉師培의『中國中古文學史』제5과와 魯迅의「魏晉風度及文章與藥及酒之關系」. 周作人의『風雨談』에 수록된「關于家訓」참조.

을 하는 유파도 있었다"고까지 했다.

청말 민초에 서구 문장론을 가장 먼저 받아들인 중국 학인 왕궈웨이王國維, 왕국유와 황모시黃摩西, 황마서, 저우씨 형제 등은 모두 '순수문학'과 '공리를 초월하는' 류의 주장에 매우 흥미를 느꼈고 이것으로 전통 중국의 '문장에 도를 담아야 한다文以載道'는 관념을 비판했다. 소설론 중에서 위세가 대단했던 '사회제도를 개량하자改良群治'는 주장에 비해 저우씨 형제의 목소리는 너무나 미약했다. 그러나 최초의 논문에서 저우줘런은 이미 '활용할 수 없으므로 취하지 않는다'는 내용의 재도載道 문학관에 대해 비판하기 시작했고 건안칠자建安七子와 진대晉代 청담淸淡을 열심히 변호했다.[163] 이 행동은 문학관의 변화로, 신속한 문학사 재구축으로 이어졌으며 가장 딱 맞는 때가 육조 시기라는 내용을 도출했다는 점에서 상징적인 의미가 크다.

육조 문장은 그전에는 도를 담으려고 하지 않고 감각적이고 화려하게 수식하는 데에만 탐닉했다는 이유로 매서운 비판을 받았다. 이때 '순수문학'의 구호가 등장하기는 했지만 류스페이의 "변려문이 실로 문장의 정통"이라는 예언은[164] 여전히 실현되지는 않았다. 육조 문장의 부흥이 변려문파의 승리를 의미하는 것은 아니었다. '순수문학'이라는 상상은 장타이옌과 량치차오, 이후의 천두슈, 후스 등의 공격을 받으면서 제대로 전개되지 못했고 문학사라는 측면에서 육조를 새롭게 해석한 것은 변려문파의 원래 의도와도 상당히 달랐다.

문학관의 혁신과 마찬가지로 중시해야 하는 것이 '문학사' 쓰기의 도

---

163 獨應(周作人),「論文章之意義暨其使命因及中國近時論文之失」,『河南』第4·5期, 1908.5~6.
164 劉師培,「文說」,『中國近代文論選』, 北京 : 人民文學出版社, 1981, 552면.

입이었다. 중국 고대 문론가들에게도 당연히 '역사'라는 의식은 있었지만 저술의 체계가 만청 시기에 들어온 '문학사'와는 완전히 달랐다. '문원전文苑傳' 및 '시품詩品'과 비교할 때 '문장유별文章流別'은 그래도 '문학사'에 가까운 편이었다. 그러나 '문장유별'과 '문학사'의 미묘한 차이는 '육조 문장의 부흥'을 이끌어내어 변려문가의 시선을 붙잡았다. 1903년에 반포된 '학교교육과정 설치 및 관리에 관한 법령奏定大學堂章程'에서 기획한 '중국 문학 부문'의 과목에는 눈에 띄는 변화가 있었다. 그전에는 "역대 문학 원류를 살펴서" "각 문체를 연습"하는 것에 도움을 주었다면, 이제는 '문학사'로 '원류'를 대체하고 '문학연구법'으로 '문체'를 포괄하게 된 것이다. 이것은 문학사가의 연구 시각이 '문체'에서 '시대'로 바뀌게 만들었다.

'문체'를 강구할 때 체제 통일과 시간의 연속성을 중시하게 된다면, '시대'를 강구할 때에는 공간의 전개와 풍격의 다양성을 중시하게 된다. 여기에서 '시대'를 고찰의 기준으로 삼았다는 것은 초순焦循과 왕궈웨이, 후스가 말한 "각 시대에는 각 시대의 문학이 있다"라는 것과는 달랐다. 당대에는 시가 있고 송대에는 사가 있고 원대에는 잡곡이 있고 명대와 청대에는 소설이 있다는 류의 서술에서 착안한 것은 각 시대를 대표하는 장르였다. 그러나 당시가 당대의 문학적 핵심을 모두 담을 수 없고 송사가 송대 문학의 매력을 다할 수 없다. 마찬가지로 변려문도 '육조문학'의 유일한 특징이었다고 할 수 없다. 이렇게 본다면 문학사가가 중고또는 위진남북조 문학사를 쓸 때 변려문과 산문을 모두 살필 수 있었다. 쑨더쳰孫德謙, 손덕겸의 『육조여지六朝麗指』가 변려문의 대우만을 추켜 세운 반면, 류스페이의 『중국중고문학사』의 시야는 훨씬 더 넓어서 건안, 위진, 송宋·제齊·양梁·진陳에 각각 장단이 있다고 보았고 임방任昉과 심약沈約이나 서릉徐陵과 유신을 유일한 귀결점으로 삼지 않았다.

류스페이의 생각에 비해 훨씬 도전적인 성격이 있었던 것이 장타이옌의 완전히 판을 뒤엎자는 전략이었다. 육조에는 확실히 좋은 문장이 많지만 대대로 전송했던 임방과 심약이나 서릉과 유신이 아니라 이전까지 문장으로 이름나지 않았던 왕필과 배고, 범진이 대표라고 제시한 것이다. 1922년에 장타이옌은 상해에서 시리즈 강연을 했을 때 '문장의 유파'를 이야기하면서 진대 문장이 아름답고 맑고 자연스럽게 펼쳐져 있으며 평이하지만 풍치가 있다고 찬양했다. 그러나 임방, 심약의 경우에는 "수준이 날로 떨어졌고", 서릉과 유신에 이르면 "기상조차 우아하지 못했다"고 했다. 반면 "당시 문장으로 이름나지 않았지만 문장이 매우 훌륭한 사람으로는 「숭유론崇有論」을 쓴 배고와 「신멸론神滅論」을 쓴 범진 등이 있고 공림孔琳, 宋, 소자량蕭子良, 齊, 원번袁翻, 北魏의 주소奏疏가 있으며, 간보干寶, 원굉袁宏, 손성孫盛, 습착치習鑿齒, 범엽范曄의 사론史論은 우리가 매우 추앙해야 한다"[165]고 했는데, 이런 주장은 전통 학계의 '팔대八代 문장'에 대한 상상을 완전히 전복시킨 것이었다. 장타이옌의 이런 놀랍디 놀라운 주상은 장기간 숙성된 것이자 연원도 있는 것이었다. 그보다 이른 시기 1910년에 『국고논형』의 「논식」에서 장타이옌은 육조 문장에 대해 이렇게 썼다.

근세에 육대六代로 올라가 모범으로 삼고자 하지만 위로 올라간다고 해서 육대 학술의 근본을 탐색할 수는 없고 그 말류만을 학습하게 될 뿐이다. (…중략…) 나는 『문선』을 가지고 음송하는 것보다 『삼국지三國志』와 『진서晉書』, 『송서宋書』, 『홍명집弘明集』, 『통전通典』을 보는 것이 낫다고 생각한다. 그렇게 하면 위로 올라가 구류九流를 엿볼 수는 없다고 해도 번지르르한 것보다는 낫다.

---

165 章太炎, 曹聚仁 記述, 『國學概論』, 6판, 香港 : 學林書店, 1971, 85~86면.

「내가 공부한 순서」에서 장타이옌은 청대에서 육조를 추앙한 사람 중에서 가장 성공했던 변려문 대가 왕중과 이조락을 탐탁지 않게 여겼다. 핵심을 아우르면서 논리가 있고 맑고 아름다운 위진의 현문玄文을 특별히 추앙하면서 "왕필과 완적, 혜강, 배고의 글을 보면 왕중과 이조락은 따라가지도 못할 것"이라고 했다. 장타이옌에게 문장을 잘 쓰고 못 쓴다는 것의 핵심은 "반드시 그 전에 학문이 바탕이 되었는가"였다. 장타이옌을 깊이 매혹시켰던 것은 일단 육조의 학술위진 현리(玄理)이었고 그 다음이 육조 문장위진 현문이었다. 장타이옌은 이전 논법에 반대하고 위진 현언을 높게 평가하면서 "진실로 철학으로 두각을 보인 것은 위 왕조에서 시작되었다"고 했고, 청대 유자가 현원玄遠에 이를 수 없는 이유는 그들이 "한학의 명의名義에 이끌려 위진의 가업을 망각했기"[166] 때문이라고 했다. 육조 사람들이 학문이 훌륭하고 인품이 훌륭하며[167] 성정이 훌륭해서 자연스럽게 문장도 훌륭하게 된 것은 후대 사람들은 실로 바라볼 수 없는 까마득한 경지[168]라는 것인데, 이렇게 육조를 찬양하는 것은 변려문을 수호하

---

166 章太炎, 「論中古哲學」, 『制言』 第30期; 「漢學論」, 『制言』 第1期.

167 『章太炎全集』 제4권에 수록된 「五朝學」에는 "경서로는 『예기』와 『악기』가 가장 위대하고 정치에는 律令이 가장 중요하다. 기예로는 算術이 가장 정미하고 형상이 있는 것 중에는 藥石을 가장 우선해야 한다. 오조의 명사들은 모두 그것을 겸비했다. 그들의 말은 빈 것(虛)을 따르고 그들의 기예는 실제를 파악했으므로 수준이 높다. 현학을 하려면 반드시 名으로 요약하고 分으로 구분해야 한다. 육예에서 기예는 모두 명으로 요약하고 분으로 구분한다. (…중략…) 오조에 현학이 있었는데 知와 恬을 서로 길렀고 和와 理가 그들의 성정에서 나왔다. 그래서 오만함은 위에서 그쳤고 조급함은 아래에서 사라졌다. (…중략…) 오조 사대부는 효성과 우애를 가지고 있었으며 은거할 때는 공경대부의 방문을 바라지 않았고 출사할 때는 명성과 세력을 가지고 붕당을 만들려고 하지 않았다. 그들은 季漢보다 훌륭했고 당, 송 명대로 가면 더욱 비판이 없었다"는 내용이 있다.

168 1936년의 『국학강연록』에 실린 「문학약설」에서 장타이옌은 문장과 성정의 관계를 논의하면서 "변려문과 산문을 통일하자는 주장은 왕중이 제기했고 이조락이 화답했다. 그러나 진대 문장은 공중을 나는 天馬처럼 아무데도 기대지 않고 붓 가는 대로 쓴 것이

는 데에 급급했던 이전 사람들이 상상할 수 없는 내용이었다. 장타이옌은 만년에 소주에서 강학을 했을 때도 육조 문장의 독특한 발견에 대한 자신의 설을 견지했다.

장타이옌은 문장을 논할 때 사상이 독립적인가, 논리가 치밀한가를 중시했기 때문에 학식을 중시했을 뿐 변려문인지 산문인지는 따지지 않았다. 루쉰이 혜강만 높이고 저우쭤런이 안지추만 편애한 것도 모두 전통 문인이 육조에 대해 가지고 있던 생각과 괴리된 것인데, 이것은 스승 장타이옌의 선택과 관련이 깊다. 저우씨 형제는 경학과 자학子學을 공부하지 않았고 스승 장타이옌이 좋아했던 의례에 대한 글이나 현묘한 철리를 구하는 것에 대해서는 제대로 깨달았다고 할 수 없다. 루쉰이 찬미한 것은 혜강의 사상이 참신하다는 점이었고 저우쭤런이 마음에 들어한 것은 안지추의 성정이 온유돈후하다는 것이었다. 그러나 학식을 중시할 뿐 변려문인지 산문인지 따지지 않았다는 측면에서 저우씨 형제는 일치했다. 그들이 명실名實을 분별하고 화려한 표현을 억제하고 내용에 깊이를 더하고 필력을 굳세게 한 것은 장타이옌의 정수를 깊이 체득한 것이었다. 1944년에 쓴 「나의 잡학」에서 저우쭤런은 "변려문도 꽤 좋아하"지만 감히 욕심을 많이 부리지는 못하고 다만 "『육조문혈六朝文絜』과 여경고黎經誥의 전주箋注를 늘 옆에 두었다"고 했다. 그러나 뒤이어 나오는 이 단락을 보면 위에서 말한 자기의 발언을 뒤집는 것 같다.

우사오탕이 『남북조문초』에 발문을 쓰면서 "남북조 사람들의 저서는 대부분 변려문으로 쓴 것이어서 모두 질박하고 우아하여 음송할 만하다"라고 했다.

라 사람들이 단락을 나누기가 어렵다. 지금 왕중의 글을 보면 구절마다 인위적으로 만들어낸 것인데 여기에 어디 공중을 나는 천마의 풍치가 있는가?"라고 했다.

이 말대로 정말 그렇지만 이 책들 중에서 내가 좋아하는 것은 『낙양가람기』, 『안씨가훈』이다. 그 외에는 모두 구성도 잘 엮었고 문체도 아리땁지만 『문심조룡』과 『수경주』 같은 경우 너무나 전문적인 저술이어서 한가하게 보기에는 적당하지 않다.

변려문을 말하면서 소통蕭統의 『문선文選』과 이조락의 『변체문초駢體文鈔』를 언급하지 않고 초학자에게 편리하고 소품에 치중한 『육조문혈』을 가져와 옆에 둔다고 한 것을 보면 저우쭤런의 '애호'가 그다지 깊이 있지 않았다는 것을 알 수 있다. 우사오탕이 쓴 「『남북조문초』 발문」은 광서 을해년1875에 쓴 것으로 저우쭤런이 이 책을 계속해서 인용했기 때문에 장타이옌이 이런 주장을 했던 선구자로 오해를 받기 쉽다. 그런데 사실 저우쭤런은 변려문을 높였고 장타이옌은 산문을 주장해서 두 사람의 주장은 근본적으로 큰 차이가 있다. 가경 연간에 팽조손彭兆蓀이 모아 엮은 『남북조문초』는 이 책에 있는 「머리말引言」에서 말한 것처럼 "변려문을 공격하는 사람"들을 가상 독자로 삼은 것이며, 목적이 "무너지는 파도를 끌어당겨 바른 궤도에 올려놓게" 하려는 의도였다. 우사오탕은 변려문가의 시야를 확대시키고 싶었기 때문에 "질박하고 우아하여 음송할 만한" 『문심조룡』, 『시품』, 『수경주』, 『낙양가람기』 등을 "하나의 책으로 묶어 『남북조문초』와 서로 보완하게 하여 문장가의 모범이 되게 하자"고 제안했다.

시야를 확대하고 취미를 새롭게 하려는 변려문가들의 노력은 경학과 사학, 변려문으로 이름난 양주의 학인 리샹李詳, 이상을 통해 더 효과적으로 표출되었다. 리샹은 당연히 육조의 변려문을 추종했지만 이렇게도 말했다.

산문도 대단히 독창적이고 탁월하다.『삼국지주三國志注』와『진서晉書』, 남조와 북조 역사서, 역도원酈道元의『수경주』, 양현지楊衒之의『낙양가람기』, 승려혜교慧皎의『고승전高僧傳』등의 책을 읽어보라. 모두 아주 뛰어난 산문이다. 그런데 지금은 그 자취를 이은 사람이 단 한 사람도 없으니 이런 책이 문장을 수식했다고 오해했을 뿐 자연스럽고 오묘하다는 것을 몰랐기 때문이다.[169]

리샹과 장타이옌, 류스페이, 황제黃節, 황절는 모두『국수학보』의 중견 인사였다. 리샹의「동성파를 논함論桐城派」은 확실히 세간의 주목을 받았고『문심조룡보주文心雕龍補註』,『안씨가훈보주顏氏家訓補註』등에는 학술적 공력도 담겨 있었다. 리샹은 '문선파' 명가였고[170] 또『왕용보문전汪容甫文箋』을 썼다. 만년의 저술은 대부분 장타이옌이 창간한『제언制言』잡지에 수록했다. 이렇게 "처음에는 왕중의 문장을 좋아하다가 다시『문선』의 소명태자의 서문을 좋아해서 날마다 세 번씩 읽었다. 완원의「문언설文言說」은 더욱 심취했다"딘 변려문 대가 리샹은 "자연스러움을 핵심으로 삼고 홀수 구와 짝수 구가 교차되는 것을 체제로 삼으며 제량의 위작처럼 보이는 것을 경계로 해야 한다"는 이치를 깊이 체득하고 있었다.[171] 그가 산문을 두루 가져왔기 때문에 학술을 논하는 그의 서찰은 수식에 힘쓰지 않아도 정취가 절로 드러나서 쳰지보는 그를 "고적한蕭散 것이 마치 위진 시기의 사람 같다"[172]고 평가했다. 육조 산문까지 섭렵한 변려문가와 변려

---

169 『李審言文集』, 1061면.
170 최근 문선과 명가를 알려달라는 질문을 받으면 장타이옌은 제자 황칸이 "학문이 이것을 전문으로 한 리샹보다 낫다"고 대답했다. 橋川時雄의「章太炎先生謁見記」,『制言』第34期 참조.
171 『李審言文集』, 1050·1058면.
172 錢基博,『現代中國文學史』, 129면 참조.

문을 제쳐둔 채 육조의 사상서와 역사서만 감상한 장타이옌 및 저우씨 형제는 차원이 다르다. 변려문가에게 전범으로 신봉된 임방과 심약, 서릉, 유신과 비교하면 위에 말한 "의도 없이 글을 쓰기" 때문에 변려문과 산문을 오가거나 아예 산문으로만 쓴 '저작'은 현대 중국 산문과 훨씬 연결되기 쉬울지도 모른다.

"내가 가장 좋아하는 풍류는, 인물은 남조, 시는 만당一種風流吾最愛, 南朝人物晚唐詩", 이것은 일본인 오누마 진잔大沼枕山의 한시로, 나가이 가후永井荷風가 인용했고 다시 저우쭤런이 격찬했다.[173] 육조 사람들의 인생 체험과 현학의 경지, 깊은 감정을 쏟는 것은 후대의 중국인에게 영원히 추앙될 것이었다. 인격의 아름다움이 첫 번째 이유였고 문장의 정취가 그다음 이유였다. 미학가 쫑바이화宗白華, 종백화는 매우 개괄적인 이런 평가를 내놓았다.

한말 위진 육조는 중국에서 정치적으로는 가장 혼란스러웠고 사회적으로는 가장 고통스러운 시대였다. 그렇지만 오히려 정신적으로는 매우 자유롭고 속박에서 벗어나 지혜가 가장 풍부했고 열정이 가장 강렬했던 시대였다. 이 때문에 가장 풍요로운 예술 정신이 있었던 시대였다.[174]

역사가 천인췌陳寅恪, 진인각도 비슷하게 말하면서 사상의 자유와 문장의 아름다움을 직결시켰다.

우리나라에서 예전에 글을 잘 쓰는 사람은 언제나 고문의 방법을 사용해서

---

173 周作人, 「日本管窺」, 『苦茶隨筆』.
174 宗白華, 「論世說新語和晉人的美」, 『美學與意境』, 北京 : 人民出版社, 1987, 183면.

변려문을 쓸 생각만 했다. 그러나 이런 이상을 구체적으로 실현한 사람들은 모두 사상에 활력이 있어서 대구와 운율에 구속되지 않았다. 육조와 송나라趙宋의 사상이 가장 자유로웠기 때문에 문장도 모두 수준급이었고 그들의 변려문도 오랜 시간 동안 적수가 없었다.[175]

쭝바이화는 육조를 평가하면서 정치적으로 혼란했지만 정신적으로 자유가 있었다고 했고 천인췌는 사상이 자유로웠기 때문에 문학이 수준급이라고 했다. 그전의 저우씨 형제는 이 두 구를 한 구로 표현했고 내용의 관계도 병렬식이 아니라 인과 관계로 설명했다.

"지금 사람들이 소매를 걷어붙이고 육조를 배우는 현상"에 대해 만청시기 고위 관료 장즈둥張之洞, 장지동은 심히 못마땅해했다. 이유는 "육조가 시작하자 중국은 몰락했고, 오랑캐의 유린으로 강토가 찢겨졌다. 구마라십 신성하다 천조의 군대 떠받들었으니, 말세에 느낀 것은 유풍의 몰락神州陸沉六朝始, 疆域碎裂羌戎驕. 鳩摩神聖天師責, 末運所感儒風澆"哀六朝"이었다. 저우씨 형제는 전쟁으로 사상이 혼란스러워졌다는 점에 대해 크게 반감을 보이지 않았다. 루쉰은 위진 문장을 청준淸峻, 통달通脫, 화려華麗, 장대壯大로 개괄했는데 이것은 류스페이의 『중국중고문학사』의 영향을 받은 것이었다. 그러나 난세에서 통달한 사상을 갖는 것이 어떻게 고집을 없애고 이단을 수용하는 데 유리해서 문장이 기굴奇崛해지고 주제가 참신해지는 것에 도움이 되는 것인지를 강조하는 부분에서는 여러 의견이 파생되어 나왔다.[176] 저우쭤런은 한마디로 "소품문은 문학 발전의 극치이다. 소품문은 반드시 국가의 통치가 느슨해진 시대에 흥성한다"고 정리했다. 난

---

175 陳寅恪, 「論再生緣」, 『寒柳堂集』, 上海 : 上海古籍出版社, 1980, 65면.
176 魯迅, 「魏晉風度及文章與藥及酒之關係」, 『魯迅全集』 3.

세에 처해야 처사들이 이런저런 이야기를 자유롭게 말하고 여러 사상가가 자기 주장을 펼칠 수 있을 것이다. 이렇게 서사와 설리와 서정을 모은 것이 자신의 성정에 스며들어 적절한 방법으로 정리된 "언지言志의 산문"은 이런 상황에서야 제대로 발전하게 된다.[177] 명말과 비교해 보면 육조는 나라의 기강이 무너졌기 때문에 사람들이 독립적이었고 사상이 자유로웠으며 그 때문에 문장이 소탈瀟灑해졌다는 것을 보여주기에 더 적절한 증거였다. 이것은 저우쭤런의 관심사가 공안파 원씨 삼형제에서 도연명 및 안지추로 옮겨간 원인이기도 했다.

1930년대 중반에 위다푸는 『중국신문학대계 · 산문2집』에 서문을 쓰면서 저우쭤런의 명제에 이어 한 걸음 더 나아간 주장을 펼쳤다. 위다푸는 "지금 산문의 가장 큰 특징은 각 작가의 각 산문에 드러난 개성이 이전의 어떤 산문보다도 강하다는 점"이라고 했다. 그런데 고대 중국 산문 중에서 "개성이 넘치는 글"은 나라 정치가 느슨해져 개성이 활발하게 발휘되는 시대에 나오는데 양진兩晉과 송말과 명말이 그런 예다. 여기에서 말하려고 하는 것은 사상에서 한 사람만 높이지 않고 문장에서 하나의 격만 따르지 말자는 것이어서 '묘품妙品'과 '신품神品'의 충분조건을 말한 것은 아니었다. 그 외에 넓은 학식, 온유돈후한 성정, "산문의 질박함과 변려문의 화려함을 조화"시켜야 하고 여기에 다시 구어와 외래어, 고문, 방언도 다 넣어야 "떫으면서도 단순한 맛"이 나는 아취 있는 속어 문장이 나올 수 있다.[178] '팔대 문장'의 진정한 맛을 느껴보는 것은 각자의 인연과 관련이 있을 뿐 모든 우수한 산문가가 다 할 수 있거나 원하는 것은 아니었다.

---

177 周作人,「冰雪小品選序」,『看雲集』, 上海 : 開明書店, 1932.
178 周作人의「燕知草跋」(『永日集』 수록)과「苦竹雜記後記」(『苦竹雜記』 수록) 참조.

현대 작가들은 육조 문장을 모범으로 경배한 것이 아니라 각자 선택적으로 받아들였다. 왕카이원과 류스페이, 황칸, 리샹 등의 점잖고 고아한 변려문은 신문화 운동의 충격을 받아 이미 구석으로 물러났고 다시는 대세를 이끌지 못했다. 그러나 장타이옌이 육조 문장을 선택하고 저우씨 형제들이 그것을 널리 알린 것은 거대하고 심원한 영향력을 발휘했다. 기존의 틀을 무너뜨리고, 선별하고, 변모시키고, 중건하는 과정을 거쳐 육조 문장은 중요한 전통적 자산이 되었고 현대 중국 산문에 자양분이 되었던 것이다. 후스는 장타이옌의 문장이 "그의 대에서 끊어질 것"이라고 단언했다. 그러나 '고아'하거나 '난해'한 것에 지나치게 집착하고 국한되지 않는다면 루쉰의 '위진풍도'와 저우쭤런의 '육조 산문', 다시 페이밍의 '신문학에서의 육조 문장'곧 육조 문장의 좋은 점을 수용한 '신문학'으로 이어졌다고 볼 수 있다. 이것은 현대 중국 문단의 대단한 장관이었다.

"팔대의 쇠미한 문장을 흥기시켰고, 도탄에 빠진 천하를 도道로 구제했다"는 깃은 소식이 한유를 칭송한 불후한 냉구名句이다. 장타이옌과 저우씨 형제는 당송파와 동성파 문장에 대해 비판했고 육조 사람과 육조 문장을 표창하고 참조했다. 이들의 성과는 시대가 지남에 따라 더욱 더 빛을 발할 것이다.

현대 중국 학자의
자기 진술

"강물처럼 흘러가 버린 옛 시절을 추억하는 것"은 고금의 수많은 성군과 명재상, 문인과 철학자들에게 뿌리칠 수 없는 유혹이었다. 불후에 대한 추구든, "문명은 지속되어야 한다"는 깨달음이든 아니면 "역사를 거울로 삼기 위한" 공리주의적인 목적이든 간에 추억은 어쨌든 인류가 저술을 하고 학설을 세우는 큰 동력임에 틀림이 없다. 옛일을 추억하는 글의 장르는 편지나 일기, 시나 산문, 소설일 수도 있지만 수필이나 잡감雜感, 학술 저술일 수도 있다. 거꾸로 말한다면 '추억'은 여러 장르에 모두 무시할 수 없는 공헌을 했다.

'추억'은 단순하게 지나간 일을 돌이켜 보고 과거로 돌아가는 것이 아니라 '오늘'의 시각으로 '지나간 일'에 어떤 의미와 논리를 부여하는 것이다. 이는 시간이 흐른 뒤 옛일이 사라져버려서 후대에 온전하게 재현할 수 없어서이기도 하고, 사람들이 항상 자기가 원하는 것만 기억하고 자기가 할 수 있는 것만 진술하기 때문이기도 하다. 이런 의미에서 보면 추억은 드러내는 것이자 감추는 것이며 진실을 말하는 것이자 거짓을 퍼뜨리는 것이기도 하다.[1] 옛일을 추억하는 사람들이 이런 함정을 전혀 모르는 것은 아니었다. 대시인 괴테는 자서전 『시와 진실』에 대해 이야기하면서 지난 일을 추억하는 것이 가치가 있느냐에 대해 회의감을 드러냈다. "인생에서 좋은 것인지도 모르는 일들은 말로 표현할 수 없는 것들이고, 말로 표현할 수 있는 것들은 사실 그렇게 공들여 전할 만한 가치가 있지도

---

1   周作人, 「『知堂回想錄』後序」, 『知堂回想錄』, 香港 : 三育圖書公司, 1980('기본문헌'에서 열거한 문헌은 뒤에서는 모두 생략함); 斯蒂芬·歐文(Stephen Owen), 鄭學勤 譯, 『追憶―中國古典文學中的往事再現』, 上海 : 上海古籍出版社, 1990, 2·17면.

않다"[2]라고 한 것이다. 물론 자서전이 말로 표현할 수 없는 '깊은 뜻'을 전할 수는 없다. 하지만 최소한 감동적인 '이야기'는 쓸 수 있을 것이다. 그래서 괴테와 같은 의혹을 떨쳐버릴 수 없다고 해도 '유명인사의 자기 진술'은 여전히 수많은 독자들에게 환영을 받고 이들의 자서전도 자연스럽게 오랫동안 전하고 있는 것이다.

옛일을 추억하는 방법에는 두 가지 전략이 있다. 하나는 중심이 자신의 역정이고 그 사이에 여러 의론을 끼워 넣는 것이다. 다른 하나는 중심에 의론을 드러내는 주제가 있고 그 사이에 과거의 추억담을 끼워 넣는 것이다. 이 두 가지 전략이 어떤 차이가 있는가는 『과거와 사색往事與隨想』과 『수상록隨想錄』을 비교해 보면 알 수 있다. 1970년대 말에 바진巴金, 파금은 러시아 작가 게르첸Александр Иванович Герцен의 회고록 번역을 마친 뒤에 후기에서 게르첸을 스승으로 삼아 배워보겠다고 했다. 그러나 10년 뒤『수상록』을 합본해서 출판했을 때 그 책의 구성은 『과거와 사색』과 완전히 달랐다. 과거가 아니라 과서에 대한 생각에 작안점이 있었기 때문이다. 바진 본인의 말로 한다면 "여러 주제와 사건들을 다루긴 했지만 내 사유는 줄곧 10년간의 거대한 비극인 '문화대혁명'이라는 틀 안에서 맴돌고 있었다"라는 것이다. 이 "정직하게 '문화대혁명'을 고발한 '박물관'"은 그것이 "한 시대를 예술적으로 개괄한 것"이라는 점에서 게르첸의 『과거와 사색』과 같은 역할을 했다.[3] 하지만 같은 역할을 했어도 전략이 달랐다는 점을 간과할 수 없다. 이 글에서는 "주장에 역사를 끼워 넣은" 바진의 방식이 아니라 "역사에 주장을 끼워넣은" 게르첸의 방식을 다루고자 한다.

2　愛克曼 輯錄, 朱光潛 譯, 『歌德談話錄』, 北京 : 人民文學出版社, 1978, 20면.

3　巴金, 「『往事與隨想』後記(1)」, 赫爾岑, 巴金 譯, 『往事與隨想』 1, 上海 : 上海譯文出版社, 1979; 巴金, 「『隨想錄』合訂本新記」, 『隨想錄』, 北京 : 三聯書店, 1987.

똑같이 과거를 추억한다고 해도 시인과 정치인, 사업가, 학자는 각자 예상 독자가 있기 때문에 자기만의 서술 전략을 마련한다. 암암리에 독자를 기만하는 것은 모든 회고록에서 금기이다. 하지만 어쩔 수 없이 내용을 바꾸거나 숨기는 경우도 있기 때문에 각각의 '추억'은 다른 모습을 갖게 되었다. 어떤 '추억'이 다른 추억보다 가치가 더 크다고 할 수는 없다. 하지만 학자의 추억은 독자에게 가장 재미없을 가능성도 있다. 격정과 빛나는 표현력을 가진 시인의 자서전은 수많은 독자들을 매혹시킬 것이다. 성공한 정치가나 사업가의 자서전도 전략적 제휴와 중상모략의 기술을 알려주거나 중대한 결단의 내막을 보여준다는 측면에서 대중과 전문가들에게 흡인력을 가질 것이다. 반면에 '강물처럼 흘러간 시절을 추억하는' 학자의 자서전에는 낭만적인 정감도 없고 스릴 있는 위험이나 특이한 경험도 없다. 게다가 소박한 필치로 평범하고 담담한 생애를 기술하기 때문에 일반 독자의 흥미를 끌기도 어렵다.

대중들이 다른 직업군의 자서전에 비해 덜 관심을 보인다고 해서 학자의 추억이 매력이 없다는 뜻은 아니다. 역사적인 가치나 문예적인 취미에서 볼 때 학자들의 자서전은 여러 번 곱씹고 음미할 구석이 많다. 이 글에서는 20세기에 살았던 중국학자의 '자기 진술'을 대상으로 삼아뒤의 참고문헌 참조 이들의 서사적 전략과 그 이면에 있는 문화적 이상을 논의할 것이다. 또 현대 중국 학술의 변천을 이해하는 동시에 '문장'과 '저술'의 역할과 개별성을 넘어서는 방식에 대해서도 다룰 것이다.

본격적인 논의에 앞서 저자의 선정 기준에 대해 설명하고자 한다. 첫째, 왕도王韜와 담사동譚嗣同은 모두 19세기 말에 사망했지만, 그들의 문학 관념과 문체의식이 후세에 미친 영향을 고려해서 이 글에 포함시켰다. 둘째, 저우씨 형제루쉰과 저우쭤런와 마오둔茅盾, 모순, 궈모뤄郭沫若, 곽말약 등은 문인인 동시에 학자였지만 이 글에서는 학자적 측면에 치중했다.[4] 셋째, 선택한 작품 중 반은 그전부터 있었던 연보^{年譜}이고 나머지 반은 서양에서 전래한 자서전이지만 이 글에서는 저자들이 자서전과 연보의 간극을 뛰어넘으려고 한 점을 고려해서 엄격하게 구분하지 않았다. 넷째, 학자는 자신에 대한 진술을 오늘 저녁에 써서 내일 아침에 간행할 수도 있고 후세에 전하려고 깊숙이 감춰둘 수도 있다. 따라서 어떤 독자를 설정했는가에 따라 서술 전략은 달라질 수밖에 없다. 하지만 근본적으로 보면 자기 진술을 독자가 보기를 기대하고 그들이 자신을 이해해주기를 바랐다는 점에서는 차이가 없다. 그래서 이 글에서는 제자들이 소장했던 자정연보^{自定年譜}와 저자가 생전에 간행한 회고록을 함께 논의해도 무방하리라고 생각해서 따로 구분하지 않았다.

1. 학자가 자신에 대해 쓰는 이유

예전부터 있었던 '학자의 자기 진술'은 20세기 중국에서 새롭게 거듭나 학계와 문단에서 모두 유행했다. 이 '유행'을 성공시킨 사람으로는 우선 신회^{新會} 출신의 량치차오^{梁啓超, 양계초}와 적계^{績溪} 출신의 후스^{胡適, 호적}를 꼽을 수 있다. 량치차오와 후스는 둘다 전기와 자술에 관심이 많았고 서로를 계발시켰다. 량치차오가 후스에게 새로운 형식의 전기를 감상하고 창작하는 길을 인도했다면, 후스는 량치차오에게 기존의 연보 체제를 혁신하는 모범이 되었다.[5] 이들은 공통적으로 서양의 자서전을 높이 평

---

4 「從文自傳」 같은 경우 沈從文이 학자가 되기 전에 쓴 것이므로 수록하지 않았다.

5 胡適는 『四十自述』에서 "나는 개인적으로 량선생의 수많은 은혜를 입었다"고 말했는데

가했다. 그러나 량치차오는 서양의 자서전을 본 뒤 중국의 전통 속에서 청대 사람들이 "자기의 경험과 감상을 사실대로 기록한" 자정연보를 발굴했고, 후스는 "역사가들에게 자료를 제공하고 문학가들에게 새로운 길을 개척해 주는" 자서전 제창에 힘을 실었다.[6] 구체적으로 보면 량치차오는 자서전 평가 기준을 연보에 적용했고, 후스는 자정연보에서 중국식의 장편 자서전을 발견했다. 두 사람의 사유는 과거와 현재, 동양과 서양의 '자기 진술'을 소통하려고 애썼다는 점에서 공통적이다. 연구성과로만 볼 때 량치차오가 『중국 최근 삼백 년 학술사中國近三百年學術史』와 『중국역사 연구법 보편中國歷史研究法補編』에서 연보와 자정연보를 논의한 성과는 후스의 감상적인 잡록과 상대가 되지 않을 정도로 탁월하다. 하지만 후스는 젊은 시절의 유학일기에서 만년의 공개 강연에 이르기까지 몇십 년 동안 쉬지 않고 '전기문학傳記文學'을 제창하고 직접 실천하여 『사십자술四十自述』과 『후스구술자전胡適口述自傳』을 완성했다. 그런 점에서 후스의 영향력은 량치차오의 연구성과보다 훨씬 대단했다.

량치차오와 후스 모두 자정연보나 자서전을 제창할 때 저자의 계층이나 직업에서 한계를 두지 않았다. 겉으로 보면 자기 인생을 자술하는 것은 누구나 가질 수 있는 권리이기 때문에 직업이나 신분, 남녀노소를 가리지 않고 모든 사람들이 자서전을 쓰고 출판할 수 있을 것 같다. 그러나 실제로 자서전은 '가장 불평등한' 장르이다. 자서전과 자정연보의 가치와

이는 '신민설'과 학술사 연구를 말한 것이다. 하지만 당시 후스가 『競業旬報』에 발표한 네 편의 전기를 살펴보면 량치차오가 다른 면에서도 그에게 '은혜'가 있었음을 알 수 있다. 1922년에 후스는 『章實齋先生年譜』를 출판하면서 「自序」에서 그 체제와 창조적인 면에 대해 소개했는데 다음해 량치차오의 『朱舜水先生年譜』가 완성되었다. 두 사람의 저작에는 비슷한 점이 매우 많다. 여러 해 뒤 『中國歷史研究法補編』을 찬술할 때 연보를 어떻게 작성해야 하는지 언급하면서 이 두 작품을 예로 들기도 했다.

6 梁啓超, 『中國近三百年學術史』, 15章 9節; 胡適, 『四十自述』 「自序」.

전파 범위에서 결정적인 역할을 하는 요인이 주인공의 성공과 명성이기 때문이다. 후스는 큰 업적을 이룬 사람들에게 자서전을 쓰라고 권고했고, 량치차오는 "자정연보의 주인공이 위대하다면 그 가치는 가늠할 수 없다"[7]라고 했다. 이에 비해 회고록의 문턱은 낮은 편이다. 그래도 유명인 사와 어떻게든 엮어야 독자의 흥미를 불러일으킬 수 있다. 진커무金克木, 김극목는『천축의 옛이야기天竺舊事』「머리말小引」에서 회고록을 쓸 때 맞닥 뜨리는 어려움을 이렇게 토로했다.

> 유명인사는 일반적으로 회고록을 쓰는 경우가 많다. 그들이 추억하는 대상 은 모두 유명인사, 명승지, 중대한 사건 혹은 자신과 관련이 있는 친근한 사람 과 일들이다. 유명인사는 다른 사람의 추억 안으로 들어가기도 한다. 유명하지 않은 사람도 늘 유명인사와 중대한 사건을 추억함으로써 명성을 얻곤 한다.

'유명하지 않은' 사람이라도 자서전이나 회고록을 쓸 수는 있다. 그러 나 '권력에 빌붙는' 이 장르의 속성상 유명하지 않은 사람의 자서전이 널 리 유통되기는 어렵다.

큰 범주의 '전기문학'이라면 저자의 신분과 지위를 엄격하게 따지지 않 겠지만 기본적으로 역사학에 해당하는 자서전과 자정연보의 저자는 일 정한 '지명도'를 갖춰야 한다. 따라서 '학자의 자기 진술'은 그가 유명한 지, 충분히 '자신감'이 있는지에 따라 간행 부수의 규모와 유통의 범위가 결정된다. 곧 학자는 사회에서 보편적으로 인정을 받느냐에 따라 그 가치 가 정해진다.

---

7   위의 글.

20세기 초의 중국학자들은 20~30대에 자서전류스페이(劉師培, 유사배), 량치차오 등을 쓰고 발표했다. 사회 변동기의 선각자로서 자신이 천지를 개벽한다는 인식이 있었기 때문이다. 1930년대의 중국에서는 자서전을 쓰는 것이 일대 유행이었는데 이는 후스, 린위탕林語堂, 임어당 등이 열심히 제창하기도 했지만 당시 문인과 학자들이 자신감으로 충만했기 때문이다.[8] 1950~1960년대가 되면 중국 본토의 학자 중에서 자서전을 쓰는 사람들은 거의 없었고 발표하는 것은 상상조차 하기 어려웠다. 개조의 대상이 된 지식인의 입장에서 감히 "재주를 뽐내고 자신을 드러낼" 수 없었기 때문이다. 당시 대거 나타난 '사상총결思想總結'과 '자아비판自我批判'은 외부의 압력으로 인해 어쩔 수 없이 한 것이므로 자서전으로 다룰 수 없다. 뤼쓰몐呂思勉, 여사면은 '세 가지를 반대하는 운동三反運動[9]과 사상개조 총결'을 자서전 형식으로 쓰면서도 기본적으로 진심이 아닌 내용은 쓰지 않았다. (그랬기 때문에 이 '총결'은 30여 년 뒤에 '자술自述'로 발표될 수 있었다) 이것은 실로 기적이다. 1980년대에 들어선 이후 학자들의 지위가 상대적으로 높아졌고 그래서 『중국현대사회과학자전략中國現代社會科學者傳略』山西人民出版社, 1982~1987, 총 10집과 『중국당대사회과학가中國當代社會科學家』書目文獻出版社, 1982~1990, 총 11집에 수록된 많은 학자들의 자서전이 출현하게 되었다. 삼련

---

8   胡適는 『四十自述』 「自序」에서 "나의 이 「자기 진술」은 아직 채 완성되지 않았지만 郭沫若 선생, 李季 선생 등 여러 벗들의 것은 이미 출판되었다. 자서전을 쓰는 분위기는 이미 조성된 것 같다"라고 말했다. 다음해 林語堂은 『論語』 잡지에 「四十自敍詩」를 발표했고 또 영문으로 자서전을 썼는데 簡又文이 중국어로 번역해서 『逸經』에 실었다. 1937년에 郭登峰이 편찬한 『歷代自敍傳文鈔』가 출판되었는데 서언에서 후스의 가르침에 대해 감사를 표시했다. 같은 해 林語堂이 창간한 『宇宙風』에 蔡元培, 陳獨秀, 葉恭綽, 太虛, 宋春舫 등 사람들의 자서전이 잇따라 발표되었는데 나중에 『自傳之一章』으로 묶여 宇宙風社에서 단독으로 간행되었다.

9   [역자 주] '三反運動'이란 1951년 연말부터 1952년 10월까지 중국공산당과 국가 부서의 내부에서 전개된 '횡령 반대, 낭비 반대, 관료주의 반대' 운동이다.

서점三聯書店에서 출판한 『60세 이전의 나我在六十歲以前』馬敍倫, 『삼송당자서三松堂自序』馮友蘭, 『강인함에 대한 추구靭的追求』侯外廬, 『천축의 옛이야기』金克木, 『우미자편연보吳宓自編年譜』 등은 모두 학자들이 자기 진술을 하기 위한 자신감과 흥미를 되찾는 데 매우 큰 역할을 했다. 1993년에 이르면 멀리 서남쪽에 있는 파촉서사巴蜀書社에서 '학술자전총서學術自傳叢書'라는 이름으로 각각 10여만 자 분량의 장다이녠張岱年, 장대년, 차이상쓰蔡尚思, 채상사, 첸중롄錢仲聯, 전중련 등 노학자들의 저술 또는 구술 자서전을 출판했다.

특정 시기에 학자들의 자서전이 대량으로 출현했다면 이것은 그 당시 사회에서 학자들에게 관심을 가졌다는 것 정도를 알려줄 뿐 이런 자기 진술이 역사적이나 문학적인 가치를 가진다는 뜻은 아니다. 이런 작품의 문학적 가치는 학자가 자기 진술을 하게 된 동기 및 체제, 전략, 감상의 취미 등과 관련이 있다. 이 글에서는 우선 동기에 착안해서 학자들이 전문적인 저술 이외에 자서전이나 자정연보를 쓰는 이유에 대해 이야기해 볼 것이다.

학자들이 어떤 이유에서 자신의 생애를 쓰고 이런 글을 공개적으로 간행하는지에 대해서는 이미 여러 해석이 있다. 청대 사람들의 자정연보에는 자신의 지난 일생을 회상함으로써 가문을 일으키기가 쉽지 않았음을 알게 하고자 한다는 내용이 많이 나온다.[10] 이런 저술 태도는 지나치게 개인적이어서 뤄전위羅振玉, 나진옥를 제외한 현대 학자들은 대부분 이런 방식을 취하지 않았다. 생전에 이미 공개적으로 발표된 '자기 진술'을 '자손에게 보여주려는 용도'라고 강조하는 것은 진정성이 없다.

『논어論語』 「위령공衛靈公」에는 "군자는 자신이 죽은 뒤에 이름이 알려

---

10   傅詩, 「傅雅三先生自訂年譜後記」; 周盛傳, 「磨盾紀實自序」; 汪輝祖, 「病榻夢痕錄自序」.

지지 않는 것을 걱정한다"고 탄식하는 내용이 나온다. 재주가 크지만 제대로 쓰이지 못했다고 생각하는 문인과 학자들일수록 자신을 드러낼 때 더욱 당당했다. 왕도는 "작년 겨울에 피를 토했는데 아직도 채 낫지 않아서 매일 약을 달이는 화로 곁에서 생활했다". 그런 왕도가 「도원노민자전弢園老民自傳」을 쓴 이유는 "내가 죽을 때까지 세상에 알려지지 못하는 것이 두려워서 생애를 간략하게 썼다"는 것이었다. "중년이 되기 전인" 류스페이도 "여러 가지 감회가 교차하자" 「갑진년에 스스로 읊다甲辰年自述詩」를 썼다.

> 양환楊桓[11]은 저서에서 「자서」에 뛰어났고
> 반악潘岳[12]은 「회구부懷舊賦」에서 가풍에 대해 썼네.
> 20년 인생 부질없는 꿈과 같아
> 눈 위에 찍힌 기러기 발자국 같은 자취 시로 남겨둔다.
> 恒子著書工自序, 潘生懷舊述家風.
> 廿年一枕黃粱夢, 留得詩篇證雪鴻.

그의 시에는 "꽃다운 세월, 흐르는 강물 모두 다 헛되이 흘러보냈다"라는 울적함과 불평이 있기는 하지만 의기양양한 마음이 더 많았다. 겉으로는 저자세와 겸손한 태도를 보인 것 같아도 내심에 있던 오만한 마음이 흘러나왔던 것이다. 먀오취안쑨繆荃孫, 무전손의 『예풍노인연보藝風老人年譜』는 "기록할 만한 것이 없다"로 시작했지만 곧이어 "16개 성省을 다녀왔고

---

11 [역자 주] 元대의 楊桓을 가리킨다. 『六書統』 20권을 찬술하고 「自序」를 썼다.
12 [역자 주] 西晉 시기 문학가이자 비평가로 자는 安仁이다. 주요 작품으로는 「悼亡詩」, 「秋興賦」, 「閑居賦」, 「懷舊賦」 등이 있다.

2백 권의 저술을 했"으니 "자신의 행적을 대략 기록"하는 것도 나쁘지 않을 것이라고 했다. "평생 품은 뜻, 백에서 하나도 못 이루었다", "갑자기 노년이 되었다"羅振玉,『集蓼編』라고 한탄하든, 인생을 '긴 여행'에 비유하든, "한 가닥 흔적을 남기기"를 바란다면王雲五,「岫盧八十自述」, 학자의 자술이 그렇게 다양해도 '자신을 알린다'라는 기본적인 특징에서 벗어나지 않는다.

루소의 말을 빌린다면 학자들이 자기 진술을 하고 싶어하는 이유는 "자기 말고는 자신의 일생을 기록할 사람이 없다"는 자신감을 가졌기 때문이다. 왜냐하면 "진실은 당사자만 알기 때문이다", "다른 사람이 나를 나답지 않게 묘사할까봐"[13] 루소는『참회록』을 썼다. 같은 이유로 현대 중국의 학자들도 각자의 색깔이 있는 다양한 형태의 자서전을 썼다. 물론 "내가 나 자신을 가장 잘 안다"는 이런 가설을 모든 저자들이 다 확신하지는 않았다. 어쩌면『첸중롄자전錢仲聯自傳』의「들어가며前言」에 나온 "자기가 자기 일에 대해 쓰는 것은 회고록과 비슷해서 소문에 근거해서 쓴 다른 사람의 글보다는 믿을 만하다"라는 주장에 더 공감할지도 모른다. 성실하고 엄격한 학자라고 해서 그들의 자기 진술이 모두 완벽한 것이 아니며 의심스러운 부분도 많이 있다. 이 점은 후술하겠지만, 여기에서는 '자기 진술'이 소문보다 믿을 만하다는 것이 학자가 자서전이나 자정연보를 쓰게 된 이론적 근거라는 점을 지적하고 싶다.

자기 진술이 '믿을 만하'기 때문에 사학자들은 늘 그것을 소중한 기초 자료로 생각해 왔다. '역사에 대한 집착'이 있는 저자와 독자의 입장에서 볼 때 자서전 쓰기는 엄청난 매력으로 다가왔다. 첸무錢穆, 전목는「사우師友에 대한 기억師友雜憶」의「서문序」에서 "독자가 중국 현대 사회사 연구라

---

13 盧梭,「『懺悔錄』的訥沙泰爾手稿本序言」,『懺悔錄』제2부, 北京 : 人民文學出版社, 1982, 814·819면.

는 관점에서 본다면 객관적인 방증 자료 하나를 더 보태게 된 셈"이라고 했다. 차오쥐런曹聚仁, 조취인은 자칭 500종 이상의 전기문학 전집의 독자였고 저우쭤런이 회고록을 쓰게 한 일등 공신이었다. 그도『나와 나의 세계我與我的世界』의「서문을 대신하여代序」에서 이렇게 말했다.

역사 연구자로 말한다면 1차 자료의 보존에도 본인 책임이 있다. 이것이 내가 과거사를 쓰기로 결정한 주된 이유이다.

첸중롄과 차오쥐런은 "정사正史에 없는 부분을 보완할 수 있다"고 자신만만해 했다. 반면에 저우쭤런은『지당회상록知堂回想錄』에서 의도적으로 겸손한 태도로 사소한 내용이라는 점을 인정하고 독자들이 "'민담'어릴 때 듣던 민간 이야기이라고 들으면 무료함을 달래는 데 도움이 될 것"이라고 했지만, 어쩐지 진정성도 없고 솔직하지도 않은 느낌이다. 이 책의「연기緣起」에서 무료함을 달랜다고 한 것은「후기」에서 "사실에 근거해 솔직하게 썼다"고 여러 차례 강조한 것과 맞지 않기 때문이다. 실제로 저우쭤런은 '소일거리용 책'이 아니라 '믿을 만한 역사'를 제공하고 싶었던 것이다.

인생의 풍파를 겪을 만큼 겪고 공명도 이룰 만큼 이룬 사람의 '팔십자술八十自述'과 비교할 때 이제 세상에 막 첫발을 내디딘, 원대한 포부의 소유자가 쓴 '삼십자기三十自紀'는 특별한 맛이 있다. 물론 그 안에도 품행과 행적을 간략하게 기록했겠지만 그보다는 세월이 덧없음을 탄식하면서 큰 뜻을 펼치지 못한 것을 한스러워하는 내용이 더 많을 것이다.『린위탕자전林語堂自傳』의「들어가는 말弁言」에서 자서전 쓰기를 통해 "스스로를 분석"하겠다던 목적은 이런 종류의 저술에서는 충분히 실현될 수 있었다. 다만 담사동과 량치차오의 '이른 아침의 사색'은 진지하기는 해도 내용이 빈약해서 이들보다는 왕궈웨이王國維, 왕국유가 한 자기분석이 더 깊이가 있다. 왕궈웨이의 「삼십자서三十自序」는 총 2편인데 한 편은 몇 년 동안 학문에 몰두하던 일에 대한 내용이고, 다른 하나는 학문을 한 결과에 대한 내용이다. 학문을 한 결과에 대한 글은 자기 학설에 대한 분석이라 내용이 충실하고 믿을 만하다. 또 철학과 철학사에 관한 내용, "최근에는 철학에서 문학으로 관심사가 바뀌고 있다"라고 한 것 등은 모두 널리 배우고 깊이 생각한 이후에 얻은 깨달음을 서술한 것이다. 자기 진술을 통해 생각을 정리하고 새로 나아갈 길을 확정한 또 다른 사례로는 구제강顧頡剛, 고힐강의 『고사변古史辨』 제1책에 수록된 「자서自序」가 있다. 구제강은 자신이 "학문의 세계에 갓 입성한 사람"이라고 하면서 자신이 "무모하게 자서전 성격의 이런 서문을 쓰게 된" 이유로 고대사 연구 방법을 정리하려는 취지도 있었지만 무엇보다도 현재 직면한 난관을 분석해서 시급하게 해결해야 할 문제를 제기하려던 것이라고 했다. 나중에 왕궈웨이와 구제강이 나아간 학술의 방향성을 보면 그들이 '자기 진술'에서 보여준 희망 사항과 대략 일치한다.

학자들이 '자기 진술'에 열정을 쏟는 이유는 역사 자료 제공이라는 측면도 있지만 그 자체로 성공적인 저작이 될 수 있었기 때문이다. 탕원즈唐文治, 당문치는 『여경선생자정연보茹經先生自定年譜』의 「제사題辭」에서 어렸을 때부터 선현들의 연보를 좋아해서 "큰 뜻을 품고 훌륭한 업적을 이루겠다"고 결심했다고 했다. 그리고 이를 통해 "훌륭한 덕행을 이루고 공을 세우고자 하는 사람은 반드시 선현들의 연보를 지침서로 삼아야 한다"라고 주장했다. 이것이 "후학에게 유익하다"고 생각했기 때문에 수많은 유명 학자들이 '나의 학문 역사我的自學小史'량수밍 혹은 '나의 교육계에서의 경험我在教育界的經驗'차이위안페이을 썼던 것이다. 뤄얼강羅爾綱, 나이강은 『사문 5년기師門五年記』의 「자서自序」에서 더 명확하게 썼다. "나는 내가 스승후스를 말함—역자 주의 문하에서 수학한 이 이야기를 통해 청년들에게 이런 점을 알게 하고 싶었다. 한 시대를 대표하는 대가께서 알려주신 구차하지 말라는 가르침과 학문에 전념하겠다는 신념을." 린위탕도 자서전이 '확실히 즐겁게 읽을 수 있는 독서물'이라는 점에는 동의했지만 글에는 "사람들의 환심을 사는 유머 외에도 '자신을 직시하는 지혜'를 갖추어야 한다"는 단서를 달았다.[14] 뤄얼강은 도덕적인 교훈에 착안했고 린위탕은 글의 색깔에 주목했는데, 이 둘을 합쳐야 자서전의 독특한 매력이 만들어질 것이다.

후세 사람들에게 유익한 독서물을 제공하겠다는 책임감과 공명심은 정말 대단하다. 하지만 학자가 자기 진술을 하는 것은 타인을 위한 점도 있지만 실제로는 자신을 위한 것이다. 시인의 기질을 가진 학자들에게 자기 진술은 봄날의 꿈과 같았던 과거사를 남겨둘 유일한 방법이다. 천인췌는 「한류당의 꿈을 기록한 글 미완성고寒柳堂記夢未定稿」 '들어가는 말弁言'에서 이렇게 말했다.

소동파는 시에서 "(지난) 일은 봄날의 꿈처럼 흔적이 없다"라고 했다. 하지만 또 "구중궁궐에서는 옛 자취를 금방 쓸어버렸다"라고도 했다. 구중궁궐의 옛 자취도 꿈처럼 흔적이 없게 된 것이다. 옛 자취를 쓸어버릴 수 있다면 나의 삼세三世와 꿈같이 사라질 이번 생의 지난날을 어찌 기록하지 않을 수 있겠는가?

청대 사람 왕휘조汪輝祖의 자정연보 제목은 '병상에서 꿈같은 과거를 기록함病榻夢痕錄'이다. 왕휘조는 서언에서 소동파의 시구를 인용했지만

---

14   林語堂, 『八十自敍』, 82면.

"감히 지난 일들을 꿈이라고 보지는 못하"고 여전히 자손들이 이 글을 읽고 "세상일은 어렵고 목숨을 부지하기도 어렵다는 것을" 알리고자 했다. 천인췌 선생은 가르치려는 말은 한마디도 하지 않았고, 역사의 증거를 제공하는 동시에 지금의 일을 생각하고 옛일을 추억하면서 감개에 젖었다. 원고를 작성하기 전에 천인췌 선생은 조수에게 "이 글은 나중에 나의 자정연보로 삼으라"[15]고 했다. 만년에 심혈을 기울였지만 아쉽게도 지금은 일부 흩어진 원고만 남아 있어서 연보의 전체 모습은 이미 알아볼 수 없게 되었다. 그렇다고 할지라도 30년 전에 유고를 읽었을 때 여전히 선생이 역사의 깊은 곳에 침잠했을 때의 표정과 풍채를 느낄 수 있었다. 그것은 분명 서글픔과 즐거움이 가득한 때였을 것이다. 어떤 의미에서 보면 지난 일을 추억하는 것은 풍부한 경력을 갖고 있는 사람이 "스스로 즐거울 수 있는" 최상의 방법이다.

학자들이 자기 진술을 좋아하는 것에 꼭 그럴싸한 이유를 찾지 않아도 된다. 시금을 생각하면서 과거를 추억하는 것은 사람의 보편적인 감정이며, 세상의 풍파를 많이 겪은 연장자는 더욱 과거의 기억에 빠져들 이유가 있기 때문이다. 이 점에 대해 마오둔은 매우 허심탄회하고도 소박하게 이야기했다.

사람이 노년이 되면 살 날이 얼마 안 남았다는 걸 알게 된다. 과거를 추억하게 되면 예전에 듣고 보았거나 직접 겪은 일들이 마치 끊어진 필름처럼 뇌리에 떠오른다. 이때는 만감이 교차하지만 또 너무나 무료하다. 그래서 평생 보고 듣고 겪은 일들을 써보자는 생각이 드는 것이다.[16]

15 蔣天樞, 『陳寅恪先生編年事輯』, 上海 : 上海古籍出版社, 1981, 166면.
16 茅盾, 「『我走過的道路』序」, 『我走過的道路』.

학자의 입장에서 볼 때 '옛일을 추억하는 것'을 진지하게 해야 할 일로 삼는 것은 정말 '만감이 교차하는' 일이다. 이는 찬란했던 과거에 대한 그리움이자 너무나 무료한 '노년'에 대한 감개를 담은 것이기도 했다. 이것이 또한 많은 학자들이 만년에 이르러서야 자서전을 쓰는 원인이기도 하다. "스스로 남은 날이 얼마 되지 않는다는 것을 알"기 때문에 자기 진술을 통해 자신의 학술 수명을 연장하려는 것이다. 문제는 진정한 독서인은 일반적으로 "노년이 곧 닥친다는 것을 모른다"는 점이다. 특별한 계기로 장기간 몰두해 왔던 학술연구를 중단하게 되어야 비로소 과거에 대한 추억 속에 빠져들게 된다. 청대 사람들의 자정연보는 일반적으로 주인공이 투병 중에 구술하여 제자들이나 자손들에게 기록하게 한 것이다. 전대흔錢大昕은 57세 때 크게 앓았는데 "다시 회복하지 못할 것이다"라고 하면서 "병석에서 연보 한 권을 스스로 엮었다".[17] 현대 학자들 중에도 천인췌처럼 "이미 만년이 되었으니 지금 하지 않으면 못하게 될 것"을 절감하여[18] 자기 진술을 하게 된 사람이 많았다. 그중에서 가장 희극적인 색채를 띤 것은 양서우징楊守敬, 양수경일 것이다. 그는 30년 전에 본 사주풀이를 굳게 믿고 "올해 명이 다할 것"이라고 단정하였기에 제자들의 청에 따라 "생애를 자술했다". 실제로 그는 사주에서 말한 해보다 3년을 더 살았을 뿐이었다.

만약 학자들의 '생애 자술' 역시 독립적인 저술이라는 것을 인정한다면 학자의 자기 진술 동기를 살펴보는 것에 이어 이런 장르의 체제가 이 역사적 진술과 자기 평가의 성격을 띤 글들을 어떻게 촉발시키고 제한하였는지 살펴봐야 할 것이다.

17　전자로는 王士禎의 「漁洋山人自撰年譜」, 汪輝祖의 「病榻夢痕錄」 등이 있고 후자로는 錢大昕의 「竹汀居士年譜」의 '乾隆四十九年' 등이 있다.

18　陳寅恪, 「『寒柳堂記夢未定稿』弁言」, 『寒柳堂集』.

2. 자서전과 자정연보自定年譜

1914년 9월, 미국유학 중이던 후스는 『장휘실차기藏暉室箚記』에서 동서양 전기의 차이를 비교하고 중국 전기의 단점을 네 가지로 비판한 다음, 곧바로 화제를 돌려 이렇게 말했다.

> 우리나라 사람들이 스스로 작성한 연보와 일기는 매우 많다. 연보는 특히 서양 사람들의 자서전에 가깝다.

이런 멋진 진술은 이후 '전기문학'을 제창하는 후스의 글에서 더 진전을 보였다. 사마천司馬遷, 왕충王充의 자서自敍는 프랭클린Benjamin Franklin과 스펜서Herbert Spencer의 자서전과 완전히 부합하지는 않는다. 하지만 명대와 청대 유명한 학자들의 자정연보, 즉 동양의 전기가 "지나치게 간략하고", "공문서를 기반으로 한 것이 많으며" "성석이고 생농감이 없다"라고 비판한 것은 사실이 아니다. 1930년대에 후스는 마침내 '명확한 증거'를 찾아내어 자정연보와 자서전을 연결시켰다. 「섭천료연보葉天廖年譜」를 "좋은 자서전이라고 할 수 있다"라고 한 것은 저우쭤런의 귀뜀을 받은 것이지만, 「나장용공연보羅壯勇公年譜」를 "일류의 자서전 작품이다"라고 한 것이야말로 후스의 발견이다.[19] 「섭천료연보」의 문장 취미는 사실 후스와 맞지 않았다. 「나장용공연보」의 사료적 가치는 의심할 바 없이 후스의 구미에 더 잘 맞았다. 만년에 타이베이에서 "중국의 최근 100년에서 200년 이래 가장 흥미로운 전기"를 소개할 때 후스는 「섭천료연보」를 왕휘조의

---

19 胡適가 『人間世』 제2·3기(1934년 4월과 5월)에 발표한 「葉天寥年譜」와 「羅壯勇公年譜」의 '讀書小記' 참조.

「병상에서 꿈같은 과거를 기록함」으로 바꿨는데 이유는 이 글을 통해 "당시의 종교 신앙과 경제생활을" 이해할 수 있기 때문이었다.[20] 사료적 가치에 주안점을 두었기 때문에 후스는 왕휘조와 나장용을 표창한 뒤에 자신의 부친 호전胡傳이 쓴 「둔부연보鈍夫年譜」를 "자서전 중에서 보기 드문 좋은 작품"이라고 했고 "본인의 일기를 추가해서" 완정한 자서전을 만들 것이라고 했다.[21] 일기를 '자서전의 일부분'[22]이라고 본 것은 후스 한 사람만이 아니었다. 청대 사람 이공李塨은 「안습재선생연보顏習齋先生年譜」를 엮을 때 주인공의 일기를 많이 가져왔고 현대 인물 양수다楊樹達, 양수달의 『적미옹회억록積微翁回憶錄』은 일기를 발췌하고 엮어서 만든 것이다.

여기서는 일기와 자서전, 연보의 관계는 잠시 접어두고 서양 사람들의 자서전이 전래된 이후 중국 학자들이 어떻게 자신들의 생애를 진술했는지를 집중적으로 살펴볼 것이다. 대체적으로 말하자면 비교적 전통적인 학자들은 연보를 선호했고 상대적으로 서구화된 학자들은 자서전을 좋아했다. 청말 민초에는 연보가 우위를 차지했지만 그 이후에는 자서전과 회고록의 천하가 되었다. 눈을 감고도 상상할 수 있는 이런 '대추세'는 더 주목할 가치가 있는 '작은 문제', 즉 자정연보와 서양의 자서전의 대화와 이로부터 일어난 상호작용을 가려 버렸다.

'자서전'을 이야기할 때 그것이 서양 사람들의 손에서 나왔다는 것을 강조하는 것은 중국에 원래 이런 장르가 없었다는 뜻이 아니다. 오히려 반대로, '자서전'은 중국에도 예전부터 있었다. 하지만 한대 사람들이 이

---

20 『胡適古典文學研究論集』, 上海 : 上海古籍出版社, 1988, 1330~1334면.
21 胡頌平 編, 『胡適之先生年譜長編初稿』, 台北 : 聯經出版事業公司, 1984, 3169·3220면
22 1960년에 胡適은 본인의 자술에 대해 이야기하면서 『四十自述』, 『逼上梁山』, 『藏暉室劄記』를 예로 들었다. 『胡適之先生年譜長編初稿』, 3194면.

미 선례를 남겼던 이런 '자서전'은 자정연보에 큰 위협이 되지 않았을 뿐만 아니라 20세기 중국 학자들이 생애를 자술할 때의 주요 고자료도 아니었다. 라오나이쉬안勞乃宣, 노내선은 「자정연보 뒤에 쓰다題自訂年譜後」 16수를 지었는데 마지막 시에서 이렇게 말했다.

> 돌아보니 지난 일 연기처럼 흩어져
> 진창에 남긴 기러기 발자국 같은 과거의 인연이나 적어볼 뿐.
> 자서自序를 쓰면서 어찌 감히 반고와 사마천의 필력 바랄까마는.
> 「오류선생전」과 더불어 후세에 전해지기를.
> 回頭往事已成煙, 聊記鴻泥舊日緣.
> 自序敢希班馬筆, 願隨五柳傳同傳.

원류가 다른 자정연보와 자서自序, 자기自紀, 자서전을 함께 거론했는데 이 정도로 '문학과 역사를 구분하시 않은 것'은 '우발석인 오류'라고 보기 어렵다. 문인의 기질을 가진 서위徐渭나 왕사정王士禎이든 아니면 학자형인 손기봉孫奇逢이나 전대흔이든 모두 자정연보를 사마천의 「태사공자서太史公自序」나 도연명의 「오류선생전五柳先生傳」에 견주지는 않을 것이다. 왜냐하면 고대 중국에서 문장과 역사 저술은 완전히 별개였는데, 「태사공자서」는 역사 저술이고 「오류선생전」은 문학작품이기 때문이다. 라오나이쉬안은 원류를 따지지 않고 마구 친척을 찾은 셈인데 창의적인 이런 '오독'은 사실 매우 흥미롭다. 현대 독자들은 아마도 라오나이쉬안의 이런 '황당한 견해'에 공감할 것이다. '자서'와 '자서전', '자정연보'는 비록 그 연원과 체제가 크게 다르지만 모두 '자기 진술'인 이상 서로 비교할 수 있기 때문이다.

자서와 자서전, 자정연보의 경계를 허무는 이런 사유 방식의 출현은 서양 자서전의 전래에 힘입은 바가 크다. 량치차오는 "유럽의 명사들은 자서전을 쓰는 경우가 많다"고 이야기한 다음에야 사마천이 저서 뒤에 붙인 자서와 손기봉의 자정연보를 언급했다. 이런 서술 전략은 갑자기 생각해 낸 것이 아니다. 『중국 최근 삼백 년 학술사』와 『중국역사연구법 보편』에서 량치차오는 모두 유럽의 자서전으로 중국에 예전부터 있었던 자서 혹은 자정연보를 통합하고 해석했다. 량치차오의 말에 따르면 모두 자서전에 속하기 때문에 자서로부터 자정연보로 넘어가는 것이 "보기에 자연스럽다"는 것이었다. 하지만 자정연보가 왜 "늦은 시기에 생겨났는지"에 대해 량치차오는 깊이 연구하지 않았다. 손기봉이 자정연보를 '가장 일찍 쓴 사람'이라고 한 것은[23] 물론 잘못 안 것이다. 하지만 한대 사람들의 '자서'에서 바로 청대 사람들의 '자정연보'로 넘어가서 중간에 엄청난 역사적 공백기를 남겨둔 것도 합리적이라고 볼 수는 없다.

자정연보는 연보 주인이 직접 쓰거나 구술하는 점도 있지만 더 중요한 특징은 "사건을 순서대로 배열하고 날짜를 밝히는 것"이다.[24] 그러므로 가장 직접적인 연원은 연보이지 자서가 아니다. 청대 학자들은 연보라는 장르의 확립에 송대 사람들이 기여했다고 보았다. 그중에서 특히 장학성 章學誠의 「한유, 유종원 두 선생의 연보 뒤에 쓰다 韓柳二先生年譜書後」의 논술이 가장 뛰어나다.

연보의 장르는 송대 사람들이 앞사람들의 저술 순서를 고증한 것을 모방한 것이다. 그래서 생애와 각 시기에 있었던 일 및 출처와 진퇴를 기록하여 그 사

---

23 梁啓超, 『中國歷史研究法』, 上海 : 上海古籍出版社, 1987, 211면.
24 錢大昕, 『潛研堂文集』 卷26 「鄭康成年譜序」, 「歸震川先生年譜序」 등 참조.

람이 한 말을 이해할 수 있게 한 것으로, 한 사람과 그 사람이 살았던 시대를 알기 위한 학문이다.

연보 주인공의 생애와 시간을 기준으로 하는 이런 서술 체제는 문인과 학자들이 '공력을 들였던 일의 선후 순서'와 '학문의 변화'를 부각시켰다.[25] 그러므로 '날짜를 밝히는 것'은 이 장르의 핵심이 되었다. 명, 청 이후에 『논어』의 유명한 구절인, "나는 열다섯에 학문에 뜻을 두었다"라는 말이 가장 이른 자정연보라고 주장하는 사람들이 항상 있었다. 근년에는 또 운몽진간雲夢秦簡에서 '희喜'라는 사람의 편년기를 발견하여 연보의 원류에 대한 논쟁이 다시 불붙을 가능성이 생겼다.[26] 하지만 지금 찾을 수 있는 사료로는 선진 시대에 개인이 우연히 편년체로 사건을 기록하는 일이 이미 있었다는 것만 증명할 수 있을 뿐 편년, 기전紀傳, 보첩譜牒 등으로부터 연보를 만들어낸 것은 아마 송대 사람들이 시작한 것이라고 해야 할 것이다.

송대 사람들이 "연보를 작성할 때 순서대로 배열하고 출처와 날짜를 밝힌 것은" 주로 사람과 시대 배경을 알아서 "그 문장의 수준이 어떠한지를 연구하기" 위해서였다.[27] 그래서 문인과 학자의 연보가 가장 많았고 체제도 가장 완정했다. 현재 알려진 140여 종의 송대 사람이 편찬한 연보 중에서 적어도 2종이 본인이 편찬한 것인데 그것이 바로 유지劉摯의 「유충숙공행년기劉忠肅公行年記」이미 일실됨와 문천상文天祥의 「문산기년록文山紀

---

25   章學誠, 『章氏遺書』卷21, 「劉忠介公年譜敍」.

26   來新夏, 『近三百年人物年譜知見錄』(上海 : 上海人民出版社, 1983), 「清人年譜的初步研究(代序)」; 謝巍, 『中國歷代人物年譜考錄』(北京 : 中華書局, 1992), 「年譜的作用和價值(代序)」; 吳洪澤, 『宋人年譜集目・宋編宋人年譜選刊』(成都 : 巴蜀書社, 1995), 「前言」.

27   文安禮, 「柳文年譜後序」; 呂大防, 「韓吏部文公集年譜後記」.

年錄」이다. 명대와 청대에 자정연보의 수량이 증가하는 추세에서도 여전히 연보와는 밀접하게 관련되어 있었다. 단적으로 자정연보의 제작 과정을 들여다 보면 연보의 주인공이 핵심적인 내용을 제공하거나 직접 구술한 뒤 문하의 제자들이 정리하고 주석을 다는 경우가 많았다.「손하봉선생연보(孫夏峰先生年譜)」, 「어양산인자찬연보(漁洋山人自撰年譜)」, 「이서곡선생연보(李恕谷先生年譜)」등 이렇게 연보와 자정연보의 경계가 뚜렷하지 않은 것을 볼 때, 이 두 장르의 상호 관련성이 매우 깊다는 점을 알 수 있다.

일단 시대순 배열을 확정한 뒤에 쓴 사람이 본인인지 다른 사람인지를 구분한 이유는 '시간'이 연보의 가장 큰 특징이기 때문이다. 량치차오는 『중국 최근 삼백 년 학술사』에서 사마천, 왕충, 유지기가 책 뒤에 자서와 자기自紀를 붙인 것을 크게 찬양하면서 "진솔한 감정과 생동한 면모를 보여준 것"이라고 했다. 반면, 문인들이 우울함을 토로한 자찬묘지명 같은 글에 대해서는 비판적이었다. 자서와 자서전, 자찬묘지명에 나온 자료가 많든 적든, 진짜든, 가짜든 모두 '문장'이기 때문이었다. 하지만 연보와 자정연보는 문집에 붙여서 간행한다고 하더라도 여전히 사료로서 독해하고 평가하게 된다. 연보와 자정연보는 체제가 엄정하고 고증이 자세하면 후세에 전하는 데 전혀 문제가 없다. 하지만 자서, 자전, 자찬묘지명을 보는 독자들에게는 문장이 재미있는가가 중요하다. '진실하고 믿을 만한' 서술인지가 별로 중요하지 않은 것이다.

서양 자서전이 전래되면서 어느덧 무의식중에 자서와 연보의 경계가 모호해졌다. '전기문학'이라는 명제의 제기는 문학과 역사를 소통하려는 염원을 두드러지게 보여준 것이다. 후스가 『사십자술』에서 한 말을 빌린다면 자서전을 쓸 때는 "가독성도 있고 신뢰도도 갖출 것"을 추구한다. 자서의 '가독성'과 연보의 '신뢰도'가 완벽하게 결합되는 것은 이상적인 자서전에서나 가능할 것이다. 왕도와 그의 벗인 장둔푸蔣敦複, 장둔복의 자술은 '문인이 불평불만을 토로한 말'도 있긴 했지만 이미 사학의 성격을 갖추고 있었다. 장둔푸와 왕도 두 사람은 장기간 "영국 사람들과 교유했다". 그들이 서양 자서전의 영향을 받았는지에 대해서는 확실한 기록을 남기지 않았다.[28] 딩푸바오丁福保, 정복보는 본인의 「주은거사자정연보疇隱居士自訂年譜」에서 "자서라고 해도 되고 자정연보라고 해도 되며 '언구록言舊錄'이라고 한들 안 될 이유가 없다"[29]고 했다. 딩푸바오의 주장이 매력적이기는 했지만 그의 연보가 체제에서 글쓰기 기법에 이르기까지 혁신을 보여준 부분은 없다.

유월俞樾의 「곡원자술시曲園自述詩」는 의식적으로 연보와 자서의 경계를 깨뜨린 것은 아니었다. 그러나 그 안에 있는 정신이라는 측면에서 서양의 회고록에 더 근접할 수 있었다. 시로 연보를 쓴 사람은 유월 이전에도 있었고 이후에도 있었지만 모두 유월의 글처럼 유명해지지 못했다.[30] 「곡원자술시」는 기축년1889 5월에 시었는데 모두 199수이며 시 아래 두 줄로 된 협주夾註를 달아 관련된 사건에 대해 보충 설명했다. 12년 뒤에 유월은 또 「보자술시補自述詩」 80수를 지었는데 체제는 앞의 시와 같았고 83세까지의 일을 기술했다. 자술시의 배열은 연대순이었지만 모든 시를 다 연대순으로 배열한 것은 아니었다. 저술이나 과거시험 등에 대해 기록한 시에

---

28   王韜가 「弢園老民自傳」에서 언급한 上海 西館에 있을 때의 벗은 蔣劍人(이름은 敦復, 1808~1867)으로, 그의 「麗農山人自敍」는 왕도가 자서전을 쓰는데 선명한 영향을 미쳤다.

29   丁福保의 자정연보는 판본이 매우 많은데 각 판본에서 기록한 시간과 이야기의 상세한 정도에는 많은 차이가 있다. 여기에서 인용한 내용은 1925에 출판한 『佛學大辭典』의 卷首者인데, 글을 쓴 시기는 그 4년 전이다.

30   전자로 청대 사람 金之俊의 「年譜韻編」, 史澄의 「七十壽翁詩」가 있고 후자로는 현대인 夏仁虎의 「枝巢六十自述詩」, 錢文選의 「錢士青六十自述詩」 등이 있다.

는 시기를 명시한 반면, 민속이나 풍토 등을 묘사한 시들에는 시기를 명시하지 않았다. 일반적으로 큰 사건만 기록하는 연보와는 달리 '자술시'는 반드시 일상의 사소한 일들을 시적인 느낌을 넣어서 그려내야 한다. 이후에 (증손인—역자 주) 위핑보兪平伯, 유평백, 아명은 승보(僧寶)는 "아흔을 바라보는 증조할아버지가 등불 옆에 앉아, 글자 교본을 만들어 증손을 가르치던" 때를 추억했다. 이때의 일을 유월은 이렇게 자술했다.

> 보석같이 사랑스러운 어린 손자는
> 안타깝게도 아직 붓놀림이 서툴기에
> 새벽마다 창가에서 붉은 먹 갈아
> 따라 쓰라고 손수 '상대인' 글자 써줬네.
> 嬌小曾孫愛似珍, 憐他塗抹未停勻.
> 晨窗日日磨丹硏, 描紙親書上大人.

아이가 처음 글자를 배울 때 붉은 글씨로 글자를 써 주어 아이가 검은 먹으로 따라 쓰게 하는데 이것을 '묘지描紙'라고 한다. '상대인 공을기上大人孔乙己' 등 스물다섯 글자는 송대에 이미 이런 말이 있었는데 언제 만들어진 것인지 알 수 없다. 승보는 아직 글씨를 쓸 수는 없지만 붓으로 칠하는 것을 좋아하였기에 매일 이 아이를 위해 한 장씩 써 주어 따라 그리게 하였다.

자질구레한 일을 피하지 않고 한가한 이야기를 많이 기록하였기 때문에 자술시가 자정연보와 차이를 보이게 된 것이다. 자정연보는 엄숙해지기 쉽다. 자술시와 자정연보의 차이는 회고록과 자서전의 차이와 흡사하다.
하지만 '자술시'의 서사는 어쨌든 매우 큰 한계가 있다. 사료를 중시하는 학자들은 특히 자술시가 본말을 전도하여 "시로 사건을 이끌어내는 것"을 납득하지 못한다. 하지만 만청 이후에는 역사의식이 강한 학자조차도 자술의 체제와 전략을 크게 변화시켰다. 그 중 선명한 표지가 바로 자정연보와 서양식 자서전의 경계가 날로 모호해졌다는 점이다. 『캉난하이자편연보康南海自編年譜』를 『나의 역사我史』로 명명한 것은 제목을 바꿨을 뿐이지만 『우미자편연보』는 흥미로운 사회 풍속이나 곁가지들, 세부적인 내용들을 넣었기 때문에 문장에 주안점을 두고 쓴 것이 확실하다. 랴오핑廖平, 요평은 「사익관경학사변기四益館經學四變記」와 같은 전문적인 저술을 쓰면서 스스로 "그저 예전의 일을 기록한 것일 뿐"이라고 했다. 양수다는 평생을 자술하면서 분명 연월일에 따라 배열했음에도 '연보'라고 부르지 않고 '회억록'이라고 이름을 붙였다.

가장 재미있는 것은 『고사변』제1책 「자서」古史辨第一冊와 『삼송당자서』이다. 제목만 보아도 그 연원이 어디에 있는지 어렵지 않게 알 수 있다. 잎의 글은 '전기의 성격을 띤 서문과 발문'을 읽는 것을 좋아한다고 했고 뒤의 글은 "전통적인 체제에도 훌륭한 것이 있다"라고 했다. 그래서 구제강과 펑여우란은 현대인의 '자서'를 쓰게 되었던 것이다. 다만 구제강은 사마천의 수준을 넘어 훨씬 더 자기 감정을 그대로 담아냈고, 펑여우란도 유지기의 규모를 넘어 "옛 기억을 떠올려 예전에 들었던 이야기를 써서 옛사람들을 추억하고 미래를 바라보아" 250,000자에 달하는 장편을 써냈다. 구제강과 펑여우란은 모두 사학 대가였다. 그들이 '자서'를 쓸 때 "쓰기 시작하자 스스로 멈출 수 없었던" 것은 글의 체제를 몰라서가 아니라 서양 문인과 학자들의 '자서전'을 잠재적인 기준과 근거로 삼았기 때문이다.

현대 중국 학자의 자기 진술이 서양 사람들의 자서전과 불가분의 관계에 있다는 것은 이런 점으로도 설명할 수 있다. 사람들이 찬탄해 마지않던 자서전의 원본은 모두 영문으로 쓰여진 이후에 중국어로 번역되었다. 룽훙容閎, 용굉의 『미국에서와 중국에서의 나의 생활에 대한 추억我在美國和在中國生活的追憶』, 장멍린蔣夢麟, 장몽린의 『서조西潮』, 『자오위안런의 이른 시절에 관한 자서전趙元任早年自傳』, 『린위탕자전』, 『후스구술자전』 등이 그런 예였다. 서양 사람들을 가상 독자로 설정한 이런 작품들은 자연히 서양의 자서전을 롤모델로 삼을 수밖에 없었다. 장멍린이 영문으로 자서전을 쓴 것은 공습을 피해 방공호에 있었기 때문이었다. 책상과 의자뿐만 아니라 등불도 없었기 때문에 "눈을 감고 아무 생각 없이 글자를 쓸 수 있는" 영문을 택할 수밖에 없었다.[31] 이렇게 유머러스하게 이유를 설명하긴 했지만 영문으로 썼기 때문에 필연적으로 서양 자서전의 취미에 기울 수밖에 없었다는 가설은 여전히 성립 가능하다.

　장멍린이 영문으로 자서전을 썼을 때는 마음도 자유로웠고 그런 자유로움이 글에서도 잘 묻어났다. 하지만 다른 학자들은 그렇지 않았다. 그들은 '자서전'이라는 이 장르가 엄숙하다고 생각했다. 루쉰은 자신은 "자서전을 쓰지 않겠다"고 했지만 '고향 생각이라는 유혹'을 떨치지 못하고[32] 회고록 형식으로 독특한 색깔의 『아침에 핀 꽃 저녁에 줍다朝花夕拾』를 썼다. 장웨이차오蔣維喬, 장유교도 자서전이라면 "체제가 엄격하고 자료도 풍부해야 해"서 자기는 차라리 '나의 생애我的生平'를 주제로 초년의 기억에 대해 쓰고 싶다고 했다. 차이위안페이도 자서전을 쓰는 것에 대해 두려움을 가진 것 같았다. 하지만 그가 선택한 「자사연보自寫年譜」도 쓰기 쉬운 문체가 아니다. 차이위안페이는 "자서전은 여러 단서들이 복잡하게 얽혀

31　劉紹唐, 「『西潮』與『新潮』」, 『傳記文學』 第11卷 第2期, 1967.8.
32　『魯迅全集』(北京 : 人民文學出版社, 1981) 2卷 230·13卷 376면.

있어서 여행하면서 준비하기가 (참고자료가 충분하지 않고 집필도 상황에 따라 중단될 수 있으므로) 힘들다"고 설명했다.[33] 사실 자서전과 자정연보 중에서 어느 것이 더 멋있고 더 마음에 가는지는 개인의 느낌 문제이며 각자가 받은 학술적 훈련과 관련이 있다. 하지만 예외도 있었다. 서양문학을 가르치는 우미吳宓, 오복는 독특하게도 '자편연보'를 선택했다. 하지만 잘 들여다 보면 이 글의 자유분방하고 오묘한 취미가 간결하고 핵심만 드러내는 명대나 청대의 자정연보와는 전혀 다르다는 것을 알 수 있다.

'자서'와 '자정연보'의 장벽이 허물어지게 된 것은 '자서전'과 '회고록'의 수용과 밀접한 관련이 있다. 그러므로 현대 중국 학자의 자서전이 그 이전과 다른 색채를 가지게 된 것은 서양 학술이 수용되는 추세에 따른 것이라고 할 수 있다. 하지만 자세히 들여다보면 학자들이 '나와 나의 세계'를 강조하고 '참회'와 '문학적 수사'를 회피하며 '아침에 핀 꽃 저녁에 줍는 것'과 '스승과 벗들에 대한 잡다한 기억'을 부각시키는 것을 볼 수 있다. 이런 측면에서는 또 오래된 중국 전통의 자취를 희미하게나마 감지할 수 있다.

3. '나와 나의 세계'

차오쥐런은 본인의 자서전을 『나와 나의 세계』라고 명명하고 그 속에 단락 하나를 삽입하여 이 책의 서술 전략을 이렇게 설명했다.

이번에 쓰는 글은 '나의 세계'에 착안한 것이다. '나'는 다만 구슬을 꿰는 실

33 高平叔 編, 『蔡元培全集』(北京 : 中華書局, 1989) 7卷 230면.

처럼 사건을 이끌어 내는 역할만 한다.

차오쥐런이 "우리 세대 삶의 윤곽을 그려내고자" 했기 때문에 그가 쓴 내용의 범위는 「태사공자서太史公自序」보다 더 확장되었다.[34] 자기 생애를 중심에 두되 유한한 개인의 경력과 견문으로 한정하지 않았다. 역사에 집착하는 중국 학자에게 이런 시도는 너무나 매력적인 도전이었다.

장멍린은 『서조』의 제1부 제1장에서 묘한 표현을 썼다. 이 말은 중국 학자들의 취미를 반영하는 것이자 그들이 무엇을 지향하는지를 부여주었다.

> 원래는 조국에 대해 보고 느낀 것만 쓸 생각이었다. 하지만 마음속 풍경들을 하나하나 종이에 펼쳐놓았더니 내가 써놓은 것은 자서전 같기도 하고 회고록 같기도 하고 근대사 같기도 한 글이 되었다.

『서조』는 총 6부 34장으로 이루어져 있다. 그런데 제4부 '국가의 통일'에는 저자의 개인적인 색채가 거의 없고, 제7부 '현대 세계에서의 중국'에는 중일 관계, 중국문화의 특징, 현대 문명의 운명 등 큰 주제에 대해 논의했다. 하나의 자서전에서 3분의 1의 지면을 할애하여 저자 자신과 무관한 내용을 쓴다는 것은 확실히 대담한 시도이다. 차오쥐런은 이 책이 "리젠눙李劍農, 이검농 선생의 『최근 백 년 중국 정치사近百年中國政治史』와 같은 위상의 책이라고 보았는데[35] 매우 높은 평가였다고 할 수 있다. 하지만 근대사에 가까운 자서전은 주인공의 면모를 제대로 드러내기 어렵다.

---

34 曹聚仁, 『我與我的世界』, 285면.
35 위의 책, 564면.

어쩌다가 한 번 쓴다면특히 외국인에게 써서 보여줄 때 좋은 전략이겠지만 많은 사람들이 따라 한다면 재주를 부리다가 일을 망치기 쉽다.

시대 배경을 파악하면 그 사람을 아는 데 유리할 것이다. 그러나 누구나 중요한 역사사건과 직접적으로 얽히는 운명에 놓인 것은 아니다.「한류당의 꿈을 기록한 글 미완성고」의 '들어가며'에서는 "나는 가문의 영향을 받아 수십 년간의 흥망성쇠의 핵심을 약간이나마 알 수 있었다. 그러니 여기에 쓴 내용은 가정사인 동시에 믿을 만한 역사일 것이다"라고 했다. 천인췌는 가문의 사정상 생애를 자술할 때 무술변법만 가지고 따로 장절을 두었다.[36] 하지만 일개 서생이었던 둥쭤빈董作賓, 동작빈은 중요한 역사사건인 무술변법을 제쳐두고 그 이듬해 발생했지만 자신의 운명을 완전히 바꾸어 놓은 '사소한 일', 곧 "갑골 문자가 하남성河南省 창덕부彰德府 안양현安陽縣 소둔촌小屯村에서 발견"[37]되었다는 사건에 주목했다. 각자의 선택은 달랐지만 모두 나름의 장점이 있다. '나'와 '나의 세계'를 서술할 때는 우선 사신이 역사에서 어떤 위치에 있는지 명확하게 알아야 한다. 그래서 똑같이 서른에 쓴 자기 진술이라고 해도 왕궈웨이는 자기가 언제 태어났는지도 말하지 않고 다만 "세월은 멈추지 않고 계절은 흐르는 물과 같아 이미 서른이 넘었다"라고만 한 반면, 량치차오는 자기 생년을 밝힐 때 일련의 중대한 역사사건을 열거해서 보조 역할로 삼았다.

---

36 [역자 주] 陳寅恪는 江西 德安縣의 유명한 義門 陳氏로, 이 가문은 唐代에 흥기하기 시작해서 宋代에 이르면 엄청난 벌열가문으로 성장한다. 陳寅恪의 조부 陳寶箴은 湖南 巡撫 시절에 新政을 추진하고 維新變法을 지지하였으며 부친 陳三立은 진사 출신으로 譚嗣同, 丁惠康, 吳保初와 더불어 '淸末四公子'로 불렸다.

37 董作賓의『平廬影譜』는 무술변법에 대해 기록하지 않았다. 嚴一萍이 이 연보에 내용을 추가해서 만든『董作賓先生年譜初稿』(『董作賓先生全集』第12冊, 台北 : 藝文印書館, 1977)는 '1898年'의 항목에 캉유웨이와 량치차오가 몸을 피하고 楊銳가 살해당한 일을 추가했는데 이는 쓸데 없는 일을 한 것으로 보인다.

나는 동치同治 계유년癸酉, 1873–역자 주 1월 26일에 태어났다. 태평천국이 금릉金陵, 남경에서 멸망한 지 10년 되는 해이자 청 왕조의 대학사 증국번曾國藩이 작고한 지 1년이 되는 해였다. 또 프랑스·러시아전쟁이 시작된 지 3년이 되는 해이자 로마에서 이탈리아가 건국한 해였다.

정치 무대에서 활약했던 캉유웨이康有爲, 강유위, 장타이옌章太炎, 장태염, 궈모뤄와 서재에 틀어박혔던 양수다, 뤼쓰몐, 황윈메이黃雲眉, 황운미는 각자 '나의 세계'가 있었다. 이런 '자아의식'으로 이들은 서술 전략을 달리 설정하게 되었다. 『캉난하이자편연보』는 전체 분량의 절반이 무술변법이 일어난 해에 대한 것이었고, 『장타이옌선생자정연보』는 민국 이후의 정치 활동에 대한 내용이 많았고 "1등 훈장을 수여받았다"는 문장으로 마침표를 찍었다. 궈모뤄는 4권에 달하는 자서전을 썼지만, 학술연구와 관련된 글은 제3권의 「나는 중국인이다我是中國人」밖에 없다. 게다가 그조차도 일본 경찰에게 당한 박해를 폭로하는 것이 주내용이었다. 평범한 서생으로 자처하지 않은 캉유웨이, 장타이옌, 궈모뤄는 자신의 경세적 재주와 포부를 드러내고자 했다. 하지만 양수다, 뤼쓰몐, 황윈메이 등은 "성격상 정치를 논하는 것을 좋아하지 않았"기에 (정확하게 말한다면 하지도 않았지만 할 수도 없었다)[38] 학계의 시비와 자기 저술의 공로와 잘못에 대해 집중적으로 소개했다.

자서전 속에 들어있는 '나의 세계'가 역사적 사건이라면 너무 커서 두세 마디로 제대로 이야기하기 어렵고, 자신의 저술이라면 또 너무 작아서 독자들의 흥미를 끌기 어렵다. 하지만 교육제도의 변천, 신식 학당의 부

---

38 楊樹達, 「『積微翁回憶錄』自序」, 『積微翁回憶錄·積微居詩文鈔』.

상, 유학생활의 취미, 문화출판의 경영, 학술사조의 형성 같이 크지도 작지도 않은 주제는 '학자의 자술'에서 가장 잘 구현될 수 있다. 치루산齊如山, 제여산, 저우쭤런 등이 청말 과거시험에 대해 이야기한 것, 룽훙과 자오위안런이 유학 생활에 대해 이야기한 것, 차이위안페이와 첸무가 대학 교육에 대해 논한 것, 양서우장楊守敬, 양수경, 왕셴첸王先謙, 왕선겸이 고서 교감에 대해 이야기한 것, 마오둔과 왕원우王雲五, 왕운오가 현대 출판업이 문화건설에서 어떤 작용을 했는지 이야기한 것, 구제강과 허우와이루가 학술사조와 유파의 형성에 대해 이야기한 것 등은 모두 매우 대단한 문화 사료이다. 만약 20세기 중국학술의 변천에 대해 알고 싶다면 이런 '학자의 자술'을 읽어야 할 것이다. 학술사를 논의해 본' 사람이라면 다음 글이 아마 낯설지 않을 것이다.

선통宣統 기원紀元, 1909에 프랑스 교수 폴 펠리어Paul Pelliot 박사[39]는 북경의 소주기蘇州街에서 집을 빌려 실고 있었는데 본국으로 돌아갈 즈음에 본인이 얻은 돈황燉煌 명사석실鳴沙石窟 고권축古卷軸은 이미 먼저 본국으로 보냈으나 아직 짐 속에 남아 있는 것이 있었다. 박사가 벗을 통해서 나를 보고 싶다는 뜻을 전해서 나는 추석날 아침에 차를 타고 갔다. 박사가 꺼내서 보여준 당대 사람들의 필사본과 석각石刻은 기이한 보물이어서 놀라움을 금치 못했다. 그래서 박사와 상의하여 10여 종은 사진을 찍고 동지 몇 명을 불러 함께 술을 마셨다.

---

39 [역자 주] 폴 펠리어(Paul Pelliot, 1878~1945)는 프랑스의 유명한 한학자이자 탐험가이다. 1908년에 돈황 막고굴로 탐험을 가서 그곳을 지키는 王道人에게 은전 500냥(90파운드)을 주고 藏經洞에서 가장 가치가 있는 자료 2천여 권을 가져갔다. 慧超가 쓴 『往五天竺國傳』도 이 자료들 속에 포함된 것이다.

뤄전위의 『집료편集蓼編』에 있는 이 묘사는 20세기 현학顯學 중 하나인 돈황학燉煌學의 형성 과정을 고찰할 때 빠뜨릴 수 없는 중요한 자료이다.

북경대학이 현대 중국 사상문화에서 특수한 위치를 차지하고 있기 때문에 조금이라도 관련이 있으면 일반적으로 모두 '자술'에서 언급했다. 5·4운동과 1930, 1940년대 북경대학에 관한 추억은 저자와 독자의 흥미를 불러일으키기 가장 쉬웠다. 총장을 맡았던 차이위안페이, 장명린, 후스는 말할 것도 없고 유명한 교수와 학생인 저우쮀린, 마쉬룬馬敍倫, 마서륜, 량수밍梁漱溟, 양수명, 구제강, 첸무, 펑여우란 등도 모두 멋진 기록을 남겼다. 각자 처한 위치와 품은 이상이 달랐기에 학술 사조에 대한 서술과 평가는 많이 달랐다. 구체적인 인물에 대한 평가에서는 차이위안페이가 덕과 명망이 모두 높아 논쟁할 여지가 없었을 뿐 다른 사람에 대해서는 각자 생각이 달랐다. 『지당회상록』을 읽으면 당시 북경대학의 '3심2마三沈二馬, 북경대의 유명한 학자였던 沈士遠·沈尹默·沈兼士, 馬裕藻·馬衡—역자 주'가 점잖고 박학했을 뿐만 아니라 성격이 온화했다고 느낄 것이다. 하지만『구제강자전顧頡剛自傳』을 읽으면 '3심2마'는 전문적으로 배후에서 이간질을 일삼고, 저우씨 형제를 자극해서 뛰쳐나와 욕설을 하게 만드는 음모가라고 생각하게 된다. 전혀 다른 내용의 이런 추억은 대조하면서 읽는 것이 가장 좋다. 아마도 이런 시각의 차이야말로 진정한 의미에서의 '문화사'인지도 모른다.

같은 자술이라고 해도 학자는 문인이나 정치인, 사업가와는 달라서 사료뿐만 아니라 '역사적 지식'도 제공한다. 장명린처럼 정말 '자서전'을 '근대사'로 삼아서 중국의 100년 동안의 '서학동점'을 정리하고 현대문화의 출로를 모색하는 사람은 사실 많지 않다. 자술자 중 절대다수는 구체적인 역사사건을 통해 인물에 대해 품평하는 것을 더 좋아했다. 룽훙은 자신이 선후로 접촉했던 증국번, 이홍장李鴻章, 장지동張之洞 세 명의 대신을 비교하는 데 분량을 매우 짧게 썼지만 식견은 높았다. 캉유웨이가 변법 전후의 군신 관계에 대해 묘사하고 장타이옌이 쑨원의 행적과 위인에 대해 평가한 것은 전부가 다 타당한 것은 아니어도 "일가의 주장을 이루었다."[40] 하지만 『세설신어世說新語』에 익숙한 학자들이었기에 그들이 언급한 인물은 주로 학계의 동인들에 집중되어 있었다.

대상이 업계 동료였기 때문에 서로 깊이 알고 있었다. 이들은 서로 친해지기도 쉬웠지만 배척하기도 쉬웠다. 1942년에 우미는 교육부에 의해 서양문학부 교수로 임명되었는데 그날의 일기에 이렇게 썼다. "이는 물론 명예롭게 여길 일은 못 되지만 천인췌역사와 탕융퉁철학 두 형과 이름을 나란히 할 수 있다는 것은 정말 크나큰 행운이 아닐 수 없다!" 1951년 양궈상楊國庠, 양국상은 중산대학에서 강연을 할 때 천인췌와 룽경容庚, 용경을 크게 칭찬하였는데 멀리 장사에 있는 양수다는 이 소식을 듣고 일기에 이렇게 썼다. "권리가 학자를 존중하는 것은 물론 매우 좋은 일이다. 하지만 룽경을 천인췌에 견주는 것은 천인췌를 모욕하는 것이다." 다음해 대학교 교수들의 급여를 새로이 정할 때 양수다는 최고 등급으로 정해졌으나 여전히 분개했다.

평정심을 가지고 본다면 나는 최고 등급으로 정해졌기에 결코 적다고는 할 수 없다. 하지만 양룽궈楊榮國, 양영국, 탄피모譚丕模, 담비모와 동급인 것은 정말 모욕적이라고 생각한다.[41]

---

40 容閎의 「我在美國和在中國生活的追憶」과 『康南海自編年譜』, 『太炎先生自定年譜』 참조.
41 吳學昭, 『吳宓與陳寅恪』, 北京 : 淸華大學出版社, 1992, 109면; 楊樹達, 『積微翁回憶錄·積微居詩文鈔』, 331·352면.

이들의 흥미로운 이야기를 모두 문인들이 서로 상대방을 낮추어 보았다거나 감정싸움을 한 것으로 치부할 수는 없을 것이다. 저술의 체제 때문에 우미와 양수다는 천인췌에 대해 구체적으로 평가하지는 못했다. 하지만 우미는 천인췌와 나란히 할 수 있게 된 것을 '크나큰 행운'으로 여겼고 양수다는 룽겅을 천인췌에 견준 것을 천인췌에 대한 '모욕'이라고 여겼다. 이렇게 볼 때 논자의 학술적 취향을 쉽게 파악할 수 있다. 첸무가 "후스는 사학 분야에서 구제강, 푸쓰녠傅斯年, 부사년 두 사람 사이에서 배회하고 있는 것 같다"라고 평가한 것과 펑여우란이 후스의 『중국철학사대강』을 "한학자의 장점도 있고 한학자의 단점도 있다"고 평가한 것은[42] 학술사의 성격이 짙다. 학술적 소양이 깊은 사람의 자기 진술에서 학계 동료들을 언급할 때는 핵심을 찌르는 정확한 평가를 내릴 때가 많다. 뿐만 아니라 대부분 만년의 저술이기 때문에 "매실주를 마시면서 영웅을 논할" 때 정말 아무 거리낌이 없었다. 이런 촌철살인의 품평은 눈에 띄게 편견을 담고 있다고 해도 동시대 사람의 증언이므로 충분히 중시할 필요가 있다.

학자의 자서전에 들어 있는 '자기 평가'는 역대 연구자들이 더욱 존중하고 중시했다. 구체적인 저술에 대한 평가는 오히려 중요하지 않다. 학술 사유의 형성과 전개에 관한 것이야말로 거의 대부분 당사자만이 잘 아는 것이다. 1888년에 캉유웨이가 상소를 올리는 데 실패하자 선쩡즈는 "국가 대사에 대해 이야기하지 말고 비석문의 글씨를 연구하는 것이 좋겠다"고 조언했다. 그래서 캉유웨이가 (서법 연구서인—역자 주) 『광예주쌍집廣藝舟雙輯』을 쓰게 되었던 것이다. 1890년에 량치차오는 처음 캉유

---

42   錢穆, 『八十憶雙親·師友雜憶』, 144면; 馮友蘭, 『三松堂自序』, 223면.

웨이를 만났는데 캉유웨이가 "바다의 파도와 같은 소리로 사자후獅子吼를 내질러 그가 공부했던 수백 년 동안의 쓸모없는 낡은 학술 관점을 모두 깨뜨려 버리고 밝은 깨달음을 주었다". 1902년에 장타이옌은 "명리를 통합적으로 고찰한" 것을 계기로 진, 한을 배우던 것을 버리고 삼국과 양진兩晉을 본받기 시작했는데 "이때부터 문장이 점차 변했다". 이와 같은 학자의 학술 연구 과정에서의 관건이 되는 '전환점'은 만약 본인이 밝히지 않는다면 주변 사람들이 아무리 열심히 자료를 찾고 널리 고증한다고 해도 정확하게 파악하기 어렵다. 구체적인 저술 이면에 숨긴 본심도 마찬가지이다. 학술성과에 대한 평가도 물론 중요하지만 학술연구 과정에 대한 서술에는 개인의 정취가 깃들어 있을 수 있고 글도 더욱 읽을 만할 것이다. 에드워드 기번Edward Gibbon이 『자서전』에서 『로마제국 쇠망사』를 다 쓴 그 순간의 감정을 언급한 대목은 정말 아름답다. 현대 중국 학자들 중에서 펑여우란이 '정원육서貞元六書'[43]를 완성하고 첸무가 『국사대강國史大綱』을 쓴 것, 허우와이루가 『자본론』을 세 번 번역한 것 등은 모두 실세 있었던 일을 글에서 잘 묘사하여 전기적 색채가 짙다. 그래서 이야기로 삼아 반복해서 읽고 음미할 만하다.

항상 '왕의 스승'이 될 준비를 하던 사대부들이 대학에서 일하는 전문가와 학자가 되자 더 이상 캉유웨이와 같은 파란만장한 인생을 살기는 어려웠다. 극적인 색채가 적었기 때문에 학자들은 자기 진술을 할 때 자신의 학술 사유의 변화에 더 많이 주목하게 되었다. 자서전과 연보의 글쓰기는 그래서 날로 전문화되었다. 늘 벗에게 자서전을 쓰라고 권유하던 후스는 그의 학생 뤄얼강이 쓴 『사문 5년기』를 극찬했는데 이유는 다음과 같다.

43　[역자 주] '貞元之際所著書'라고도 하는데, 펑여우란이 중일전쟁 때 쓴 『新理學』, 『新事論』, 『新世訓』, 『新原人』, 『新原道』, 『新知言』 여섯 권의 책을 가리킨다.

뤄얼강의 이 자서전은 내가 알기로는 기존의 자서전에 없었던 새로운 방식을 만들어냈다. 아무도 본인이 공부한 체험을 이렇게 자세하게 이야기한 적도, 스승과 벗들과 함께 학문을 연구한 즐거움을 이렇게 그림처럼 그려낸 적도 없었다.[44]

일상생활의 자질구레한 일은 한 글자도 언급하지 않고 5년 동안 스승과 학문을 연마한 일에 대해서만 이야기한 것은 제자와 마찬가지로 서생의 기질이 다분했던 후스 선생을 매우 감동시켰다. 그래서 이후에 일본에서 자서전을 구술할 때 세속의 먼지로 뒤덮인 자신의 '세속적인 삶'에 관한 내용을 일말의 망설임도 없이 삭제했던 것이다.

사실 후스는 뤄얼강과 달리 풍부한 사회 경력이 있었을 뿐만 아니라 현실 정치에도 개입했기 때문에 자서전을 쓸 때 이런 부분을 완전히 배제한 것은 참으로 아쉽다. 후스는 "기꺼이 '학술의 범위'로 한정짓고자 해서" "새로운 면모를 갖추고 독특한 풍격을 가진 '학술적인 자서전'"을 썼는데 이는 시간이 부족해서 그렇기도 했지만[45] 무엇보다도 그가 '신성'한 학술에 깊이 빠져 있었기 때문이다. 이 점은 궈모뤄와 선명한 대조를 이룬다. 두 사람은 모두 학술에서 성과를 거두었고 사회활동가를 겸하고 있었지만 생애를 진술할 때 궈모뤄는 자신의 정치적 삶을 강조했던 반면 후스는 자신이 학술에 기여한 점을 더 중요하게 생각했다. 그래서 후스는 후세에 수많은 학자들의 호감을 살 수 있었다. 하지만 중요한 것은 "후스 선생은 20세기 중국 학술사상사에서 매우 핵심적인 인물이었다"[46]는

---

44   胡適,「『師門五年記』序」; 羅爾綱,「師門五年記」.
45   唐德剛의「寫在書前的譯後感」(『胡適口述自傳』); 『胡適雜憶』, 北京 : 華文出版社, 1990, 30·255면.
46   余英時, 『中國近代思想史上的胡適』, 台北 : 聯經出版事業公司, 1984, 6면.

점이다. 그리고 더 중요한 것은 그가 자서전을 구술할 때 "전기적 색채를 띤" 정치 행적을 빼버리고 "청년 시절에 점차 깨닫게 된 학술 방법", "문학 혁명으로부터 문예부흥까지의 과정" 및 "현대 학술과 개인의 수확" 등을 대거 서술했다는 점이다. 이는 스스로 구성한 '후스학안胡適學案'47일 뿐만 아니라 현대 중국 학술사의 절반에 해당하는 내용이기도 하다.

엄격하게 말하면 자기 진술을 하는 학자들은 모두 자신의 마음속에 있는 '학술사'를 저술하게 된다. 물론 여기에서 말하는 학술사는 필연적으로 불완전할 수밖에 없다. (세상에는 완벽한 학설이 없지만 상대적으로 완정한 진술은 존재한다) 어떤 학자든 자기 관점에서 글을 쓸 수 밖에 없다는 점도 있지만, 사실상 그들이 자기 자신에 대해 매우 잘 안다고 할 수도 없고 자기 자신에 대해 매우 잘 쓴다고 할 수도 없기 때문이다.

4. '시와 진실' 사이에서

제1절에서 제기한 문제로 돌아가 보자. '나'는 과연 "나를 가장 잘 알고 있는가?" '자서전'은 꼭 "소문보다 더 믿을 만한가?" 18세기 영국의 저명한 사학가인 에드워드 기번은 회고록의 「들어가는 말」에서 이렇게 말했다.

---

47 唐德剛은 반복하여 지금 보이는 '口述自傳'은 원래 '大綱'의 반에도 못 미친다고 이야기 했는데(『胡適口述自傳』「編譯說明」과 『胡適雜憶』「歷史是怎樣口述的」 참조) 이는 물론 사실이다. 하지만 台北 傳記文學出版社에서 1981년에 출판한 『胡適口述自傳』에 부기된 『胡適之先生親筆所擬口述自傳大綱』의 영인본을 살펴보면 후스가 원래의 계획을 완성했다고 하더라도 여전히 학술저서(『白話文學史』, 『中古思想史』, 『說儒』 등)와 문화활동(北京大學을 다시 세운 것, 『獨立評論』을 간행한 것 등)을 중심으로 했을 것이라는 점을 알 수 있다. 그러므로 唐德剛의 '胡適學案'설은 여전히 성립된다.

나의 이름은 후세에 『영국 명인 전기집』의 천 편에 달하는 글 속에 포함될 수도 있다. 그래서 나는 나의 사상과 행동을 소개하는 데 나 자신보다 더 적합한 사람은 없다고 확신하게 되었다.

한 세기 반이 지난 뒤 뤄전위는 『집료편』을 소개하는 글의 서두에서 또 다른 의견을 제시했다.

자술은 모두 표현은 소박하고 내용은 사실적이다. 그러니 나중에 다른 사람이 나를 칭송한다고 맞지도 않는 표현으로 아첨을 하는 것보다는 낫지 않겠는가?

두 사람은 모두 본인의 '자기 진술'이 후세 사람들이 쓴 '전기'보다 더 가치가 있을 것이라고 단정지었지만 이유는 완전히 달랐다. 뤄전위는 후세 사람들이 "학술과 행적이 옛날의 성현보다 많이 뒤떨어지는" '나'를 너무 좋게 평가할까봐 걱정했고, (사실이 정말 그랬는지는 일단 논외로 한다) 에드워드 기번은 학자들이 기계적으로 소개글을 써서 '내'가 재미없는 사람으로 비칠까봐 걱정했다. 여기에는 동양과 서양 학자들이 '자술'에 대해 가지는 기대의 차이도 포함되어 있는 것 같다. 동양 학자들은 '진실'을 더 강조하고 서양 학자들은 '재미'를 더 강조한다고 볼 수 있겠다.[48] 상대적으로 폐쇄적인 문학·학술 전통에서 저자의 자기 평가와 독자의 평가는 일치할 가능성이 크다. 몽테뉴Michel de Montaigne, 루소, 괴테, 기번의 자술은 문학적으로 감상되었지만, 거의 같은 시기에 살았던 서위徐渭, 섭천료

---

48 기번은 자화상은 늘 주인공의 "저작 속에서 가장 재미있게 그려진다"고 말했다. 왜냐하면 진지한 묘사로 인물의 심리와 성격, 흉금 등을 그려내기 때문이다. 戴子欽 譯, 『吉本自傳』, 北京 : 三聯書店, 1989, 4~5면.

葉天寥, 손기봉孫奇逢, 왕사정王士禎의 자술은 역사서로 분류되었다.

　명대와 청대의 자정연보뿐만 아니라 한대와 당대의 자서自敍 역시 역사 기록으로 간주되어 오랫동안 칭송을 받았다. 『사기史記』, 『한서漢書』, 『진서晉書』, 『양서梁書』에서는 문인들의 자서를 인용할 때 문장 전체 또는 일부 단락을 그대로 수록할 경우 대부분 출처를 밝혔다. 한두 구절을 가져온 경우에는 출처를 밝힐 필요가 없었다. 문인들은 자서를 통해 역사가들의 견해에 영향을 줄 수도 있고 심지어 '자화상'을 정사에 들어가게 할 수도 있었다. 이것은 확실히 매우 매력적인 것이었다. 실제로 역사학자들은 유명한 사람들의 '자술'을 한 번도 가볍게 대한 적이 없었다. 크게는 역사사건에 대한 진술에서 작게는 일상생활에 대한 추억까지 현대 중국 학자들의 자기 진술도 마찬가지로 역사학자들은 소중히 여겼고 여러 가지 역사 저술들에서 직접 인용이나 간접 인용, 또는 주석에 들어가는 다양한 형태로 모습을 드러냈다. '자화상'특히 학자의 자화상을 존중한 것은 '자기 진술'이 '소문'보다 신뢰도가 높다는 가설에 연유한 것이다.

　량치차오는 연보 중에서도 자찬연보가 "본인의 경력과 감상을 사실대로 쓴 것이기에 다른 사람들이 따라오지 못하는 면이 있어서" 가치가 매우 높다고 평가했다. 왕원우는 더 나아가서 자정연보든 구술연보든 아니면 문인 혹은 지인들이 작성한 연보든 모두 "기피하는 것이 없어서" "글에 쓴 언행과 역사적 사실이 대부분 상세하고 정확하다"고 생각했다.[49] 이렇게 이상적인 자기 진술을 하는 사람이 없다고 할 수는 없겠지만 문제는 다른 데 있다. 이해득실과 관련이 있기 때문에 사실을 일부러 은폐하거나 진상을 왜곡하는 경우가 더 많다는 것이다. 청대 사람 장학성은 한 나라

49　梁啓超의 『中國近三百年學術史』 第15章과 王雲五가 台北商務印書館에서 출판한 『新編中國名人年譜集成』에 쓴 總序 참조.

의 역사, 한 가족의 역사와 한 사람의 역사를 구분하면서 이 세 가지를 서로 결합하고자 했다. 하지만 역사학자들은 가족의 역사나 개인의 역사전지(傳志) 혹은 연보가 "사적인 감정이 들어가거나 미화하는 경우가 많다"[50]는 점에 유의해야 한다. 후스는 중국인들이 "기피하는 것이 많고" "진실을 말하는 습관이 적어서" "믿을 수 있는 생생한 전기"를 쓰기 어렵다고 탄식했다.[51] 량치차오와 왕원우가 자기 진술을 지나치게 높게 평가한 것은 자서전의 이상적인 경지를 표방하기 위해서였다. 장학성과 후스의 우려는 현대 중국 학자들의 자기 진술에 대한 이해 및 평가와 관련되는 것이라 더 주목할 필요가 있다.

　문인들의 자서가 정사에 직접적으로 들어갈 가능성이 있기 때문에 당시 사람과 후세 사람들의 평가는 자연히 "언사가 과장되지 않고 사건을 명확하게 다 기록했는가" 여부에 집중되게 된다. 유우석처럼 왕숙문王叔文과의 관계를 전혀 감추지 않고 이야기하거나 배도裵度처럼 자신을 조소하는 데 능하다면 박수를 받을 수 있다.[52] 하지만 풍도馮道와 강총江總의 자서는 "가장 공감대를 이룰 것이다"라고 자부했으나 "몰염치하다"라는 평가를 받을 뿐이었다.[53] 20세기에 들어선 이후 학자들은 자기 진술을 할 때 역사의 틀과 장르에 대한 의식을 대거 변화시켰으나 '자랑하지 않는다'는 지향만은 그대로였다. 차오쥐런은 글로 불멸을 꿈꾸는 '과대망상주의자'를 비판하면서 그들의 자서전이 "멋지게 보이고자 한 나머지 무엇이 중요한지를 모른다"라고 비웃었고 허우와이루는 "역사 연구자가 과거

50　章學誠, 『章氏遺書』 卷14, 「州縣請立志科議」.
51　胡適의 「『南通張季直先生傳記』序」와 「傳記文學」 참조.
52　陳鴻墀, 『全唐文紀事』, 上海 : 上海古籍出版社, 1987, 571면.
53　錢鍾書, 『管錐編』, 北京 : 中華書局, 1979, 1545~1546면.

사를 쓸 때"는 다른 사람들보다 더 역사적 사실이 정확한지를 점검해야 한다고 했다. 양서우징은 기억에 착오가 있을 수 있다고 하면서도 "사실에 입각하지 않거나 함부로 말하는 일은 없었다"고 했다. 마쉬룬은 아예 "나는 신경계통 질환으로 인해 기억력이 날로 못해졌다"라고 했는데 곧 오류가 있더라도 의도적으로 한 것이 아니라는 뜻이었다.[54] 지나간 일을 추억할 때 전혀 잘못이 없게 한다는 것은 애초부터 불가능한 일이다. 중국 학자들이 이렇게 반복해서 해명한 것은 '진실성'이 그들의 마음속에서 여전히 가장 높은 자리를 차지하고 있었기 때문이다.

　사실에 입각하지 않거나 함부로 말하는 일에 대한 경계는 자서전 쓰기에서 첫 번째 원칙이 되었다. 그래서 중국 학자들이 거의 천편일률적으로 자기 진술의 '전언' 혹은 '후기'에서 "진실을 보존"하겠다는 강렬한 염원을 표출하게 된 것이다. 흥미로운 것은 이 좋은 전통이 자기 진술의 문학성에 대한 거부로 변질되었다는 점이다. 괴테의 『시와 진실』에 대해 부정적이었던 평가가 대표적인 현상 중의 하나이다. 『독일에서 유학한 10년』의 「들어가는 말」에서 지셴린季羨林, 계선림은 자신의 진술 태도는 괴테의 창작 원칙과 다르다고 했다. "나한테는 Wahrheit만 있을 뿐 Dichtung이 없다"(지셴린은 괴테의 자서전을 『창작과 진리』로 번역했기 때문에 이 말은 "이 글에는 진리만 있을 뿐 창작이 없다"는 의미로 이해해야 한다)는 이 말은 저우쭤런이 「『지당회상록』후서知堂回想錄』後序」에서 한 것과 거의 비슷하다. "이 글에는 시 같은 건 존재하지 않고 완전히 진실에 근거해서 쓴 것이다." (저우쭤런은 괴테의 자서전을 『시와 진실』로 번역했다) '시'와 '창작'을 거부했기 때문에 저우쭤런은 "사실에 근거하여 솔직하게 쓰기"를 주장했고 지셴린은 '실사구

54　曹聚仁의 『我與我的世界』, 侯外廬의 『韌的追求』, 楊守敬의 『鄰蘇老人年譜』 「自序」 및 馬敍倫의 『我在六十歲以前』의 118면 참조.

시'를 강조했다. 저우쭤런과 지셴린이 문학가의 자서전에 대해 불만을 가졌던 것과 비교할 때, 후스가 『사십자술』을 쓰면서 중간에 입장을 바꾼 일은 매우 흥미롭다. 이 책의 「자서」에서 후스는 본래 '소설의 형식을 띤 글'을 쓰려고 했으나 제1편을 완성하고 보니 "사학 훈련을 문학 훈련보다 더 받았기" 때문에 다시 "딱딱한 역사 서술의 길로 돌아가 버렸다"고 했다.

학자들이 자기 진술을 할 때 '진실'을 선택하고 '시'를 배척하는 것은 '사학 훈련'을 받았기 때문만은 아니다. 더 중요한 것은 '문학적 취미'이다. 취미의 양성은 사회의 가치체계에 근거한다. 자신의 말에 근거가 있다는 것을 보여주기 위해 최대한 자기 진술을 할 때의 허구와 변개, 수식을 배척하게 된다. 저우쭤런, 지셴린은 회고록에 옛 일기를 인용하는 것을 좋아했고 양수다는 '회고록'을 아예 '일기 발췌문'으로 만들어버렸다. 그밖에 후스, 우미가 수십 년 동안 계속 썼던 일기도 그들이 생애를 진술할 때 매우 큰 역할을 발휘했다.[55] 『치루산회억록齊如山回憶錄』의 제14장에 있는 말은 중국인들이 "일기를 근거로 삼는" 자서전에^{자정연보와 회고록 포함} 호감이 있었다는 점을 보여준다.

> 나는 예전부터 일기를 쓰지 않은 것을 매우 후회한다. 지금은 뭔가를 좀 쓰려고 하면 기억이 잘 나지 않아 쓸 수 없다. 기억이 잘 나지 않는 것은 이미 쓸 수 없게 되었고 아예 기억이 나지 않는 것은 더 쓸 수 없게 되었다. 이것은 내가 옛날을 생각하면서 계속 후회하는 일인데 남들은 내가 기억하는 것이 많다고 칭찬한다. 정말 후회스럽기도 하고 부끄럽기도 하다.

---

55 唐德剛의 『胡適雜憶』 「歷史是怎樣口述的」 부분 및 『吳宓自編年譜』를 참조하면서 吳學昭의 『吳宓日記』에서 발췌하여 엮은 『吳宓與陳寅恪』 참조.

일기는 '추억'에 실마리를 제공해 주고 불필요한 잘못을 줄여줄 수 있기 때문에 자기 진술을 하는 사람들이 중시했다. 청대 사람들은 「안습재선생연보顔習齋先生年譜」와 「이서곡선생연보李恕谷先生年譜」에서 이미 연보 주인공의 일기를 대량으로 사용했다. 저우쮜런과 후스는 기억에만 의지해서는 정확한 기술이 되기 어려우므로 반드시 일기를 근거로 삼아야 한다고 강조했는데 이는 다만 이런 전통을 더 확대한 것일 뿐이다.[56] 자랑할 일기가 없는 자술가마오둔, 허우와이루 등들은 늘 그들이 신문을 확인하고 당안檔案을 널리 살폈으며 벗들에게 자문을 구했다는 점을 부각시켰다. 이런 진지하고 엄숙한 글쓰기 태도로 학자의 자술은 문인의 자술보다 사료 제공에서 더 권위를 가지게 되었다.

하지만 이런 권위는 상대적이다. 학자들이 자기 진술을 할 때 "사실만 기록한다"고 해서 빈틈이 없는 것이 아니다. 비록 저우쮜런이 '자화자찬' 하지 않겠다고 했지만 이것은 확실히 '자술'의 장르적 특징이기 때문에 호걸이 왕년의 용맹한 이야기만 하는 것을 그렇게 비웃을 필요는 없다.[57] 모든 자술자는 '가장 좋은 각도'에서 자신을 묘사하고 싶어하고 또 반드시 그래야 한다. 길고 긴 세월 속에서 특정 시기를 선택하고 무수히 많은 사건 속에서 어떤 정경을 부각시키는 것은 모두 이유가 있다. 설령 자기 반성 의식이 있는 자술자라고 하더라도 과거를 추억할 때 현재의 생활환경과 문화적 추구의 영향을 받게 마련이다. 그러므로 기록한 '사실'도 진실이겠지만 의도적으로 또는 무의식적으로 배제시킨 것도 진실이다. 게다가 모든 '진실'을 다 완전하게 드러낼 수도 없다. 사상과 학설의 정밀하

---

56 周作人, 『知堂集外文·『亦報』隨筆』, 長沙 : 嶽麓書社, 1988, 424면; 胡頌平, 『胡適之先生年譜長編初稿』, 3590면.
57 『知堂回想錄』, 715면; 『胡適口述自傳』, 172면.

고 미묘한 부분은 언어로 전달하기 어렵다.[58] 더구나 '서술'에 '해석'도 담아내야 하며 해석의 틀은 '지금의 내'가 결정해야 한다. 후스처럼 사상이 일관되어 만년에 자술할 때 "발전이 없는"[59] 경우라면 자서전을 쓰기에는 더 나을 수도 있다. 대부분의 자술자는 글 쓸 때의 상황을 바탕으로 역사를 재구성하고 자기를 해석하게 된다.

지금의 내 상황은 필연적으로 지금의 내 감정과 자기 평가에 영향을 미치게 된다. 그래서 '자술'은 꼭 사실인 것만은 아니다. 젊고 혈기가 왕성했던 시절의 류스페이는 평생의 학술연구 방법을 스스로 이야기할 때 과장하는 감이 없지 않았다. 사상 개조 중인 뤼쓰몐은 자신의 저술에 대해 변호를 하면서도 반드시 "마르크스·레닌 주의를 깊이 탐구하지 않은 것을" 반성해야 했다.[60] 생존 환경이 학자의 자술에 심각한 영향을 미친 사례로는 다음 두 가지를 들 수 있다. 구제강과 우미는 모두 루쉰과 불쾌한 언쟁이 있었다.[61] 자신의 생애를 서술할 때 이 문제는 그냥 넘어갈 수 없었다. 루쉰이 당시 중국에서 특별한 위치에 있었기에 구제강과 우미가 자기 진술을 할 때 얼마나 난감했을지는 가히 상상할 수 있다. 『구제강자전』은 1950년대에 써서 그래도 자신을 변호할 수 있었고 이럴 때 어조도 상당히 강경했다. (그러나 1990년대에 발표할 때에는 이 부분을 반드시 일부 삭

---

58 『梁漱溟問答錄』 「序」에서 량수밍은 자신이 "정치, 사회활동에 치중할 수밖에 없었"고 "본인의 정치사상, 학술연구 등에 대해서는" 매우 적게 언급했다고 말했다. 蔣維喬는 이런 곤경에 대해 충분히 이해하고 있었다. 그는 『我的生平』을 쓰면서 사상적 깊이가 있는 불학에 대해서는 물론, '정신수양법'에 대해서도 쓰지 않았다. 이유는 그 오묘함이 "언어로 모두 표현할 수 있는 것이 아니"기 때문이었다.

59 唐德剛이 『胡適口述自傳』에 쓴 「寫在書前的譯後感」 참조.

60 劉師培의 「甲辰年自述詩」와 呂思勉의 「三反及思想改造學習總結」 참조.

61 [역자 주] 루쉰은 의고학의 기수 구제강을 두고 고대사를 변증하여 없애버렸다고 못마땅해했고 나중에는 「理水」라는 글에 의고파를 대거 등장시켜 조롱했다. 이 작품에도 구제강이 나와 망신을 당하는 에피소드가 있다.

제해야 했다) 그러나 우미의 『우미자편연보』는 '문화대혁명' 시기에 쓴 것이므로 우미는 구제강처럼 할 수 없었다. 1922년 일을 쓸 때에는 특별히 「『학형』을 평가함」을 언급하면서 "루쉰 선생의 평가는 공정했다"라고 했고, 이어 『학형』 제1기에 사오주핑邵祖平의 고문古文을 실은 일이 후셴수胡先驌의 잘못이었다고 설명했는데 없어도 되는 내용이었다. 그런데 특히 이 부분은 가슴 아픈 대목이다.

　사오주핑은 이 일 때문에 루쉰 선생에게 앙심을 품게 되었다. 1951년 겨울에 중경에서 루쉰 선생을 비난한 사건은 그 여파가 나에게까지 미쳤다. 정말 지혜롭지 못한 행동이었다.

　천진난만하고 솔직한 우미가 이토록 화를 입을까 두려워한 것을[62] 보면 당시 상황이 얼마나 엄혹했는지 알 수 있다. 이것은 개인의 능력으로 막을 수 없었다. 학자들의 자술에 대해 논의할 때 이런 외부 압박을 고려해야 그들을 제대로 이해하고 공감할 수 있다.

　글을 쓸 때의 마음은 과거에 대한 서술에 영향을 미친다. 거꾸로 과거의 감정은 어떻게 현재의 저술에서 드러나는 것일까? 학자의 자술은 일단 "자료로 증빙할 수 있는" 사건과 저술의 범위를 넘어서서 대화와 심리묘사에 미치게 되면 "근거 없고" "날조했다는" 비판을 받게 된다. 그들이 맹세했던 '진실성' 역시 의심을 받게 된다. 마오둔이 『내가 걸었던 길我走過的道路』의 서문에서 맹세한 내용은 최소한 논리적인 면에서 문제점을 안고 있다.

62　『吳宓自編年譜』 231면에서는 "賀麟이 吳宓와 함께 가서 周揚을 만나려고 했으나 吳宓는 화를 입을 것이 두려워 거절하고 가지 않았다"라고 했다. 밑에 달린 주석을 보면 吳宓가 그때에도 여전히 공포심에 사로잡혀 있었다는 것을 더 잘 보여준다.

기록한 사건과 대상에 대해서는 사실 그대로 쓰고자 했다. 대화를 쓸 때는 가끔 수식을 했지만 절대 수식이 사실을 가리게 하지는 않았다.

반드시 "가끔 수식을 해"야 했다는 것을 인정했는데 어떻게 "절대 수식이 진실을 가리지 않았"다고 맹세할 수 있단 말인가? 심리묘사와 인물의 대화가 들어가 있는 자서전은 자전체 소설과 도대체 얼마나 차이가 있는 것일까?

허구가 들어간 자전체 소설과 진실성을 생명으로 보는 학자의 자술을 함께 거론하는 것은 결코 말이 안 되는 이야기가 아니다. 첸중수錢鍾書, 전종서가 양장楊絳, 양강의 『간교육기幹校六記』에 써준 「들어가는 말」과 진커무가 『천축의 옛이야기』에 쓴 「들어가는 말」에서는 모두 청대의 심복沈復이 쓴 『부생육기浮生六記』를 거론했다. 왕도가 "행간에 애수가 서려 있다"고 말한 것과 달리[63] 첸중수와 진커무는 자전체 소설의 특징에 주목했기 때문에 회고록을 이야기할 때 언급하게 된 것이다. 실제로 현대 학자의 회고록인 『간교육기』, 『천축의 옛이야기』와 청대 소설 『부생육기』의 경계는 그렇게 선명하지 않다.

양장과 진커무의 글은 문학성이 두드러졌기 때문에 학자의 자술에서 대표성을 띠지 않을 수도 있다. 그러나 이 사례로 과거를 추억할 때 주관적인 상상을 완전히 배제할 수 없다는 점이 증명되었다. 많은 학자들이 자술의 진실성이라는 측면에서 자기 평가를 했지만 나는 루쉰과 첸무의 견해에 공감한다. 『사우師友에 대한 기억』의 마지막 장에서 첸무는 이렇게 썼다.

63　王韜, 『弢園文錄外編』 卷11, 「『浮生六記』跋」.

추억할 수 있는 것만이 내 삶의 진실이다. 다른 것은 기억할 수 없으므로 내
삶의 진실이 아닌 것이다.

삶의 진실에 속하는지는 진실 그 자체가 아니라 의미로 결정된다. 또
는 첸무에게는 의미가 있는 사실이어야 느낄 수 있고 쓸 수 있는 것이었
다고 할 수도 있다. 학자이면서 소설가인 루쉰은 『아침에 핀 꽃 저녁에 줍
다』는 "기억에서 뽑아낸 것이라서 실제와 다를 수 있다"고 했고 이런 기
억 속 고향 풍경이 "평생 나를 속일 것"이라고도 자인했다.[64]
　　과거를 추억할 때의 자기 분석과 반성은 믿을 만한 진실인가와 관련되며
동시에 그가 도달한 경지와 실현할 수 있는 가치와도 밀접한 관련이 있다.

5. '참회록'의 몰락

'자술'이라는 것은 '나'의 이야기를 한다는 측면도 있지만 자신을 대면
하고 분석하고 반성한다는 것에 더 의미가 있다. '자신'에 대한 구상과 계
획이 다르기 때문에 자술의 방식도 천차만별일 수밖에 없다. 『린위탕자
전林語堂自傳』에서 밝힌 '나를 분석하겠다'는 시도를 대다수 자술가들은
수용하지 않았다. "린위탕, 너는 누구인가"로 시작된 『팔십자술』조차도
자기반성을 한 이상적인 작품이 아니다. '모순덩어리'라고 자신을 조소한
것은 유머러스하고 사랑스럽긴 하지만 어쨌든 "영혼 깊은 곳에서 터져나
오는 혁명"을 대체할 수는 없다. 서두와 결말을 제외하고 린위탕의 자술

64　「『朝花夕拾』小引」, 『魯迅全集』 卷2, 230면.

은 사실 마오둔과 별로 큰 차이가 없다. 모두 "내가 걸어온 길"을 이야기한 것이다. '자기반성'이 아닌 '추억'을 핵심으로 했다는 것은 중국 학자들의 자기 진술의 기본적인 특징이다.

고금의 '자술'이라는 틀에 망라되어 논의되었던 수많은 작품들에는 처음부터 다양한 부류가 포함되어 있었다. 여기에는 신도가 "개종"을 중심으로 한 참회록도 포함되어 있었고 기업가의 성공담도 있었으며 선구자의 자기변호, 정치가의 회고록 그리고 전문가와 학자의 경력을 총정리한 것도 있었다. 서술의 시각에 따라 대략 '외부시각'과 '내부시각' 두 종류로 분류할 수 있다. 외부시각에서 서술한 것은 사건의 재현을 중시하고 내부시각에서 서술한 것은 심리의 변화를 부각시켰다. 현대 중국 학자의 자기 진술은 하나님을 향해 참회하는 것도 아니고 친구와 속마음을 터놓는 것도 아니며 자기 자신과의 심리적 대화도 아니다. 그들의 기본 입장은 후세 사람들에게 이야기하는 것이기 때문에 대부분 외부시각에서 서술했다.[65] 이 점에 대해서는 현대 중국 학자들이 언급하는 외국의 자서전, 이를테면 프랑스의 루소, 러시아의 톨스토이, 독일의 괴테, 이탈리아의 첼리니, 일본의 가와카미 하지메 등과 비교해 보면 그 차이를 더 잘 알 수 있다. 그중에서 루소의 『참회록』이 중국에서 어떻게 인식되었는가 하는 것은 더 주목할 필요가 있다.

루소는 20세기 중국에서 그야말로 명성이 높고 영향력이 컸다고 할 수 있다. 『참회록』을 예로 든다면 1920~1940년대만 해도 7종의 번역본이 나왔다. 그 중 1929년에 상무인서관에서 출판한 장타이옌의 번역서에는 유명 인사인 우즈후이, 차이위안페이가 쓴 서문이 있다. 저우쭤런은

---

65   伊·謝·科恩, 佟景韓 等 譯, 『自我論』, 北京 : 三聯書店, 1986, 56~57·175~177면.

1918년에 출판한 『유럽문학사歐洲文學史』에서 벌써 『참회록』의 장단점을 논의하기 시작했다. 대략 비슷한 시기에 우미, 린위탕은 하버드대학교에서 어빙 배빗Irving Babbitt이 강의하는 루소 관련 강의를 들었다.[66] 재미있는 것은 이렇게 좋은 접점이 있었음에도 대량의 모방작이 출현하지는 않았다는 점이다.

『참회록』의 서술 태도는 내면의 느낌을 중시하지 사건의 변화 과정을 중시하지 않는다. 저술 '의도'에 대한 다음 내용은 중국인에게는 상당히 낯설었다.

> 내가 독자들에게 약속하는 것은 내 마음의 역사를 보여주겠다는 것이다. 이 역사를 충실하게 구성하기 위해 다른 기록은 필요하지 않다. 지금까지 해왔던 것처럼 내 마음에 충실하면 된다.[67]

일기를 읽고 문헌을 섭렵하는 것으로 자술의 신빙성을 담보하려던 중국 학자들에게 마음에만 충실하다면 진실성은 의심스러웠다. 그래서 저우쭤런은 그것을 "진실과 허구가 뒤섞인" 예술 작품으로 보거나 "자신의 생활을 소재로 한 서정 산문으로 읽었을 뿐"이었다.[68] 저우쭤런은 회고록을 쓸 때 『유럽문학사』를 읽던 입장에서 한걸음 물러나서 『참회록』에도 "허구적인 서술이 많다"는 점만 강조했을 뿐 그가 자신의 정신적 삶에 대

---

66 吳宓는 1918년에 하버드대에서 어빙 배빗이 강의하는 '루소와 그 영향'이라는 선택수업을 들었다.(『吳宓自編年譜』, 178면) 1919년 가을에 미국에 간 린위탕도 하버드에서 1년 동안 공부했는데 『四十自敍詩』에는 "입을 다물고 앉아 배빗을 보고, 관을 열고 노하여 루소를 때린다(抿嘴坐看白璧德, 開棺怒打老盧梭)"라는 시구가 있다. 나중에 『八十自敍』 39면에서 또 이 일을 언급했다.

67 盧梭, 範希衡 譯, 『懺悔錄』, 344~345면.

68 周作人, 『知堂回想錄』, 577면.

해 썼다거나 치욕과 악행도 숨기지 않았다고 하지는 않았다.[69] 실제로 루소로 인해 중국 학자들이 난감했던 지점은 자신에게 존재했던 "치욕과 악행"을 어떻게 마주할 것인가 하는 문제였다.

『관추편管錐編』에서 첸중수는 놀라운 아이디어를 많이 냈는데 그중 하나가 『참회록』의 발원지를 중국으로 옮긴 것이었다.

> 사마상여는 자신이 '아내를 훔친 일'에 대해 자세하게 쓰지는 않았다. 그래도 자기가 직접 밝혔고 감추거나 거짓말을 하지 않았다. 이것은 중국에서 자서전의 체제를 만든 것이며 전 세계에서 『참회록』의 시작이라고 하기에도 부족함이 없다.[70]

이 주장은 비록 사람들을 흥분시키기는 하지만 의심스러운 면이 없지 않다. 첸중수는 『사통史通』「서전序傳」에 나온 사마상여와 왕충에 대한 비판을 근거로 확장하고 재해석했다. 당대의 유지기는 거문고로 과부를 유혹한 것은 예의에 어긋난 것이고 많은 사람들의 원한을 산 것이 수치스러운 일이라고 단정했다. 그래서 사마상여는 스스로 명성을 더럽혔고 왕충은 효성스럽지 못했다고 비판한 것이다. 하지만 만약 한대 문인 사마상여가 여자가 밤중에 가출한 것을 대단하게 여겼고 왕충이 의협을 좋아하고 성격대로 행동하는 것을 인정했다면 후대 사람들은 정말 그들의 「자서」에 대해 왈가왈부할 이유가 없다. 사마상여는 "과거의 잘못을 크게 뉘우치고 고치겠다"고 한 적이 없다. "미인을 유혹한 일"을 자술한 것도 세상 밖에서 예교를 멸시하고 자유를 추구한다는 점을 보여주기 위해서였다. 왕충

---

69   周作人, 『知堂回想錄』, 724면; 周作人, 『歐洲文學史』, 長沙 : 嶽麓書社, 1989, 3면.
70   錢鍾書, 『管錐編』, 358면.

이 자기 가문을 내세우지 않은 것은 "당시 사람들의 저속한 인식을 타파하기" 위해서였으므로 그들의 글은 우리가 이해하는 『참회록』과는 거리가 멀다.[71] 관건은 자술자의 태도이지 후대 사람들의 평가가 아니다. 윤리 도덕에 대한 기준도 시대마다 큰 차이가 있다는 점을 고려해야 한다. "아내를 훔친" 일의 경우, 그것을 풍류라고 자부하는 사람과 명예와 절개를 중시하는 사람의 자술은 천지 차이일 것이다. 이것이 '나쁜 풍속'이라는 것을 인정하고 '참회록'을 쓴다고 해도 자술자의 '각성'을 전제로 해야 한다. 그렇지 않으면 '대담한 자랑'을 '심각한 반성'으로 오독할 가능성이 크다.

유지기가 『사통』 「서전」에서 '자서'에 내린 정의를 후대의 문인들과 학자들은 그대로 신봉했다.

하지만 자서의 규범으로 볼 때 자신의 단점을 감추고 장점을 내세우면서도 거짓말을 하지 않는다면 그것이 실록이다.

양웅처럼 자랑이 중심인 것도 좋지 않지만 자기 진술에서 자기 재주를 드러내는 것보다 중요한 것이 자기 단점을 감추는 것이다. 수대의 유현劉炫이 쓴 「자찬自贊」의 표현을 빌린다면 "자기 미덕을 이야기하여 후세에 아름다움을 전하는 것"도 있지만 "가슴 속의 뜻을 이야기하여" "후세의 현인이 나의 뜻을 알게 한다"는 것이다. "치욕스러운 일과 악행"은 최대한

---

71 錢鍾書는 司馬遷이 司馬相如의 전을 쓰면서 "원문(사마천의 自敍 — 역자 주) 그대로 수록하고 고치지 않는 것은 절대 아니다"라고 했다. 그의 말대로 "(탁문군이 창문 밖에서 엿보고 좋아한 것은 — 역자 주) 아마도 타당하지 않은 일이었을 것이다"라고 말한 내용은 太史公에게서 나온 것이 분명하다. 張舜徽는 王充이 스스로 자신의 가문을 높이지 않았는데 그 의도는 "세상 사람들이 선비를 논하는 편파성을 힘써 바로잡"기 위한 것이지 "잘난 체하여 조상을 욕보이는 것"이 아니었다고 하였다. 『史學三書平議』, 北京 : 中華書局, 1983, 94면.

잊어버리고 절대 자서에서 드러내면 안 된다. 적당히 자신을 포장하면서 자기 단점의 경우 묻어두는 전략으로 빈칸으로 남겨두어 사람들이 추측하게 하는 것은 사학가의 '실록 정신'과 배치되지 않았다. 사람마다 소양이 달라서 어떤 사람은 자유분방하고, 어떤 사람은 고지식하며, 어떤 사람은 과시욕이 있고, 어떤 사람은 겸손한데, 이런 것들이 모두 자서전을 쓸 때 영향을 미친다고 인정하면서도 여전히 자서전이 실제 사람과 실제 사건의 기록이 담겨 있다는 것이다.[72] 이런 자신감은 중국인들이 이전부터 이 장르에 대해 가졌던 인식에서 나왔다.

현대 학자 중에도 이 점을 잘 알고 있는 사람들이 많다. 그들의 자술에는 순서를 뒤바꾸기도 하고 어떤 일은 숨기고 잘못한 것은 가리고 잘한 것은 드러내는 식의 고급 기술이 들어가 있다. 「왕셴첸자정연보王先謙自定年譜」에서는 자기를 표창해 주라고 대신이나 어사들이 올린 상소문을 여러 차례 인용하면서도 "읽을 때마다 부끄러웠다"고 했다. 일흔을 맞아 사람들이 보낸 축수문을 2만 자 가까이 인용했을 때도 "벗들의 깊은 우정을 기록하기 위해서"라고 했다. 축수문은 성격상 당연히 좋은 말만 있고 심지어 그 좋은 말조차 과장했을 것이다. 탕원즈唐文治는 『여경선생자정연보茹經先生自訂年譜』에서 일흔 생일 때 천옌陳衍, 진연이 자신을 "너무 찬양했다"고 했지만 수록하지는 않아서 대인의 풍모가 있는 것처럼 보였다.

동년同年인 진석로陳石老, 천옌가 나를 위해 축수문을 쓰려고 할 때마다 나는 여러 차례 만류했다. 그러자 그는 내가 저술한 책에 대해 매우 긴 총서總序를 써 주어서 나는 깊이 감동했다. 다만 너무 찬양해서 마음이 불편했다.

---

72 「『錢仲聯自傳』前言」, 『錢仲聯自傳』.

두 사람의 연보를 처음 읽었을 때 나는 두 사람의 사례를 가지고 과도한 찬양에 대처하는 두 가지 전략을 논의하고 싶었다. 그런데 첸중수의 『석어石語』 출판으로 이것을 다르게 읽을 가능성을 얻게 되었다. 탕원즈가 천옌의 서문을 수록하지 않은 것은 겸손해서가 아니었다. 첸중수의 기록에 따르면 1930년대에 천옌은 이런 발언을 했다.

> 탕원즈의 학술적 글쓰기에는 관료의 특징이 있어서 누군가 그를 위해 꽹과리를 치면서 길을 비키라고 소리를 질러야 한다. 나는 『여경실苑經室』 3집의 서문을 쓰면서 요내姚鼐가 문장을 고증, 의리, 사장 세 가지로 나눈 것에 대해 반박하면서 '사공事功'을 추가했다. 그의 글을 문학에 넣지 않겠다는 뜻이었다.[73]

만약 탕원즈가 천옌이 쓴 서문에서 문면에 드러나지 않은 또다른 의도를 읽어냈기 때문에 연보에 그 글을 모호하게 처리한 것이라면 이것은 확실히 멋진 수手를 둔 것이다.

『적미옹회억록』에서 양수다는 학계의 유명인사들이 자신을 위해 찬양한 글을 수록했다. 『차이상쓰 자전蔡尚思自傳』에서는 한 술 더 떠서 자신의 저술을 높이 평가한 스승과 벗들의 편지를 부록으로 실었다. 이런 인용문은 오류가 있는 것도 아니고 저자가 만들어낸 것도 아니다. 하지만 문헌이 사실이라고 해서 평가가 진실하다는 뜻은 아니다. 양수다는 이 점을 잘 알고 있었다. 그는 회고록의 「자서」에서 이렇게 썼다.

> 벗들이 나를 격려하려고 찬사의 말을 쓴 것이다. 나는 그것을 가져와서 나

---

[73] 錢鍾書, 『石語』, 北京 : 中國社會科學出版社, 1996, 20~21면.

자신을 격려하고 싶었기 때문에 원고에 많은 글들을 보관해 두었다. 그 안에는 아부하는 말도 있었고 찬양하는 내용도 있어서 모두가 진심인 것은 아니었다.

양수다도 이런 말이 아부하는 표현이라는 것을 알았기 때문에 수록할 때마다 부끄럽다고 했다. 이것은 작위적인 감이 있지만 큰 문제는 아니다. 하지만 먀오취안쑨이나 캉유웨이처럼 티를 내지 않고 자신을 높인 것은 살펴볼 필요가 있다. 『예풍노인연보』 광서光緒 원년 조에는 「서목문답書目問答」을 직접 썼다고 했는데 이 점은 천위안陳垣이 이미 검토했다.[74] 『캉난하이 자편연보』에서는 의도적으로 자신과 랴오핑이 만나서 대화를 나눈 대목을 언급하지 않고 주이신朱一新, 주일신이 "나에게서 뒤에 있는 배경을 없애라는 말을 들은 뒤[75] 크게 깨달았다"라고 말한 대목은 더욱 기만적이고 자기에게 불리한 증거들을 없앤 것이다.[76]

양웅 이후 자조적인 글은 항상 있었다. 다만 이런 글은 겉으로는 겸손한 것 같아도 실제로는 세상에 대한 불만을 표현하는 것이라 주로 비애, 고고함, 불평을 토로한다. 그러므로 겉으로는 자책하는 것처럼 보여도 실제로는 자기 칭찬이었다.[77] 심약沈約이 불교의 영향을 받아 쓴 「참회문懺悔文」은 생애를 자술하는 것과 관련이 없다. 그들과는 달리 청대 초기의 안

---

74 『陳垣史學論著選』, 上海 : 上海人民出版社, 1981, 382~385면.

75 [역자 주] 주이신은 「朱侍御答康有为第三书」에서 "뒤에 있는 배경을 없애면 안 된다"고 말했으나 캉유웨이는 자신에게 유리하도록 하기 위해 '안 된다'를 삭제하고 위의 내용처럼 진술했다.

76 梁啓超는 『淸代學術槪論』에서 캉유웨이가 "廖平이 쓴 책을 보고 본인의 옛 학설을 전부 버렸다"라고 말했다. 현대인 向楚가 「廖平」이라는 글에서 이에 대해 자세한 평설을 썼다. 廖幼平 編, 『廖季平年譜』, 成都 : 巴蜀書社, 1985, 112면.

77 '自訟(자책 — 역자 주)'과 '自贊'이 다르다는 것으로부터 중국 문인이 '자화상'을 대하는 태도를 알 수 있다. 晚淸 사람 馮桂芬의 『五十自訟文』과 중일전쟁 시기 呂思勉이 쓴 「蠹魚自訟」은 모두 '自訟'으로 뜻을 밝힌 것이다.

리학파顏李學派, 顏元과 그의 제자 李塨이 주창한 실용주의 학파―역자 주가 열심히 자기 반성을 했고 생애를 자술할 때에도 있는 그대로 썼다. 「안습재선생연보顏習齋先生年譜」, 1666년32세 조 내용은 다음과 같다.

『일기』는 작은 잘못도 빠뜨리지 않아야 자신을 속이지 않는 것이 된다. 비록 남들 모르게 저지른 잘못 중에서 쓸 수 없는 것이 있지만 그 경우에도 반드시 "잘못을 감추었다"라고 기록해 두었다. 희로애락은 내 마음을 보여주는 것이기에 더욱 빠뜨리지 않았다.

이공은 안원顏元의 『일기』에 따라 연보를 편찬하면서 잘한 것과 잘못한 것을 다 쓰고 한 글자도 지우거나 수식하지 않았다. 스승의 가르침을 지키기 위해서였다. 이공의 제자들도 그의 연보를 편찬할 때 잘잘못을 다 써서 좋은 품행을 독려하는 전략을 사용했을 뿐 과장하거나 수식하지 않았다.[78]

궈모뤄처럼 생애를 자술할 때 참회를 하지 않고 사회가 불공정하다고 비판하는 것에 주력하는 것도[79] 또 다른 선택지일 수 있다. 하지만 학자들은 대부분 과거에 대해 진지하게 반성했다. 룽훙은 대학 졸업 전 마지막 1년 동안 낙담했던 것은 중국의 운명에 관심을 두어서라고 했고, 후스는 상해 유학 시절 술에 취해서 경찰서에 잡혀갔을 때 "속으로 매우 후회했다"라고 했다. 우미는 젊을 무렵 성에 대한 의식이 싹텄던 일과 "노새와 어울려 지냈던" 과정을 자세하게 묘사했다.[80] 우미가 루소의 영향을 받은

---

78 馮辰, 「『李恕穀先生年譜』序」.
79 郭沫若는 「『少年時代』序」(1947)에서 "나는 참회할 것이 없다"라고 말했다. 이유는 사회의 진화를 방해하지 않은 자는 참회할 필요가 없고, 진정으로 사회의 진화를 방해한 자는 분명 참회하려고 하지 않을 것이기 때문이라고 했다.
80 容閎, 『我在美國和在中國生活的追憶』第5章; 胡適, 『四十自述』第5節, 『吳宓自編年譜』

것은 매우 분명한 듯하다. 하지만 룽훙과 후스는 정신적인 전환점을 강조했을 뿐 잘못을 반성한 것이 아니었다. 허우와이루는 『중국사상통사』를 출판할 때 당시 명문화되지 않은 규정에 굴복해서 한궈판韓國磐, 한국반을 집필자로 넣었는데 이 잘못은 "20여 년 동안 줄곧 나의 마음을 물어뜯고 있다"고 했다. 장다이녠은 우파로 잘못 몰렸을 때 자신이 50세가 다 된 나이에 이런 재앙을 겪게 된 것은 "내가 잘난 체하고 신중하지 못해서 초래한 것"이라고 반성했고, 사람들이 공자를 비판하던 때에도 자신은 "곡학아세는 하지 않았지만", "의도적으로 곡해하는 사람들에 대해 반박도 하지 못했다"고 했다. 이런 반성을 아주 대단하다고 볼 수는 없지만 모든 일이 지나간 뒤 영웅으로 자처하면서 일부러 그 당시 자기의 사상을 높이려고 하지 않았다는 점에서 훌륭하다.[81]

루소는 몽테뉴의 '솔직한 고백'을 이렇게 평가했다. "몽테뉴는 사람들이 자신의 결점을 보게 하되 실제로는 극히 일부의 사랑스러운 결점만 노출시켰다." 앙드레 모루와André Maurois는 『참회록』의 프랑스 번역서에 서문을 쓰면서 루소를 '성실한 척하는 사람'의 행렬에 집어넣었다. 루소도 몽테뉴처럼 "일부 사랑스러운 결점만을 노출시켰을 뿐"이기 때문이었다.[82] 이런 식의 각박한 평가는 '진실을 말하는 것'의 상한선을 제시했다. 자술할 때 작은 잘못을 폭로해서 독자의 믿음을 사는 것은 좋다. 그렇지만 큰 잘못에 대해서는 여전히 입을 꾹 다물어야 한다는 것이다. 절개에 오점이 있는 학자라면 어떻게 이 관문을 넘을 것인가가 중대한 시험이었다. 저우쮜런이 말한 것처럼 '추억하는 글'의 수준은 '저자의 태도'로 결정

30·80·89면.

81 侯外廬, 『韌的追求』, 314면; 『張岱年自傳』 56·62면.

82 盧梭, 範希衡 譯, 『懺悔錄』, 815·825~826면.

된다.[83] 후스가 『사십자서』 「자서」에서 표방한 '적나라한 서술'은 어쩌면 처음부터 존재하지 않았는지도 모른다. 하지만 진지하게 자신을 마주하고 과거의 잘못을 반성하려고 노력하는 것은 그래도 가능하다. 펑여우란은 자신이 문화대혁명 때 했던 행동을 두고 대중에 영합하려고 한 것이라고 결론지었지만 동시에 "나는 당시에 내가 마오 주석과 당 중앙을 따라가고 있는 줄 알았다"라고 했다.[84] 한 시대의 철학 대가의 자기 분석이 이 정도로 가볍다는 것은 정말 아쉬운 일이다. 하지만 어쨌든 펑여우란은 그래도 자신의 잘못을 인정했다. 저우쭤런은 중일전쟁 기간의 반역 행위에 대해 변명하지 않는 태도로 일관했다. "모두가 다 아는" 사실은 말하지 않으면 몰라도 일단 말을 하게 되면 변명하지 않을 수 없다. 변명하지 않는 것에 대해 이런 식으로 변호하는 방법은 루소를 데려온다고 해도 "잘못을 은폐하려는" 저우쭤런의 시도를 덮을 수 없다.[85] 자술자가 '사랑스러운 잘못'만을 드러낼 수 있다는 것과 "말하게 되면 구질구질해진다"는 이유로[86] 의도적으로 잘못을 회피하는 것은 같은 차원의 것이 아니다.

첸중수가 양장의 『간교육기』에 써 준 「서문」의 내용을 빌려 말한다면 현대 중국 학자의 자술은 기본적으로 모두 "부끄러움을 쓴" 부분이 빠져 있다. 『사문 5년기』원 서명은 『사문욕교기(師門辱教記)』의 착안점은 "봄 햇살처럼 따스한 스승의 교육"이었기 때문에 "유머러스한 회고록이 아니라 부끄러

---

83 周作人, 『知堂集外文 · 『亦報』隨筆』, 504면.

84 馮友蘭, 『三松堂自序』, 188 · 194면.

85 周作人, 『知堂回想錄』, 577면.

86 [역자 주] 명대 화가 倪瓚은 권세가들에게 그림을 그려주지 않아서 모욕을 당했으나 그에 대해 한 마디도 하지 않으면서 "말하게 되면 구질구질해진다"고 여겼다. 周作人은 『지당회억록』에서 많은 일들에 대해서는 아예 진술하지 않거나 가볍게 언급하고 지났는데 그 이유에 대해서는 여러 차례 倪瓚의 이 말을 인용했다.

운 고백서였다".[87] 하지만 대부분의 자서전은 모두 자신의 업적이 중심이 된다. 자기반성을 해도 가볍게 언급하고 스쳐 지나갈 뿐이다.

"날마다 내 몸을 세 번 돌이켜 본다"라는 공자의 가르침에 익숙한 중국 독서인들이 어째서 자서전에서는 자기반성의 정신이 이렇게 부족한 것일까? 종교적 배경, 윤리적 관념, 문화적 전통 등이 중요한 원인이겠지만 중국 '자서전'의 문체 특징과 특수한 역할도 무시할 수 없다. 역사가들이 자서, 자전, 자정연보를 사료로 선택하자 문인의 입장에서 자술할 때에는 우언寓言의 형식으로 세상 끝까지 상상의 나래를 폈지만 사실 기록임을 강조할 때에는 너무나 조심하게 되었다. 자신이 쓰는 글이 나중에 정사의 '최종 평가'가 될 수 있다는 생각을 하게 되면 아무래도 편하게 쓰기 어렵다. '자전'과 전기'의 경계가 분명하지 않은 결과, 사실대로 말하면 엄한 추궁을 받고 그렇지 않으면 관대한 처분을 받게 되었다. 그래서 '증거물'의 중요성을 잘 알고 있는 학자들이 자기반성을 할 때 그렇게 엄격하기도 어려웠고 멋진 표현을 구사할 수도 없었던 것이다.

'회고록'의 빠른 부상과 사학자들이 자기 진술을 대하는 태도가 나날이 조심스러워지자 진실과 허구의 경계가 모호해지고 반성에 깊이가 있는 작품들이 나타나기 시작했다. 이 내용을 논의하려면 이 장절의 첫 부분에서 제기한 화제로 다시 돌아가야 한다. 자서전은 '글'인가 아니면 '역사'인가. 또 어떻게 '시'라는 문학성과 '진실'이라는 사실성을 조화시켜서 '학술사의 절반'을 '한 편의 문장'으로 쓸 수 있을까.

---

87   羅爾綱, 「『師門五年記』自序」.

6. '아침 꽃 저녁에 줍다朝花夕拾'와 '사우師友에 대한 기억師友雜憶'

량치차오는 사학에 뜻을 둔 학자들에게 연보 편찬에서부터 시작하라고 제안했다. "전을 쓰려면 사학 지식에 상당한 수준의 글쓰기 기술도 필요하지만 연보는 사학 지식만 있으면 되기"[88] 때문이었다. 일반적으로 연보를 편찬하는 것은 확실히 "상당한 수준의 글쓰기 기술"이 필요하지 않다. 하지만 세상에 전해지는 연보 중에는 감상할 만한 짧은 문장이 들어 있는 경우가 적지 않다. 청대의 장학성은 공문서案牘 정리, 족보案牘 이용, 지방지의 편찬을 언급하면서 이것을 쓰는 사람은 "문장력도 필요하지만 역사에 대한 판단능력도 있어야 한다"[89]고 했다. 장학성이 내건 조건은 "도달할 수는 없지만 마음속으로 동경하는" 이상적인 경지로 보면 될 것이다. 현대 학자 대부분의 자기 진술도 사학의 시각에서 읽을 수밖에 없다. 양서우징, 뤄전위의 자정연보는 밀할 것도 없고 최근에 출판된 '학술자전총서'도 모든 자료를 망라하려고 했기 때문에 읽기가 쉽지 않다.[90]

연보지만 문장으로 읽을 수 있는 것도 있다. 이런 자기 진술이 문학과 사료적 가치를 동시에 지닐 수 있게 된 이유를 세 가지로 나눠 볼 수 있

88　梁啓超, 『中國歷史研究法』, 234면.
89　章學誠, 『章氏遺書』卷14, 「州縣請立志科議」.
90　蔡尚思는 자신의 자서전이 "전통적으로 말하는 紀傳, 編年, 紀事 세 가지 장르를 합쳐 하나의 傳으로 삼았고 평생의 저술 20부, 문장 300여 편의 중요한 내용을 모아 책 한 권으로 엮었으며, 사적과 학술사상 부분의 요점을 모아 일체로 만들었다"라고 말했다. 이렇게 방대하고 잡다한 구조는 비록 巴蜀書社 「編者的話」에 잘 호응하는 것이기는 하지만 문장으로 삼아 고심해서 잘 엮기는 어렵다. 『張岱年自傳』에서 가장 가독성이 있는 부분은 저술과는 상관없는 幹校生活을 회억하는 부분이다. 하지만 일단 서재로 다시 돌아가게 되면 다시 딱딱하고 침중한 서술 풍격으로 되돌아갔다.

다. 첫째, 저자가 매우 높은 문학적 재능이 있어서 문장으로 쓸 의도가 없었지만 쓰고 보니 매우 생동감 있는 글이 되었기 때문이다. 단적인 예가 『캉난하이 자편연보』와 『타이옌 선생 자정연보』이다. 둘째, 연보에 문장을 삽입하여 구성상 "역사 속에 문학이 있게 된"것이다. 왕셴첸과 딩푸바오는 긴 문장을 그대로 인용하여 연보가 '문존' 편록이 되고 말았는데[91] 본받을 만한 예는 아니다. 차이위안페이와 우미는 예전에 쓴 글을 뽑아서 썼지만 어쩌다 그랬을 뿐 연보 전체의 느낌을 깨뜨리지 않아서 괜찮은 사례라고 할 수 있다. 셋째, 시를 연보로 편성하는 것인데 가장 유명한 것이 「곡원자술시」이다. 그 외에 황윈메이는 예전에 지은 시 중에서 자신의 "역사 사상과 관련이 있는 것"들을 저서와 병렬해서 "서로 증빙이 되게 하려고" 했는데 이것도 비슷한 발상에서 나온 것이다. 하지만 전체적으로 보면 문학적이기까지 한 연보를 만드는 것은 실현하기 어렵다.

학자들의 자기 진술은 점차 연보 편찬에서 자서전을 쓰는 것으로 바뀌었는데 문장 취미는 이때에 이르러 드러나기 시작했다. '전기문학'이라는 표현이 선명한 표지였다. 회고록은 체제가 유연하고 시각이 다변적이며 하나의 사건을 여러 개로 쪼갤 수 있기 때문에 '문선집'이 되어 버리기 쉽다. 차이위안페이, 장웨이차오, 루쉰, 저우쭤런, 마쉬룬, 후스, 자오위안런, 구제강, 린위탕의 자서전 혹은 회고록은 모두 잡지특히 문학 간행물에 연재되었는데 여기에서 '문장화'되는 경향을 볼 수 있다.

나눌 수도 있고 합칠 수도 있으며 문학작품이 될 수도 있고 역사 자료가

---

91 梁啓超는 『中國歷史硏究法補編』에서 연보에 어떻게 문장을 수록할 것인지에 대해 이야기했는데 논점이 매우 타당하므로 참고할 만하다. (「年譜及其做法」편) 왕셴첸과 딩푸바오가 序跋, 奏折 등을 대량으로 인용한 것은 어떤 것은 1만 言에 달할 뿐만 아니라 앞뒤 내용과 아무런 관련이 없는 경우도 있다.

될 수 있는 이런 저술의 체제를 논의하기 위해서 차이위안페이, 저우쭤런을 예로 들어도 좋을 것이다. 차이위안페이 탄생 100주년을 기념하기 위해 대만 『전기문학傳記文學』에서는 10권 1기1967에 「차이위안페이 자술蔡元培自述」을 실으면서 편집자의 설명을 덧붙였다. "본 기에서는 이 세 편의 글을 차이 선생의 자술로 합쳤는데 그의 자서전으로 보아도 무방할 것이다." 같은 해 전기문학출판사에서는 「차이위안페이 자술」을 책으로 출판하면서 황스후이黃世輝, 황세휘, 가오핑수高平叔, 고평숙, 장웨이차오의 글도 함께 실었다. 사실, 여러 편의 글을 합쳐서 자서전을 만들겠다는 아이디어는 차이위안페이가 1930년대에 이미 제안했다. 1938년 11월 7일에 가오핑수에게 보내는 답신에서 차이위안페이는 자서전을 쓸 "기운이 나지 않는다"고 하면서 "단편들을 모아서 만들 것"을 제안했다. 그가 열거한 글은 후세 사람들이 편찬한 『차이위안페이 자술』에 들어간 것들과 거의 비슷하다.[92] 저우쭤런이 회고록을 쓸 때 젊은 시절의 글을 교묘하게 편집해 넣은 것은 널리 알려진 사실이다. 「일본의 의식주日本的衣食住」, 「작은 강물과 새 마을 小河與新村」, 「북대감회록北大感懷錄」 등은 예전에 쓴 글에서 상당한 분량의 내용을 가져왔고 1944년에 쓴 장편 『나의 잡학我的雜學』은 "원래 모습 그대로 보존되었"다가 『지당회상록』에서 10개 장절로 이루어진 완정한 형태의 글이 되었다.

학자들의 자기 진술이 전공의 범위를 넘어서 대중들이 좋아하는 글이 된 것은 포인트가 '책 안'에서 '책 밖'으로 이동해서 저술에 대한 평가, 저술의 계기, 과정, 심리, 성공의 희열 등이 된 점이 크다. '인지상정'을 중시하자 학자의 자기 진술을 폭넓은 독자들이 받아들였다. 아예 전문성을 제

---

92   高平叔 編, 『蔡元培全集』, 卷7, 230면.

쳐두고 "강물과 같이 흘러간 세월을 추억"하기만 한다면 더 쉽게 좋은 글이 될 수 있다. 괴테는 자서전을 쓰면서 26세에서 멈춘 이유가 하나는 청소년 시기가 인생에서 "가장 의미가 있는 시기"이고 다른 하나는 지금의 성취를 어떻게 얻었고 누구 덕분인지를 떠올리면서 감사를 표하기 위해서라고 했다.[93] 중국 학자들이 회고록을 쓸 때 사용한 전략도 괴테와 비슷했다. 루쉰과 첸무의 책 제목을 빌린다면 『아침에 핀 꽃 저녁에 줍다』와 『사우에 대한 기억』이다.

업적을 내세우는 것이 핵심인 연보에서 어린 시기는 별로 중요하지 않다. 『타이옌 선생 자정연보』는 29세 이전의 일에 대해서는 그냥 짧게 넘어갔는데 역사적 관례를 잘 알고 있었기 때문이다. 『우미 자편연보』처럼 아직 초급 학습을 시작하기 전의 일인데도 많은 내용을 논한 것은 회고록을 쓰는 방법으로 연보를 쓴 것이라 변격이라고 할 수 있다. 회고록은 물론 여전히 '나'를 주체로 하기는 하지만 생애 자술 말고도 세태 관찰이나 인정 묘사를 넣을 수도 있다. 만년에 돌이켜봤을 때 어린 시절은 특히 추억의 대상이 되기 쉽다. 학자가 "아침에 핀 꽃을 저녁에 줍는 것"은 전문적인 저술과 거리가 매우 멀다. 또 고향과 어린 시절에 대한 문학적 상상으로 심미적 효과를 가장 쉽게 거둘 수 있다.

어린 시절이 중심이 되는 것이 학자 자술의 '정도'는 아니다. 『아침에 핀 꽃 저녁에 줍다』에서 루쉰은 아동 독서물과 민간 미술에 대해 관심을 드러냈는데 이것은 나중에 형성된 학술적 의식이 가미된 것이었다. 『자오위안런의 이른 시절 자전』에서는 자서전의 주인공이 언어에 대해 특별한 재능을 가졌다는 사실을 강하게 느낄 수 있다. 학술적 삶으로 들어가

---

93   朱光潛 譯, 『歌德談話錄』, 北京: 人民文學出版社, 1978, 19면; 劉思慕 譯, 『歌德自傳-詩與真』, 北京: 人民文學出版社, 1983, 423면.

기 전에 자서전이 끝나면 유명 학자의 풍모를 제대로 드러낼 수 없다. 하지만 '자기가 쓴 학술 계보'가 되기 어렵기 때문에 문학적으로 쉽게 옮겨갈 수 있다. 랴오핑이 그의 경학사상을 전문적으로 소개한 것과 반대로 치루산, 루쉰, 저우쭤런, 차오위안런, 후스, 량수밍은 어린 시절을 쓸 때 감성적이고 세부 묘사가 많아서 소설 같은 느낌도 났다. 차오위안런이 말한 것처럼 "유년 시절을 회상하면 어떤 장면이 떠오르는데 한 폭의 그림이나 한 장의 사진과 비슷할 뿐 영화 같은 것이 아니었던"[94] 것이다. 유년 시절이 머릿속에서 떠오를 때 장면은 그 자체로 완정하고 시적이며 그림 같지만 여러 장면이 논리적으로 이어지지 않고 그 자체로 독립적인 한편 한편으로 이루어진다는 것이다. 『아침에 핀 꽃 저녁에 줍다』가 가장 대표적이다. 이 책은 10편의 글로 이루어졌지만[95] 각각이 멀리서 호응할 뿐 전편을 통일된 체제로 묶을 수 없다. 치루산과 저우쭤런의 여러 작품은 '사우에 대한 기억'까지 담고 있어서 이보다는 유년 시절의 이야기와 고향의 풍속만을 쓰고 그것을 문학적인 산문으로 구성한 루쉰의 글이 훨씬 낫다.[96] 문장의 운치로 볼 때 학자의 자술 대부분은 『아침에 핀 꽃 저녁에 줍다』에 견줄 수 없다.

　　루쉰의 글과 마찬가지로 문장의 정감과 운치를 중시해서 '미문'으로 감상할 수 있는 글로 양장의 『간교육기』, 진커무의 『천축의 옛이야기』, 지셴

94　『趙元任早年自傳』, 5면.

95　魯迅이 잇달아 10편의 「舊事重提」(후에 『朝花夕拾』으로 변경함)를 발표한 것은 그것을 완정한 한 권의 책으로 구상하고 글을 쓴 것이다. 이 점에 대해서는 魯迅 본인이 1926년 10월 7일, 11월 20일에 『莽原』의 편찬자 韋素園에게 보낸 편지로 증명할 수 있다.

96　馮雪峰은 「魯迅先生計劃而未完成的著作」에서 魯迅이 만년에 다시 10편의 이런 부류의 '시적인 산문'을 써서 한 권의 책으로 만들 계획을 세운 바 있다고 했다. 이미 완성된 「我的第一個師父」와 「女吊」로부터 볼 때 루쉰 선생이 주목한 것은 여전히 동년의 생활과 고향의 인정세태였다.

린의 『독일에서 유학한 10년留德十年』을 들 수 있다. 이 회고록 3편은 모두 인생의 작은 조각을 소재로 삼아 감성적인 필치로 쓰다가 갑자기 끝낸 것이다. 주인공의 전체 삶을 다 다룰 책무가 없었기 때문에 자유롭게 소재를 정할 수 있었고 여유 있게 쓸 수 있었다. 그러니 예술작품으로 '창작'하기가 더 쉬웠던 것이다.

학자들에게 '사우'는 가장 추억할 만한 가치가 있다. 서위는 「기보畸譜」에서 생애를 저술할 때 '스승에 대한 기록'과 '지기知己에 대한 기록'을 따로 열거해서 자신을 가르쳐준 스승과 계발해준 벗들에 대한 감격의 정을 표현했다. 황종희黃宗羲가 「사구록思舊錄」을 쓴 것도 "그 시기 교류한 정감 중 사라지면 안 되는 것"을 추억하기 위해서였다. 전조망全祖望은 이런 "치언卮言이나 소품문의 형식을 통해 전한 것"은 "중요한 내용과 광범위한 소재를 대거 가져와서" 산과 강 같은 『명유학안』과 서로 참조해 볼만 하다고 했다.[97] '사우에 대한 기억'이 저자와 독자에게 모두 주목받는 이유는, 전조망이 『사구록』에 대해 평가한 것처럼 '학안'과 '문장'의 융합을 가장 잘 보여줄 수 있기 때문이다. 엄격하고 건조한 술학의 글에 사우가 학문을 연마할 때의 우정을 가미한 이유는 감사를 표하기 위해서만이 아니라 문장을 더 따뜻하고 촉촉하게 만들고 싶어서였다. 치루산, 저우쭤런, 마쉬룬, 첸무, 차오쥐런의 자술은 '아침에 핀 꽃 저녁에 줍는 것'과 '사우의 기억'을 결합시켜 사료적 가치와 문장의 취미를 모두 드러냈기에 높이 평가할 만하다.

자기 진술을 할 때 '유머러스한가' 여부는 개인의 성격과 결부된 문제라 일반화하기 어렵다. 하지만 『린위탕 자전』 「서문」에서 말한 '자신을 직

---

97 黃宗羲, 『思舊錄』 「結語」; 全祖望, 「梨洲先生 『思舊錄』 序」.

시하는 지혜'는 자술이 성공을 거둘 수 있는 보증이 되어준다. 학자의 자서전은 대부분 공명을 이룬 '열사의 만년'에 완성된다. 풍부한 사회 경험이 있고 장기간의 학술훈련을 거쳤기 때문에 학자의 자술은 대개 사상이 개방적이고 풍격이 우아하며 감정 과잉이나 수식이 거의 없다. 노인이 과거를 추억하는 것은 "소년이 걱정 근심을 모르는 것"과는 전혀 다른, 독특한 경지가 있다. 어조가 비탄에 젖는다고 해도 담담한 정서가 뒷받침해주기 때문에 절제 없이 흐르지는 않는다. 게다가 문학이 직업이 아니므로 글을 쓸 때 작위적이지 않고 뽐내는 느낌도 별로 없다. 또 가끔 분위기와 느낌이 있어서 더 깊은 여운을 느낄 수 있다.

'전기문학'을 제창했어도 현대 학자들이 자서전을 쓸 때 주된 착안점은 '역사'였지 '문학'이 아니었다. 저우쭤런, 첸무의 자기묘사에 특별한 운치가 있다고 강조하고 일반적으로 '학안'으로 분류되는 글을 '문장'으로 읽고 감상하는 것은 '자전'이 '소문'보다 믿을 만하다는 가정에 대한 의구심에서 나온 측면도 있지만 동시에 '시와 진실'을 다시 융합하려는 기대도 담고 있다. 또 순수한 '문인의 글'에 대한 불만도 있었다. 고대 중국인이 표방한, 경사가 근본이고 이것을 시문으로 녹여낸 글쓰기는 만청 이후에는 비웃음거리가 되었다. '문장'과 '학문'의 급격한 분리도 나름대로 합리적인 이유가 있다. 하지만 문장산문, 수필, 소품, 잡감 등을 놓고 볼 때는 결코 손실이 작지 않다. 이제 문학적인 '술학'이나 학술적인 '미문'을 쓰는 것은 '바보에게 꿈 이야기를 하듯' 허망한 일이 되어 버렸다.

1 俞樾(1821~1907), 「曲園自述詩」, 『春在堂全書』, 光緒 二十五年(1899), 重訂本.

2 王韜(1828~1897), 「弢園老民自傳」, 『弢園文錄外編』, 北京：中華書局, 1959.

3 容閎(1828~1912), 『我在美國和在中國生活的追憶』(即『西學東漸記』), 北京：中華書局, 1991.

4 楊守敬(1839~1915), 『鄰蘇老人年譜』, 1915年 石印本.

5 王先謙(1842~1918), 『王先謙自定年譜』, 『葵園四種』, 長沙：嶽麓書社, 1986.

6 勞乃宣(1843~1921), 『韌叟自訂年譜』, 1922年 排印本.

7 繆荃孫(1844~1919), 『藝風老人年譜』, 北平：文祿堂, 1936.

8 廖平(1852~1932), 「四益館經學四變記」, 『廖平學術論著選集』 1, 成都：巴蜀書社, 1989.

9 康有爲(1858~1927), 『康南海自編年譜』, 北京：中華書局, 1992.

10 葉德輝(1864~1927), 『郋園六十自敍』, 1923年 刊本.

11 譚嗣同(1865~1898), 「三十自紀」, 『譚嗣同全集』, 北京：中華書局, 1981.

12 唐文治(1865~1954), 『茹經先生自訂年譜』, 無錫國學專修學校, 1935.

13 羅振玉(1866~1940), 『集蓼編』, 『羅雪堂先生全集續編』 2, 台北：大通書局, 1989.

14 蔡元培(1868~1940), 「自寫年譜」, 『蔡元培全集』 7, 北京：中華書局, 1989; 『蔡元培自述』, 台北：傳記文學出版社, 1967.

15 章太炎(1869~1936), 『太炎先生自定年譜』, 上海：上海書店, 1986; 「太炎先生自述學術次第」, 『制言』 25期, 1936.9.

16 梁啓超(1873~1929), 「三十自述」, 『飲冰室文集』, 上海：廣智書局, 1903.

17 蔣維喬(1873~1958), 「我的生平」, 『宇宙風乙刊』 23~25期, 1940.4~6.

18 丁福保(1874~1952), 『疇隱居士自訂年譜』, 『佛學大辭典』, 1925.

19 齊如山(1875~1962), 『齊如山回憶錄』, 北京：寶文堂書店, 1989.

20 王國維(1877~1927), 「自序」, 「自序二」(亦稱「三十自序」 1, 2), 『靜庵文集續編』, 『王國維遺書』 第五卷, 上海：上海古籍出版社, 1983.

21 魯迅(1881~1936), 「朝花夕拾」, 『魯迅全集』 2, 北京：人民文學出版社, 1981.

22 劉師培(1884~1919), 『甲辰年自述詩』, 『警鍾日報』, 1904.9.7~12.

23 呂思勉(1884~1957), 『自述』(即『三反及思想改造學習總結』), 『常州文史資料』 第五輯, 1984.

24 楊樹達(1885~1956),『積微翁回憶錄』, 上海:上海古籍出版社, 1986.

25 周作人(1885~1967),『知堂回想錄』, 香港:三育圖書公司, 1980.

26 馬敍倫(1885~1970),『我在六十歲以前』, 北京:三聯書店, 1983.

27 蔣夢麟(1886~1964),『西潮』, 台北:遠流出版公司, 1990.

28 王雲五(1888~1979),『岫廬八十自述』第一章,『傳記文學』11卷 1期, 1967.7.(120
    만 자에 달하는『岫廬八十自述』이 같은 해 출판되었다고 하지만 보지 못했음)

29 陳寅恪(1890~1969),「寒柳堂記夢未定稿」,『寒柳堂集』, 上海:上海古籍出版社,
    1980.

30 胡適(1891~1962),「四十自述」, 上海:亞東圖書館, 1933;『胡適口述自傳』, 北
    京:華文出版社, 1992.

31 趙元任(1892~1982),『趙元任早年自傳』, 台北:傳記文學出版社, 1984.

32 顧頡剛(1893~1980),「『古史辨』第一冊自序」,『古史辨』, 北京:樸社, 1926;「顧頡剛
    自傳」,『東方文化』第16期, 1993~1995.

33 梁漱溟(1893~1988),『憶往談舊錄』, 北京:中國文史出版社, 1987;『梁漱溟問答
    錄』, 長沙:湖南人民出版社, 1988.

34 郭沫若(1893~1978),『沫若自傳』(4卷),『沫若文集』6卷~9卷, 北京:人民文學出版
    社, 1958~1959.

35 吳宓(1894~1978),『吳宓自編年譜』, 北京:三聯書店, 1995.

36 董作賓(1895~1963),「平廬影譜」,『董作賓學術論著』, 台北:世界書局, 1961.

37 錢穆(1895~1990),『八十憶雙親‧師友雜憶』, 長沙:嶽麓書社, 1986.

38 林語堂(1895~1976),「四十自敍詩」,『論語』49期, 1934.9;『八十自述』(「林語堂自
    傳」 포함), 北京:寶文堂書店, 1990.

39 馮友蘭(1895~1990),『三松堂自序』, 北京:三聯書店, 1984.

40 茅盾(1896~1969),『我走過的道路』(3卷), 北京:人民文學出版社, 1981~1988.

41 黃雲眉(1899~1977),「五十年論文著述簡譜」,『史學雜稿續存』, 濟南:齊魯書社,
    1980.

42 曹聚仁(1990~1972),『我與我的世界』, 北京:人民文學出版社, 1983.

43 羅爾綱(1901~1997),『師門五年記』, 台北:胡適自刊本, 1958.

44 侯外廬(1903~1987),『韌的追求』, 北京:三聯書店, 1985.

45 蔡尚思(1905~2008),『蔡尚思自傳』, 成都:巴蜀書社, 1993.

46 錢仲聯(1908~2003),『錢仲聯自傳』, 成都:巴蜀書社, 1993.

47 張岱年(1909~2004),『張岱年自傳』, 成都:巴蜀書社, 1993.

48   季羨林(1911~2009),『留德十年』, 北京 : 東方出版社, 1992.

49   楊絳(1911~2016),『幹校六記』, 北京 : 三聯書店, 1981.

50   金克木(1912~2000),『天竺舊事』, 北京 : 三聯書店, 1986.